FRAUKE SCHEUNEMANN
Dackelliebe

Frauke Scheunemann
Dackelliebe

Roman

GOLDMANN

Sollte diese Publikation Links auf Webseiten Dritter enthalten,
so übernehmen wir für deren Inhalte keine Haftung,
da wir uns diese nicht zu eigen machen, sondern lediglich
auf deren Stand zum Zeitpunkt der Erstveröffentlichung verweisen.

Dieses Buch ist auch als E-Book erhältlich.

Verlagsgruppe Random House FSC® N001967

1. Auflage
Originalausgabe September 2020
Copyright © 2020 by Wilhelm Goldmann Verlag, München,
in der Verlagsgruppe Random House GmbH,
Neumarkter Str. 28, 81673 München
Gestaltung des Umschlags und der Umschlaginnenseiten:
UNO Werbeagentur, München
Umschlagmotiv: FinePic®, München
Redaktion: Ilse Wagner
BH · Herstellung: ik
Satz: KompetenzCenter, Mönchengladbach
Druck und Bindung: CPI books GmbH, Leck
Printed in Germany
ISBN: 978-3-442-20591-2
www.goldmann-verlag.de

Besuchen Sie den Goldmann Verlag im Netz

EINS

»Veronika, der Lenz ist da! Die Mädchen singen tralala! Die ganze Welt ist wie verhext...«
Verhext scheint mir vor allem die gute Hedwig zu sein. Sie tanzt regelrecht mit dem Staubsauger durch unsere Wohnung und singt mit voller Lautstärke gegen den Saugerlärm an. Während sie sonst bei der Hausarbeit gern mal ein bisschen missmutig ist, scheint sie heute allerbester Dinge zu sein. Euphorisch geradezu. Am besten komme ich ihr nicht in die Quere mit meinen kurzen Beinen – nachher tritt sie mir noch auf meinen Rauhaardackelschwanz!
Ich tue also, was ich mittlerweile sowieso am liebsten mache: mich in mein Körbchen legen und eine Runde schlafen. Ich bin natürlich noch lange kein Rentner, höchstens ein »best ager«, wie Hedwig es nennen würde, aber ein bisschen Ruhe zwischendurch habe ich mir durchaus verdient. Da passt es gut, dass mein Körbchen in einer relativ ruhigen Ecke hinten im Wohnungsflur steht, schön weit weg von dem Lärm, den Hedwig gerade produziert.
Als ich dort ankomme, wartet allerdings eine böse Überraschung auf mich. Das Körbchen ist bereits belegt. MEIN Körbchen ist bereits belegt! Und zwar durch einen ungezogenen jungen Kater, der seit ungefähr drei Monaten mit mir zusammenlebt.
»Ey, Schröder, sag mal, geht's noch?«, knurre ich ihn böse an.

Katerchen öffnet die Augen und schaut mich unschuldig an.
»Oh, guten Morgen, Herkules!«
»Guten Morgen?! Es ist schon weit nach dem Mittagessen«, knurre ich unfreundlich. »Und du liegst in MEINEM Körbchen! Also los, weg da!«
Schröder seufzt und rappelt sich sehr, sehr langsam hoch.
»Menno, ich habe gerade so schön geträumt!«
»Das kannst du im Wohnzimmer auf deinem Kissen fortsetzen«, erwidere ich ungerührt.
Kopfschütteln beim Kater.
»Nee, eben nicht. Da macht Hedwig so einen Radau, dass ich kein Auge zukriege. Ich weiß echt nicht, was mit der auf einmal los ist!«
Wenn ich könnte, würde ich grinsen. Das fällt mir als Dackel aber zugegebenermaßen ziemlich schwer und sieht dann eher so aus, als würde ich die Zähne fletschen. Also lasse ich es und erkläre als erfahrenes Haustier meinem jungen Kollegen, was er noch nicht wissen kann.
»Hedwig ist verliebt. Und zwar glücklich. Deswegen singt sie bei der Arbeit und tanzt mit dem Staubsauger. Menschen machen so etwas, wenn sie glücklich sind.«
»Aha.«
Mehr fällt Schröder dazu anscheinend nicht ein – und dann gähnt er auch noch. Es ist offensichtlich: Das Paarungsverhalten der Zweibeiner interessiert ihn nicht die Bohne. Ich kann's verstehen. Allerdings ist man als Haustier gut beraten, sich damit trotzdem auseinanderzusetzen, denn das Thema beeinflusst das eigene Leben ganz ungemein.
Schröder verlässt im Zeitlupentempo mein Körbchen und schleicht so langsam zu seinem Kissen, dass man ihm beim Laufen die Krallen schneiden könnte. Auf halber Strecke bleibt er schon wieder stehen und dreht sich zu mir um.

»Aber wie kann man sich denn in einen Staubsauger verlieben? Wenn ich das richtig sehe, dann ist das doch kein Lebewesen, oder? Also, das Ding macht einen Lärm, als *würde* es leben. Aber in Wirklichkeit liegt das doch daran, dass Hedwig den Knopf gedrückt hat, richtig? Und in Sachen, die nicht leben, kann man sich ja nicht verlieben.«
Ich starre Schröder ungläubig an.
»Wie kommst du auf die irre Idee, dass sich Hedwig in den Staubsauger verliebt haben könnte?«
»Hast du doch gerade selbst gesagt: Sie ist verliebt und tanzt mit dem Staubsauger.«
Wuff! Ist es denn zu fassen? Ist der Kater wirklich so blöd?
»Schröder, ich meinte: Weil sie verliebt ist, tanzt sie mit dem Staubsauger.«
»Hä? Genau das hab ich doch gesagt.«
»Nein.«
»Doch.«
Grrrrr, das gibt's doch nicht!
»Noch mal von vorn und Wort für Wort: Ich meinte: Hedwig ist verliebt. Aber nicht in den Staubsauger, sondern in Herrn Michaelis.«
»Und wieso tanzt sie dann mit dem Staubsauger?«
JAUL! Und da behaupten die Zweibeiner immer, Katzen seien intelligente Tiere! Das Gegenteil ist der Fall. Jedenfalls ist der Kater unglaublich begriffsstutzig.
»Ist doch wohl klar, Schröder! Friedjof Michaelis ist gerade nicht da, deswegen tanzt Hedwig nicht mit ihm. Aber weil sie verliebt ist, bekommt sie gute Laune, wenn sie an ihn denkt. Und natürlich denkt sie ständig an ihn. Dann saugt sie nicht einfach Staub, sondern tanzt mit dem Staubsauger. Ganz so, als würde Herr Michaelis sie in den Armen halten. Kapiert?«
Schröder schüttelt den Kopf.

»Nee, nicht wirklich. Wenn sie doch eigentlich mit Herrn Michaelis tanzen will, warum saugt sie dann hier Staub?«

»Weil sie muss. Die Pflicht ruft!«

»Ich hör nichts.«

Das ist natürlich klar, dass Schröder keine Vorstellung von so etwas wie Pflicht hat. Er ist eben eine Katze. Und wenn Katzen etwas überhaupt nicht haben, ist es Pflichtgefühl. Während mein ganzer Familienstammbaum edler Jagdhunde seit fünfhundert Jahren gewissermaßen im Pflichtgefühl wurzelt, machen Katzen nach meiner Beobachtung den ganzen Tag lang nur das, was sie wollen. Hier mal ein Nickerchen, dort mal eine Maus fangen, dann wieder schlafen ... so kann das ewig gehen, ohne dass sie jemals etwa ein Haus bewachen, einen Einbrecher stellen oder ein Kaninchen apportieren. Schrecklich, so ein Katzenleben! Sinnlos! Und auch sinnlos, dem Kater zu erklären, warum Hedwig sich verpflichtet fühlt, die Wohnung zu putzen.

Schröder kommt zu mir zurückgeschlendert und stupst mich mit der Pfote an.

»Hey, Herkules, was ist los? Redest du noch mit mir?«

Ich werfe ihm einen genervten Blick zu.

»Ja doch. Es macht nur keinen Sinn, dir das komplexe Konzept von so etwas wie Pflicht zu erklären. Du würdest es sowieso nicht verstehen. Reden wir lieber über etwas anderes.«

Schröder legt sich vor mich auf den Boden und lässt den Kopf auf seine Pfoten sinken.

»Okay. Dann lass uns über die Liebe reden.«

Auweia! Das nächste komplizierte Thema!

»Die Liebe? Wie kommst du denn ausgerechnet darauf?«

»Weil die Menschen da ständig drüber reden. Oder singen. Und jetzt hast du doch auch damit angefangen. Also, dass Hedwig so komisch ist, weil sie verliebt ist. Da frage ich mich natürlich: Was ist das, die Liebe?«

»Schröder, das habe ich dir doch mindestens schon drei Mal erklärt. Merk es dir einfach.«
Der Kater kneift die Augen zusammen und mustert mich nachdenklich. Dann schlägt er mit dem Schwanz hin und her.
»Nein, das hast du mir noch nicht dreimal erklärt. Höchstens zweimal. Wenn überhaupt. Und ich kann es mir nicht merken, weil ich das Konzept immer noch nicht so richtig verstanden habe.«
Seufz. Was soll ich sagen? Das Konzept ist ja auch schwer zu verstehen. Weil es irgendwie keinen Regeln folgt, an die man sich halten könnte. Weder als Mensch noch als Tier. Fest steht nur, dass die Liebe ein sehr starkes Gefühl ist. Und wie alle starken Gefühle ist die Liebe kaum zu beherrschen. Das macht sie so unberechenbar. Ich spreche da aus Erfahrung. Wenn ich zum Beispiel an Cherie denke ... aber lassen wir das. Die wichtige Frage ist doch: Wie erkläre ich das dem Kater? Und zwar so, dass er es sich endlich merken kann und mir nicht weiter mit seiner Fragerei auf den Senkel geht.
»Alles okay bei dir, Herkules?«
Verwundert schaue ich Schröder an.
»Ja, natürlich. Warum? Ich überlege nur gerade, wie ich dir das mit der Liebe so erklären kann, dass du es verstehst.«
»Ach so. Ich dachte nur, weil du so gejault hast.«
Wuff?! Wie bitte?
»Ich habe doch nicht gejault!«
»Doch. Hast du.«
Ich habe gejault? Heilige Fleischwurst, ich werde alt! Jetzt jaule ich schon, ohne es zu bemerken. Als Nächstes unterhalte ich mich mit den Zimmerpflanzen oder den Sofakissen!
»Ähm, ich habe nicht wirklich gejault. Ich musste nur kurz an jemanden denken.«
Bei meiner Lieblingsfleischwurst! Das hätte ich nicht sagen

sollen, denn nun habe ich natürlich Schröders Neugier geweckt.

»An wen denn?«

»Niemand, den du kennst.«

»Woher willst du das wissen? Vielleicht kenne ich ihn ja doch.«

Wuff! Der Kater ist einfach impertinent!

»Nein, du kennst sie nicht.«

»*Sie?*«

Herrgott noch mal ... ich fange an zu knurren. Das allerdings bewirkt genau das Gegenteil von dem, was ich wollte. Anstatt auf Abstand zu gehen und die Klappe zu halten, rückt mir Schröder noch mehr auf den Pelz.

»Also reden wir von einem Mädchen?«

Ich überlege kurz, dann tue ich das Unvermeidliche. Ich schnappe nach Schröder und zwacke ihn dabei ein bisschen in einen seiner Vorderläufe. Tut mir leid, aber Gewalt ist eben doch eine Lösung! Der Kater schreit laut auf.

»MIAUA! Bist du total bescheuert? Das tat voll weh!«

Bedächtiges Nicken meinerseits.

»Ja, und das tut mir auch leid. Aber in deinem Alter sollte dir langsam klar sein, wann man besser mal die Klappe hält.«

»Pfff!« Der Kater atmet scharf aus. »Ich wollte doch nur wissen, über wen du redest. Aber wenn das ein Staatsgeheimnis ist, dann eben nicht. Wir brauchen uns auch gar nicht mehr zu unterhalten. Weder über die Liebe noch über sonst was. Lieg einfach weiter langweilig in deinem Körbchen rum, kratzt mich überhaupt nicht mehr. Ich suche mir jetzt interessantere Gesprächspartner!«

Interessantere Gesprächspartner als mich? Dass ich nicht lache. Wo will er die denn hier finden? Hier wohnen außer uns nur Zweibeiner, die entweder mit Staubsaugern tanzen (Hedwig), sich am liebsten nur mit ihrer Familie oder ihrem Job beschäftigen (mein Frauchen Carolin und ihr Mann Marc) oder sich mit ihren Geschwistern streiten (Luisa, Henri und die Zwillinge Milla und Theo). Wo Schröder bei dieser lausigen Auswahl einen guten Gesprächspartner herkriegen will, bleibt also sein Geheimnis. Aber auch gut. Kann ich wenigstens in Ruhe mein Nickerchen machen. Schröder trabt tatsächlich aus dem Zimmer, ich hüpfe in mein Körbchen und kuschele mich gemütlich in das Lammfell, das den Boden bedeckt. Hedwig hat auch aufgehört, so einen Krach zu machen – herrlich! Endlich Ruhe und Frieden! Tatsächlich überkommt mich auf einmal eine bleierne Müdigkeit. Ich lege meinen Kopf auf die Vorderläufe und schließe die Augen. Bevor ich aber sanft in den Schlaf gleiten kann, kommt jemand um die Ecke, den ich schon sehr lange nicht mehr gesehen habe: Cherie! Sie ist es tatsächlich! Und sie sieht wie immer fantastisch aus! Ihr goldenes Fell schimmert und fließt geradezu in großen Wellen um ihren schlanken Körper, ihre großen braunen Augen strahlen, und ein himmlischer Duft umgibt sie. Mein Herz macht einen riesigen Satz, und ich setze mich sofort in Positur.

»Hallo, Herkules«, haucht die schönste Golden-Retriever-Hündin der Welt. »Wir haben uns ja lange nicht mehr gesehen!«

»Ja, wirklich. Lang ist's her«, antworte ich mit markiger Stimme. »Ich freue mich, dich zu sehen!«

Cherie legt ihren wunderhübschen Kopf schief und mustert mich eindringlich.

»Ich hatte schon fast vergessen, wie gut du aussiehst«, sagt sie dann. »Obwohl ich noch sehr oft an dich denken muss.«

Ein warmes Gefühl breitet sich in meinem Bauch aus. Sie muss oft an mich denken – wenn sie wüsste, wie oft ich an sie

denken muss! Ich schwebe von jetzt auf gleich im siebten Himmel.
Der blonde Engel kommt näher und stupst mich mit seiner Pfote an.
»Rück mal ein Stück, Herkules, dann kann ich mich neben dich legen.« Ein treuer Blick aus ihren großen Augen, ich bekomme Herzrasen. Aber es fühlt sich nicht schlecht an.
»Klar, ich mache Platz. Wie ist es dir denn so ergangen in letzter ...«

DU SCHREIST MICH AN, UND ICH GEB DIR DIE SCHULD – UND DER NACHBAR VON OBEN WÄHLT EINS EINS NULL!!!

Jaul – was ist das denn? Ohrenbetäubender Lärm reißt mich aus meinem Körbchen hoch, mir sträuben sich die Nackenhaare. Ach was – Nacken, sämtliche Haare sträuben sich mir! Verwirrt schaue ich mich um, um festzustellen, woher diese schreckliche Musik kommt. Ha, war ja klar, natürlich aus Luisas Zimmer. Gruselig, was soll denn das?

Noch gruseliger wird es allerdings, als ich mich wieder hinlegen will: Cherie ist weg! Wo ist sie hin? Ich schnüffele aufgeregt durch die Luft – keine Spur von ihr. Nicht mal der Hauch einer Fährte. Nichts, nada, niente! Wie ist das möglich?

Langsam dämmert mir, dass mich die Mucke von Luisa aus einem Traum gerissen hat. Wunderschön zwar, aber doch nur ein Traum. Ich fasse es nicht – eben war ich noch so glücklich, und jetzt liege ich hier allein und gottverlassen und muss mir noch dazu diesen wummernden Krach anhören. Verdammt, was habe ich bloß falsch gemacht?

MANN, WENN WIR UNS DOCH LIEBEN, WARUM TUT ES SO WEH?

Es dröhnt weiter aus Luisas Zimmer. Aber während ich eben einfach nur genervt von dem Radau war, höre ich jetzt kurz auf den Text. Was soll ich sagen? Wer auch immer das geschrieben hat, er hat verdammt recht!

ZWEI

Hallöchen Popöchen, mein Name ist Schröder. Kurz und knapp. Einfach nur Schröder. Meines Zeichens ein kleiner schwarzer Kater ungewisser Herkunft, gerettet aus einer Einkaufstüte des Kaufhauses Schröder. Ja, ich weiß, was Sie jetzt sagen wollen: Normalerweise erklärt Ihnen hier ein hochwohlgeborener Dackel das Leben. Mit dem überaus klangvollen Namen Carl-Leopold von Eschersbach, Rufname Herkules. Aber seien wir mal ehrlich: Der Lack ist ab beim Dackel. Und zwar in jeder Beziehung. Der ist momentan dermaßen verwirrt, der findet sein eigenes Körbchen nicht mehr. Höchste Zeit also, dass ich übernehme. Wenigstens ein bisschen. Denn ich bin eine aufstrebende Nachwuchskraft, und was der olle Dackel schon hinter sich hat, habe ich noch vor mir.

Besser gelaunt bin ich auch und damit der wesentlich erfreulichere Umgang. Ja, wirklich! Nehmen wir doch einfach mal das Beispiel von vorhin – anstatt mit mir ein interessantes Gespräch über menschliche Gefühle zu führen, werde ich gleich abgemistet und bekomme gewissermaßen einen Tritt in den Allerwertesten. Aber mich kann der Dackel nicht täuschen: Der ist doch nur so schlecht gelaunt, weil ihm selbst in Sachen Liebe irgendwas quersitzt. Er will mir zwar nicht erzählen, wen er eben mit SIE meinte, aber ich werde es schon noch herausfinden.

Jetzt finde ich allerdings erst mal heraus, was das mit dem

Lärm aus Luisas Zimmer auf sich hat. Scheint irgendwie Musik zu sein, auch wenn ich einige Zeit gebraucht habe, um das zu erkennen. Aber mittlerweile bin ich mir ziemlich sicher, dass da jemand singt. Oder so eine Art von Singen praktiziert… eher so… so… ja! Sprechgesang! Das isses – Sprechgesang. Von einem Mann. Und zwischendurch immer wieder richtiger Gesang von einer Frau. Sehr interessant. Hab ich vorher auch noch nie gehört.

Hedwig kommt an mir vorbeigeschossen. Mit schnellen Schritten marschiert sie auf Luisas Zimmertür zu und klopft höchst energisch an. Ich würde sagen, ihr gefällt die Musik nicht. Auch wenn der vornehme Herr Dackel nicht müde wird zu betonen, wie wenig ich von Menschen verstehe – in diesem Fall bin ich mir jetzt ganz sicher!

»Luisa, was ist das für ein Radau? Mach das sofort leiser!«

Keine Reaktion. Beziehungsweise: Ich würde sagen, die Musik wird sogar ein bisschen lauter. Wütend reißt Hedwig die Tür auf. Ich hocke mittlerweile direkt hinter ihr und kann einen Blick in Luisas Zimmer werfen. Sie liegt mit geschlossenen Augen auf ihrem Bett und reagiert nicht.

Hedwig stößt die Tür noch weiter auf und geht zu dem schwarzen Teil auf Luisas Kommode, aus dem der Lärm kommt. Mit einem Handgriff bringt Hedwig es auf mirakulöse Art und Weise zum Schweigen.

Luisa fährt herum.

»Hey! Was soll das?«

»Ganz einfach, das ganze Haus bebt unter diesem Krach«, erklärt Hedwig mit erhobenem Zeigefinger. »Es wird doch wohl möglich sein, die Lautstärke so anzupassen, dass wir nicht alle unter dieser schrecklichen Musik leiden müssen.«

Der Blick, den Luisa jetzt ihrer Großmutter zuwirft, wäre imstande, den dicksten Kater vom Schlitten zu hauen. Böse!

Nun richtet sie sich auf und streicht sich die Haare aus dem Gesicht.

»Das ist keine schreckliche Musik, Oma, das sind Capital Bra und Lea! Also richtig gut. Du hast nur leider keine Ahnung von so etwas.«

»Ich bitte dich. Das ist kein Lied, das ist Krach.«

»Hä? Klar ist das ein Lied. Mit einem richtig guten Text. Heißt Hundertzehn!«

Hedwig schüttelt den Kopf.

»Na ja. Ich war ehrlicherweise auch kurz davor, die Hundertzehn zu rufen!«

»Haha, sehr witzig.« Mehr sagt Luisa nicht, sondern starrt Hedwig weiter böse an. Die seufzt und macht die Musik wieder an, allerdings viel, viel leiser als bisher. Dann dreht sie sich um und geht aus dem Zimmer. Ich bleibe neben dem Bett sitzen und denke nach. Was genau war denn an Hedwigs Bemerkung witzig? Und warum ist Luisa eigentlich so schlecht gelaunt? Normalerweise haben Menschen doch immer ganz gute Laune, wenn sie Musik hören. Seltsam.

Ich könnte natürlich den doofen Dackel fragen, der würde es mir bestimmt erklären. Aber das mache ich auf keinen Fall, ich habe schließlich auch meinen Stolz. Lieber finde ich es selbst raus, als Katze bin ich schließlich ein Raubtier und als Raubtier ein extrem guter Beobachter. Also lege ich mich direkt vor Luisas Bett und: beobachte!

Eine Weile passiert allerdings überhaupt rein gar nichts. Das macht das Beobachten relativ langweilig. Layka, die hübsche schwarz-grau-weiß getigerte Katze mit den grünen Augen von gegenüber, hat mir neulich erzählt, dass unsere nächsten Verwandten in der Savanne manchmal stundenlang in der Nähe eines Wasserlochs lauern, bis sich die Gnus oder Antilopen in Sicherheit wiegen. Dann erst schlagen sie zu, die

Raubkatzen. Ich weiß zwar immer noch nicht so genau, was eine Savanne oder ein Gnu ist, aber ich habe aus dieser Erzählung zumindest mitgenommen, dass ein Schlüssel zum Raubtiererfolg Geduld ist. Und darin übe ich mich jetzt, auch wenn es schwerfällt.

Luisas Handy bimmelt. Sie zögert, nimmt es dann aber doch in die Hand.

»Hallo? Lena?«

Lena ist Luisas beste Freundin. Sie ist häufig bei uns zu Besuch, und die beiden fahren morgens mit ihren Fahrrädern auch zusammen zu diesem mystischen Ort namens Schule. Bisher habe ich noch nicht ganz verstanden, was die Mädchen dort machen. Fast jeden Tag müssen die Kinder dorthin, und an manchen Tagen klingt alles, was Luisa und ihr kleinerer Bruder Henri aus der Schule berichten, ganz furchtbar. Dort gibt es eine bestimmte Gattung Mensch, Lehrer genannt, die anders als alle anderen Zweibeiner zu sein scheint. Sie dürfen über alles entscheiden und haben immer recht, auch wenn sie nicht recht haben. Behaupten jedenfalls die Kinder. Klingt total verwirrend, aber ich kann es nicht besser erklären. Vor allem, weil ich selbst noch nie in einer Schule war. Vielleicht muss ich das mal ändern!

Luisa hört sich an, was Lena ihr erzählt, und murmelt nur ab und zu *hm, hm* oder *ja, ja* oder *weißnich*. Und dann, gewissermaßen aus dem Nichts, fängt sie an zu weinen.

»Pauli ist so gemein zu mir«, schluchzt sie in ihr Telefon. »Er hat sich schon seit einer Woche nicht von selbst gemeldet. Und wenn ich ihn anskype oder ihm eine Nachricht schicke, dann ignoriert er das einfach. Ich glaube, er liebt mich nicht mehr!« Luisa lässt das Handy neben sich auf das Bett und sich selbst auf das Kissen fallen. Sie wird nun von einem regelrechten Weinkrampf geschüttelt. Auweia! Als Kater habe ich natürlich noch nie geweint, aber es scheint mir ein Zeichen von großem Kummer zu sein.

Kurz überlege ich, dann nehme ich Anlauf und springe auf das Bett. Ganz vorsichtig kuschle ich mich an Luisa, schließlich will ich sie trösten, nicht erschrecken. Tatsächlich streckt sie ihre Hand nach mir aus und streichelt mich.

»Schröder, mein lieber Schröder«, flüstert sie mir zu, »willst du mich trösten?« Sie dreht sich zu mir her und holt mich ein Stück zu sich heran, sodass ich direkt vor ihrem Gesicht liege. Luisas Gesicht ist ganz nass, ich kann der Versuchung nicht widerstehen, ihr mit der Zunge über die Wange zu fahren. Hm, lecker! Ganz warm und ein bisschen salzig!

Luisa verzieht das Gesicht zu einer Grimasse, aber als ich schon denke, dass sie mit mir schimpfen will, wird aus der Grimasse doch noch ein Lächeln.

»Das kitzelt«, murmelt sie »Aber es fühlt sich nicht schlecht an. Papa würde allerdings einen Schreikrampf kriegen, wenn er wüsste, dass du mir das Gesicht abschleckst. Wahrscheinlich würde er uns beiden sofort eine Wurmkur verpassen.« Sie kichert, dann streichelt sie mir noch einmal über den Kopf. »Wie machst du das bloß, Schröder? Vor ungefähr dreißig Sekunden dachte ich noch, dass ich sterben muss. Jetzt denke ich, dass ich die ganze Sache vielleicht doch noch überlebe.«

Mir fährt ein riesiger Schreck durch die Glieder, und ich maunze laut. Luisa dachte, dass sie sterben muss? Oh! Mein! Gott! Wie furchtbar! Dann muss sie sehr krank sein! Unruhig stupse ich sie mit meinen Pfoten an, natürlich mit eingefahrenen Krallen.

Luisa mustert mich erstaunt.

»Was hast du denn auf einmal, Schröder?«

Na, was wohl? Denkt die etwa, es wäre mir egal, wenn sie

stirbt? Ich maunze noch einmal jämmerlich. Luisa setzt sich auf ihrem Bett auf und nimmt mich auf den Schoß.
»Geht es dir nicht gut, Kater? Sollen wir mal Papa in der Praxis besuchen? Vielleicht hast du ja Bauchschmerzen oder eine angerissene Kralle? Komm, wir gehen runter.«
Spricht's, steht auf und trägt mich vorsichtig aus dem Zimmer. O nein, ich hab's echt verkackt! Da will ich mein Mitgefühl zeigen und lande zur Strafe auf Marcs Untersuchungstisch.

Die Praxis befindet sich im Erdgeschoss unseres Hauses, direkt unter unserer Wohnung. Luisa trägt mich vorsichtig nach unten und klingelt, kurz darauf öffnet uns Frau Warnke, Marcs Helferin, die Tür.

»Oh, hallo, Luisa«, begrüßt sie uns freundlich. »Geht es deinem Katerchen nicht gut?«

Doch, es geht mir blendend!, möchte ich am liebsten laut rufen, aber da ich das nicht kann, halte ich die Klappe. Weiteres Maunzen würde hier mit Sicherheit nur mehr Verwirrung stiften, also lasse ich auch das.

»Ich weiß nicht, Frau Warnke. Eben hat er so komisch gemaunzt und sich ganz eng an mich gedrückt. Vielleicht hat er Bauchweh. Eine Kolik oder so. Wenn Papa Zeit hat, kann er doch mal schnell gucken.«

Maunzmiau! Bitte keine Umstände! Ich hoffe, dass ein beliebter Tierarzt wie Marc nicht einfach einen – völlig sinnlosen – Termin dazwischenschieben kann. Wo Menschen ihr Zeitmanagement doch in der Regel heilig ist. Ja, ich würde sogar so weit gehen zu sagen: Wo Menschen die Zeit doch überhaupt erst erfunden haben!

Aber die Hoffnung mache ich mir vergebens, denn nun lächelt Frau Warnke und deutet den Flur hinunter.

»Ich glaube, ihr habt Glück. Gerade ist eine kleine Operation ausgefallen. Geht einfach durch in den Behandlungsraum.«

Von Glück kann man hier wirklich nur sprechen, wenn man keine Ahnung davon hat, was Tiere beim Tierarzt durchmachen. Umso erstaunlicher, dass ausgerechnet Frau Warnke so etwas sagt. Immerhin arbeitet sie schon seit immer hier – oder zumindest, seit ich sie kenne. Jemand wie Frau Warnke sollte doch etwas feinfühliger im Umgang mit uns Vierbeinern sein. Ich mache mich auf Luisas Arm ganz steif. Vielleicht merkt sie ja dann, dass ich überhauptabsolutgarkeinen Bock auf eine spontane Visite bei ihrem Vater habe!

Tut sie nicht. Stattdessen stößt sie die Tür zum Behandlungsraum auf und setzt mich auf den Behandlungstisch. Fauch! Das ist aber kalt an meinem Katzenpo!

Marc wirft uns einen erstaunten Blick zu.

»Hallo, Spatzl, waren wir verabredet?«, will er dann wissen.

»Geht es Schröder nicht gut?«

Luisa schüttelt den Kopf.

»Nee, der hat irgendwas. Eben hat er so ganz wehleidig gemaunzt und klebte regelrecht an mir, und jetzt ist er steif wie ein Brett. Ich glaube, er hat Bauchschmerzen. Und zwar ziemlich dolle!«

»Hm.« Mehr sagt Marc nicht. Dann nimmt er die komische Schnur, die um seinen Hals hängt und an deren Ende eine Scheibe baumelt, und hält mir die Scheibe an den Bauch, während er sich die Enden der Schnur in seine Ohren stöpselt. Echt wahr – er stöpselt sich das Ding in seine Ohren! Was bezweckt er bloß damit? Nun fährt er mit der Scheibe auf meinem Bauch hin und her. Maunz! Das kitzelt! Ich schlage mit einer Tatze nach der Scheibe, erwische sie aber nicht, weil Marc meinen Krallen relativ geschickt ausweicht. Dann nimmt er die Scheibe wieder von meinem Bauch und wiegt den Kopf nachdenklich hin und her.

»Also eine Kolik oder etwas in der Richtung hat unser kleiner Freund hier schon mal nicht. Vielleicht hat er ja Ohrenschmerzen bekommen?«

Luisa zieht die Augenbrauen zusammen, was lustig aussieht. Schon toll, was Menschen so alles mit ihrem Gesicht anstellen können.

»Wieso sollte Schröder Ohrenschmerzen bekommen haben?«

Marc grinst.

»Na ja, deine sehr schreckliche Musik haben wir sogar hier unten gehört.« Er lacht, und das Gesicht seiner Tochter verfärbt sich ganz dunkel.

»Ihr seid echt alle doof! Als ob es Schröder schlecht geht, weil er meine Musik nicht mag!«

Ihr Vater zuckt mit den Schultern.

»Na ja, oder aber er spiegelt deine Stimmung.«

»Was macht er?«

»Deine schlechte Stimmung widerspiegeln. Machen Haustiere häufiger mal. Ich nehme doch an, wenn du so laut Musik hörst, bist du entweder gerade super drauf. Oder aber das Gegenteil ist der Fall. Und da du hier nicht mit einem strahlenden Lächeln reingerauscht bist, nehme ich weiter an, dass du schlechte Laune hast.«

Nun ist es Luisa, die mit den Schultern zuckt. Sagen tut sie aber nichts. Das übernimmt ihr Vater.

»Lass mich raten: Liebeskummer?«

»Mann, du nervst! Aber total«, schreit Luisa völlig unvermittelt, dreht sich um – und rauscht raus! Und zwar ohne mich! Was ist denn hier los?

Marc schaut ihr nach und seufzt.

»Das ist es also«, stellt er dann fest. »Liebeskummer.«
Maunz? Sie hört laut Musik, weil sie Liebeskummer hat? Aber hatte mir der Dackel nicht gerade erklärt, dass Menschen laut Musik hören, wenn sie glücklich verliebt sind? Schließt sich das nicht irgendwie aus? Oder etwa nicht? Das verstehe, wer will. Ich jedenfalls nicht.

DREI

»Sag mal, Herkules, hältst du es für möglich, dass Menschen auf zwei völlig unterschiedliche Dinge trotzdem völlig gleich reagieren?«
Der Kater steht vor mir im Wohnzimmer und hat offensichtlich doch keinen interessanteren Gesprächspartner gefunden. Tja, das hätte ich ihm gleich sagen können. Ich antworte erst mal nicht, sondern betrachte meine Pfoten, ganz so, als gäbe es dort etwas rasend Interessantes zu entdecken.
»Herkules? Hast du gehört, was ich gesagt habe?«
Ich reagiere immer noch nicht. Der Kater atmet schwer.
»Na gut, Carl-Leopold von Eschersbach: Es tut mir leid, dass ich vorhin so neugierig war. Und es tut mir auch leid, dass ich gesagt habe, dass du kein interessanter Gesprächspartner bist. Das war nicht so gemeint. Hättest du jetzt also wieder die Güte, dich mit mir zu unterhalten?«
Ich wende den Blick von den Pfoten ab und hin zum Kater. Soll ich demonstrativ gähnen? Nein, das wäre vielleicht ein bisschen zu dick aufgetragen. Stattdessen nicke ich huldvoll.
»Na gut, Schröder. Ich verzeihe dir. Du bist noch jung und unerfahren und wusstest es einfach nicht besser.«
Am Zucken von Schröders Schnurrhaaren kann ich sehen, dass er liebend gern etwas darauf erwidern würde, aber er lässt es. Braver Kater, so ist es fein! Und im Übrigen: Lehrjahre sind keine Herrenjahre! Wenn ich bedenke, was ich mir so alles von Herrn Beck – Gott hab ihn selig! – anhören musste, als ich

noch ein kleiner Dackel war! Dagegen bin ich wirklich völlig harmlos. Gar nicht zu vergleichen.

»Aber was sagst du denn jetzt zu meiner Frage?«, hakt Schröder nach. Ich überlege kurz. Wie war die noch mal? Ich kann mich nicht erinnern.

»Herkules? Was meinst du?«

»Ähm, gib mir mal ein Beispiel«, rette ich mich.

»Also, du hast mir doch heute erklärt, dass Hedwig laut singt und tanzt, weil sie glücklich in Herrn Michaelis verliebt ist.«

Ich nicke.

»Ja. So ist das.«

»Aber wie kann es dann sein, dass wiederum Luisa ganz laut Musik hört, obwohl sie UNGLÜCKLICH verliebt ist? Das widerspricht sich doch.«

Heilige Fleischwurst! Da ist der kleine Kater ja schon wieder bei seinem Lieblingsthema: der Liebe. Ich überlege, wie ich ein Gespräch darüber ein für alle Mal abbiegen kann.

»Also hör mal, Schröder, es ist so: Wie ich dir schon erklärt habe, ist die Liebe ein sehr starkes Gefühl. Und dieses Gefühl ist wie ein Pendel, das in beide Richtungen schwingen kann. Die Liebe kann dich also sehr glücklich machen – dann tanzt du mit einem Staubsauger durch die Gegend –, oder sie kann dich sehr unglücklich machen. Dann hörst du so gruselige Musik, dass dem Rest deiner Mitbewohner die Ohren abfallen. In welche Richtung das Pendel ausschlägt, das weißt du vorher leider nicht.«

Schröder legt den Kopf schief und mustert mich nachdenklich.

»Wie? *Vorher?*«

»Na ja, in dem Moment, in dem du dich verliebst. Da weißt du leider noch nicht, ob die Sache gut für dich ausgehen wird.«

»Aha. Und wieso überhaupt *ich*? Ich dachte, Liebe ist nur etwas für Zweibeiner. Also, diese Liebe, bei der man mit Staubsaugern tanzt oder laut Musik hört.«

Ha! Wenn das nur so wäre! Der Kater hat ja überhaupt keine Ahnung von gar nichts. Ich schüttle energisch den Kopf.

»O nein, mein Lieber! Auch ein Dackel kann sein Herz verlieren. Und vermutlich sogar ein Kater.« Schröder reißt die Augen auf und will offenbar etwas sagen, aber ich lasse ihn nicht zu Wort kommen. »Glaube mir, das ist keine schöne Erfahrung, aber auch ich musste sie schon machen!«, bricht es aus mir heraus, und es ist mir völlig egal, dass Schröder nun natürlich zwei und zwei zusammenzählen und auf vier kommen wird.

»Verstehe. Du sprichst wieder von der *sie*, von der du mir eigentlich nichts erzählen wolltest, oder?«

Ich nicke.

»Und hast du deine Meinung jetzt geändert?«

»Ja. Du gibst ja sonst doch keine Ruhe. Also sei still und spitz die Ohren!« Letzteres ist natürlich für eine Katze eine völlig blödsinnige Aufforderung. Schröders Ohren sind so kurz, dass sie sowieso immer spitz von seinem Kopf abstehen. Aber egal. Ich hoffe mal, er hat verstanden, was ich meine.

Nachdem ich tief durchgeatmet habe, fange ich an, von ihr zu erzählen. Von Cherie, der bis heute mein Herz gehört.

»Es war ein schöner Sommertag. Caro hatte ein Date mit einem Schauspieler. Ein Vollidiot, wie sich im Nachhinein herausstellte. Aber das wusste ich da noch nicht. Wir saßen in einem Gartenlokal an der Alster. Also – Caro und der Typ saßen, ich lag unter dem Tisch. Und da bemerkte ich sie – direkt neben mir. Die wunderschönste Hündin, die ich je gesehen hatte. Goldenes, samtig schimmerndes Fell, große braune Augen und eine feuchte Nase. Sie war ... perfekt! Aber das erkannte ich in dem Moment noch nicht so ganz, zu sehr war ich auf Carolin und ihren Schauspieler konzentriert. Wenn ich Cherie danach nie wiedergesehen hätte, hätte ich mich vielleicht noch mal von dieser Begegnung erholt. Aber das Schicksal wollte es anders...« Ich mache eine Pause und denke nach. Schon komisch, wie ein einziger Tag das ganze Leben ändern kann. Wenn an jenem Tag nicht so schönes Wetter gewesen wäre, hätte sich Caro nicht mit Marc und seiner Tochter Luisa an der Alster verabredet. Und dann wäre sie nicht mit mir spazieren gegangen, und ich hätte auf diesem Spaziergang auch nicht Cherie wiedergetroffen. Mehr noch – wenn Marc und Luisa nur ein bisschen früher oder später gekommen wären, dann hätten sie sich in dem Café an der Alster vielleicht an einen anderen Tisch gesetzt. Und nicht ausgerechnet an den, neben dem auch Cheries Frauchen Platz genommen hatte und unter dem dann logischerweise auch Cherie lag. Als ich sie auf dem Spaziergang sah, war es sofort um mich geschehen, mein Herz war verloren. Als sie mich dann im Café ansprach... ich dachte zuerst, ich hätte eine Erscheinung oder sei einem Engel begegnet!

»Herkules?« Schröder stupst mich mit einer Pfote an.

»Äh, ja?«

»Du warst stehen geblieben bei: *Aber das Schicksal wollte es anders...*«

»Genau. Also, ich habe Cherie ein Jahr später tatsächlich wiedergetroffen und mich unsterblich in sie verliebt. Sie hat einfach das gewisse Etwas und ein riesengroßes Herz.«

Mein kleiner Katerfreund mustert mich.

»Und das hast du alles gleich auf einen Blick erkannt? Also, auf den zweiten Blick, meine ich.«

Ich nicke.

»Ja, natürlich! Ein von Eschersbach erkennt eine Frau mit Klasse sofort. Außerdem« – ich zögere kurz, weil ich mir nicht

sicher bin, ob ich das dem Kater wirklich erzählen sollte, entscheide mich dann aber dafür –, »außerdem hat mir Cherie sehr furchtlos das Leben gerettet und mir trotzdem nie das Gefühl gegeben, dass sie mich deswegen nicht mehr für voll nimmt.«
Der Kater reißt die Augen auf.
»Krass! Sie hat dir das Leben gerettet?«
»Jupp. Genau so war es: Ich wollte ihr auf eine total dämliche Art und Weise imponieren und bin dabei fast in der Alster ertrunken. Sie ist in letzter Sekunde hinter mir hergesprungen und hat mich gerettet.«
»Wow! Offenbar konnte die richtig gut schwimmen! Ich muss sagen – ich hätte dich nicht gerettet. Auch wenn du mein bester Freund bist, vor Wasser habe ich einfach viel zu viel Angst.«
»Tja, du bist halt eine Katze. Aber Cherie ist ein Golden Retriever, und Wasser ist ihre Leidenschaft.«
KHRCHKRCH! Schröder gibt ein kicherndes Geräusch von sich.
»Was ist daran so komisch?«, will ich wissen.
»Oh, gar nichts, ich musste nur daran denken, dass es in dem Fall schöner wäre, wenn Dackel ihre Leidenschaft wären. Also, wo du doch ihr Herz an sie verloren hast.«
»Haha. Wirklich urkomisch.« So ein Vollidiot. Ich hätte ihm nicht davon erzählen sollen. Katzen haben einfach kein Herz und demzufolge auch keine Vorstellung davon, wie es ist, selbiges zu verlieren. Die kreisen immer nur um sich selbst, diese egozentrischen Fellnasen! Ich drehe mich um und trabe aus dem Wohnzimmer. Der Kater allerdings rennt hinter mir her. Im Flur hat er mich eingeholt und versperrt mir den Weg.
»Hey, nun sei doch nicht gleich beleidigt. Ich wollte nur einen kleinen Witz machen, die Stimmung ein bisschen auflockern!«

»Über so was macht man keine Witze«, knurre ich Schröder an. »Liebe ist ein sehr ernstes Thema!«

»Tut mir leid! Ich werde es beherzigen. Aber bitte erzähl doch weiter. Noch habe ich nicht ganz verstanden, warum die Liebe für dich keine schöne Erfahrung war. Bisher klingt das alles super – inklusive der Tatsache, dass du noch unter den Lebenden weilst und nicht auf dem Alstergrund geblieben bist.«

»Na gut, ich erzähl dir, warum es eine unglückliche Liebe wurde. Aber nicht hier, sondern im Garten. Ich glaube, ich brauche jetzt dringend frische Luft.« Tatsächlich schwirrt mir nämlich gerade richtig der Kopf, und ich bekomme Ohrensausen. Das Thema Cherie nimmt mich einfach noch zu sehr mit.

Wir laufen also zur Haustür, und ich kratze sehr heftig an selbiger – seit Jahren mein Zeichen an die Zweibeiner, dass sie mich bitte in den Hausflur lassen möchten. Den Weg in den Garten finde ich dann allein – einfach die Treppe nach unten ins Erdgeschoss zum Hintereingang, der wird tagsüber von einem Keil offen gehalten, sodass ich nach Belieben rein und raus kann. Fast wie eine Katzenklappe, nur ohne Klappe.

Ich kratze wie ein Weltmeister. Keine Reaktion meiner menschlichen Mitbewohner. Also zünde ich Stufe 2: mittellautes Bellen. Immer noch: keine Reaktion. Mittlerweile hat sich mein Ohrensausen zu veritablen Kopfschmerzen ausgewachsen – ich muss hier raus! Stufe 3 besteht dann aus SEHR lautem Bellen und Knurren. Schröder steht neben mir und schaut beeindruckt.

»Alter, was machst du für einen Alarm! Aber pass bloß auf, dass du nicht auch auf Marcs Untersuchungstisch landest. Als ich vorhin nur einen Bruchteil von deinem Aufstand gemacht habe, bin ich gleich in die Praxis gebracht worden, weil Luisa dachte, dass es mir nicht gut geht. Dabei wollte ich sie doch nur trösten, weil sie so schlecht gelaunt war wegen diesem Pauli.«

Ah! Pauli! Der schon wieder! Na klar, nach meiner Kenntnis ist dieser Pauli immer für Gefühlsverwirrung bei Luisa gut. Entweder ist sie himmelhochjauchzend wegen ihm – oder aber zu Tode betrübt. Eine Gefühlslage dazwischen, ein schönes Normalnull, habe ich jedenfalls noch nicht erlebt. Also hat Luisa mal wieder Liebeskummer.

In diesem Moment kommt sie auch schon übellaunig aus ihrem Zimmer gestapft und reißt die Haustür auf.

»Ihr nervt richtig hart! Raus mit dir, Herkules! Und vergiss den blöden Kater nicht!«

Es fehlt nicht viel, und Luisa hätte uns noch einen Tritt in den Allerwertesten verpasst, da bin ich mir sicher. Insofern können wir noch von Glück reden, dass sie einfach nur abwartet, bis wir durch den Türspalt hindurchgeschlüpft sind, und dann die Tür hinter uns zuknallt. Schröder maunzt.

»Warum ist die denn so gemein zu uns? Wir haben doch gar nichts gemacht!«

Ich seufze.

»Schröder, das Herz ist eine miese Gegend. Komm mit in den Garten.«

Hier unten in der Sonne geht es mir gleich besser. Das Ohrensausen lässt nach, Kopfschmerzen habe ich auch keine mehr – jetzt noch eine schöne Portion Fleischwurst, und mein Leben wäre perfekt! Ich lege mich auf das sonnige Fleckchen Rasen direkt neben dem Blumenbeet, das Hedwig vor ein paar Jahren mit Luisa angelegt hat. Damals war Luisa noch ziemlich klein und ziemlich süß – warum hat sie sich denn so zu ihrem Nachteil entwickelt? Und überhaupt ist der menschliche Nachwuchs durchgehend und leider bis ins hohe Alter pflegeaufwendig: Als Baby »Pflegestufe 3« (Zitat Marc), im Kindergartenalter der Zwillinge von der Zerstörungskraft mehrerer Atomsprengköpfe, dann irgendwann Pubertät (sehr schlimm!) und dann wie bei Luisa, die jetzt siebzehn Jahre alt ist: Liebeskummer (noch schlimmer!)! Nur Henri ist für menschliche Verhältnisse mit seinen sieben Jahren einigermaßen pflegeleicht. Gib ihm einen Fußball, und er ist zufrieden. Und wenn du Glück hast, schießt er ihn nicht durch die nächste Scheibe.

»Ähm, geht es dir wieder besser, Herkules?«, erkundigt sich Schröder vorsichtig.

Ich räkle und strecke mich noch einmal und horche in mich hinein. Das Ohrensausen ist komplett verschwunden, und das Einzige, was noch kribbelt, ist die Sonne auf meiner Dackelnase. Nun denn.

»Also, wo war ich stehen geblieben?«, erkundige ich mich bei meiner Zuhörerschaft.

»Du wolltest erzählen, warum es eine unglückliche Liebe wurde.«

Ich überlege kurz.

»Genau. Das wollte ich. Erst mal war mein Glück allerdings perfekt: Denn irgendwann hat Cherie eingesehen, dass ich, obwohl ein kurzbeiniger Dackel, doch der Richtige für sie bin. Gesehen haben wir uns jeden Tag, denn erst war ihr Frauchen mit Daniel zusammen...«

»*Unser* Daniel?«, unterbricht mich Schröder ungläubig. Ich nicke.

»Ja, unser Daniel. Der Daniel, mit dem Caro in der Geigenwerkstatt arbeitet. Der war mit Claudia zusammen, und Claudia wiederum war Cheries Frauchen. Irgendwann allerdings war Claudia nicht mehr mit Daniel, sondern mit ihrem Yogalehrer Swami zusammen und ist ausgezogen. Cherie hat sie aber, Gott sei Dank, nicht mitgenommen, und Daniel ist dann mit Cherie in das Haus von Caros Werkstatt gezogen. Klar so weit?«

»Äh, nicht ganz. Was ist ein Yogalehrer?«
Mannomann, der Kater hat wirklich ein Talent zur belanglosen Fragerei!
»Yoga ist 'ne Art Gymnastik. Nur irgendwie mit Singen und Nachdenken. Und Beten. Beten mit Turnen, aber ohne Kirche. So würde ich das beschreiben. Ist für meine Geschichte aber völlig belanglos.«
»Tschuldigung. Erzähl weiter.«
»Na, jedenfalls ist Claudia eines Tages doch wieder aufgekreuzt und wollte Cherie unbedingt zurückhaben. Hat gesagt, dass sie Daniel verklagt, wenn er sie nicht rausrückt. Es war wahrscheinlich nur Rache wegen Nina.«
»Wegen Nina? Was hat die denn damit zu tun?«, unterbricht mich der Kater schon wieder. Ich werfe ihm einen tadelnden Blick zu, er ignoriert ihn.
»Nina ist doch gewissermaßen die Nachfolgerin von Claudia. Als Daniel noch Single war, war es Claudia wurscht, dass er noch Cherie hatte. Kaum war aber ein anderes Weibchen aufgekreuzt, musste sie natürlich was unternehmen.«
»Ah!« Schröders Schnurrhaare zucken nach oben. »Sie musste ihr Revier markieren.«
Hundert Punkte, Kater!
»Genau richtig. Sie markierte ihr Revier, indem sie Cherie wieder einkassiert hat. So hat sie klargemacht, dass sie immer noch die Oberhand bei der ganzen Geschichte hat. Daniel protestierte zwar, aber genutzt hat es nichts. Er musste Claudia Cherie mitgeben. Und ich habe sie danach nicht mehr gesehen. Es hat mir das Herz gebrochen.«
Ich schlucke trocken und starre düster vor mich hin. Eine Weile schweigen wir uns an, dann kommt der Kater ganz nahe an mich herangeschlichen.
»Denkst du, man kann es wieder heilen?«

»Was meinst du damit?« Ich weiß gerade wirklich nicht, wovon Schröder spricht.

»Na, denkst du, man kann es wieder heil machen, so ein gebrochenes Herz? Vielleicht mit einer neuen Liebe?«

Ich schüttle den Kopf.

»Wohl kaum. Ich habe die Liebe meines Lebens getroffen. Glaube nicht, dass mir altem Dackel das noch mal passiert.«

VIER

Auweia! Herkules hat einen Herzfehler! Das klingt nicht gut. Irgendwie lebensbedrohlich, denn mit einem gebrochenen Herzen ist bestimmt nicht zu spaßen. Das schlägt doch dann nicht mehr richtig – nicht, dass der olle Dackel demnächst tot umfällt. Schön wäre das keinesfalls. Auch wenn er ab und zu ziemlich besserwisserisch ist und immer recht behalten will, wäre ich ziemlich traurig, wenn er nicht mehr da wäre. Die Frage lautet also: Wie kriegt man das Herz wieder hin? Darüber denke ich nun schon seit ein paar Tagen nach, aber eine Lösung für das Problem ist mir noch nicht eingefallen.

»Na, Schröder? Alles gut bei dir? Du siehst irgendwie nachdenklich aus.«

Layka ist zu mir auf den Balkon gekommen. Dort fläze ich mich auf die Truhe, in der Marc und Caro die Polster für die Balkonstühle aufbewahren. Also, während ich über das Problem mit dem Herzen von Herkules nachdenke.

»Tja, ich überlege tatsächlich gerade, wie ich Herkules helfen kann. Er hat Herzprobleme.«

Ein eleganter Satz – dann liegt Layka neben mir. So aus der Nähe sieht sie noch hübscher aus. Mir wird warm.

»Herzprobleme? Na, euer Herrchen ist doch Tierarzt, der wird ihm sicher helfen können. Ein paar Tabletten, dann ist er wieder ganz der Alte. Das habe ich schon bei einigen Kollegen erlebt, die in die Jahre gekommen waren.«

Ach, das ist ja sehr interessant – es gibt Tabletten gegen ein gebrochenes Herz? Das sind wirklich gute Nachrichten! Ebenso interessant finde ich, dass vor allem Ältere an der Problematik zu leiden scheinen. Ich vermute, es wird daran liegen, dass einem im Laufe eines langen Lebens mitunter häufiger das Herz gebrochen wird. Das wächst dann wahrscheinlich einfach nicht mehr so gut zusammen.

»Okay, aber wie bekomme ich Marc dazu, Herkules mal zu untersuchen? Damit er sieht, dass er ein gebrochenes Herz hat, und ihm Tabletten gibt.«

Layka legt den Kopf schief.

»Wie? Ein gebrochenes Herz?«

Warum fragt sie das? Ich hab's doch gerade erklärt. Nie hört mir jemand richtig zu!

»Na, ein gebrochenes Herz. Habe ich doch eben gesagt. Daran leidet Herkules.«

»Ach so. Er hat Liebeskummer. Sag das doch gleich. Da helfen natürlich auch keine Herztabletten, du Witzbold.«

Witzbold? Ich? Wieso?

»Äh, ich dachte, das ist doch schon eine Art Herzkrankheit.«

Der Blick, den Layka mir jetzt zuwirft, macht deutlich: Sie hält mich für komplett unterbelichtet. Als wäre ich der totale Lauch. Autsch! Das tut weh! Und ungerecht ist es auch – schließlich war es Herkules selbst, der gesagt hat, dass sein Herz gebrochen ist.

»Entschuldige«, erwidere ich eingeschnappt, »das war ja nicht meine Idee mit den Herztabletten. Ich habe nur gesagt, dass Herkules Probleme mit dem Herzen hat. Und das stimmt ja auch.«

Layka steht von ihrem Platz neben mir auf und rekelt sich. Ihr Körper ist wirklich durchtrainiert, sie hat eine Spitzenfigur. Mir wird noch wärmer.

»Wie auch immer. Bei Liebeskummer musst du dir etwas anderes einfallen lassen, wenn du deinem Freund helfen willst. Am besten, du besorgst ihm eine neue Flamme, dann wird er die alte schnell vergessen.«
Ich schüttle den Kopf.
»Unmöglich. Herkules hat gesagt, Cherie ist die Liebe seines Lebens.«
PRRRKKRRCHHH. Layka maunzt amüsiert.
»So ein Quatsch. Besorg ihm 'ne neue, dann spielt Cherie schon bald keine Rolle mehr. Herkules ist schließlich ein Mann. Und Männer können nicht allein sein.«
Frechheit! Wie redet die über uns?!
»Layka, glaub mir, damit liegst du völlig falsch. Ich muss es wissen. Ich bin schließlich ein Mann.«
»Schröder, glaub DU mir. Ich muss es wissen. Ich bin schließlich eine Frau.«
Diese Diskussion dreht sich eindeutig im Kreis. Ich frage mich, warum Layka so eine schlechte Meinung über uns Männer hat. An Herkules kann man doch sehen, zu welch großer Liebe wir fähig sind. Immerhin scheint der schon seit Jahren dieser Cherie nachzutrauern. Und Marc kümmert sich auch rührend um seine Familie, obwohl die nicht mal besonders nett zu ihm ist. Er muss immer alle Reste aufessen, die die Kinder auf ihren Tellern lassen, er darf entweder nur ganz früh ins Bad oder als Letzter, und außerdem benutzen sowohl Caro als auch Luisa immer dieses Ding namens Rasierer, das aber eigentlich Marc gehört. Wenn er den Rasierer dann mal selbst braucht, ist der entweder verschwunden oder funktioniert nicht mehr richtig. Und trotzdem kann man in Marcs Augen ganz eindeutig sehen, wie sehr er seine Frauen liebt, die großen wie die kleinen. Mit anderen Worten: Alle Männer, die ich kenne, egal, ob zwei- oder vierbeinig, haben sich dem weib-

lichen Geschlecht gegenüber überhaupt nichts zuschulden kommen lassen.

»Layka, ich verstehe nicht, was du gegen uns Männer hast«, sage ich also und versuche, dabei nicht beleidigt zu klingen. Obwohl ich es ein klein wenig bin.

»Wie kommst du darauf? Das stimmt gar nicht!«

»Stimmt wohl. Zu sagen, dass uns egal ist, mit wem wir zusammen sind, Hauptsache, wir sind nicht allein, ist gemein. Das klingt so, als wären wir Männer total anspruchslos.«

Laykas Schnurrhaare zucken. Ob vor Vergnügen oder weil sie langsam sauer wird, kann ich noch nicht einschätzen. Aber auch wenn sie jetzt sauer ist – die Wahrheit muss gesagt werden. Jawohl!

»Ach, Schröder, irgendwie bist du süß«, schnurrt Layka. Okay, sie ist offenbar nicht sauer. »Wie du hier die Männer verteidigst – einfach zu goldig! Dabei bist du noch ein Kind. Dich habe ich damit doch gar nicht gemeint.«

MAUNZ!!! Was bin ich? Ein Kind? Die tickt wohl nicht richtig. Ich bin doch kein Kind mehr! Ich bin ein ausgewachsener Kater! Also, fast. Na gut, noch nicht ganz. Vielleicht wachse ich noch ein Stück. Bestimmt tue ich das. Hedwig sagt immer, aus mir würde bestimmt mal ein *stattlicher Kerl*, und das klingt doch ganz so, als würde ich noch größer und irgendwie ... *breiter* werden. Okay, möglicherweise hat Layka recht, und ich bin noch kein ganzer Mann, aber mindestens schon ein halber. Und genau diese Hälfte findet, dass Layka nicht solche Sachen über uns Männer sagen sollte. Ich habe allerdings keine Lust, das hier weiter mit Layka zu diskutieren. Lieber mache ich mich auf die Suche nach einem anderen Berater in Sachen Dackels Herzprobleme!

Ich maunze Layka eine kurze Verabschiedung zu, dann springe ich von der Truhe hinunter und verschwinde durch die geöffnete Balkontür nach drinnen. Über die Schulter kann ich noch sehen, dass sie mir überrascht nachschaut, fast, als wäre sie enttäuscht, dass ich aufgegeben habe. Aber selbst schuld. Sie hätte mir auch einfach ein paar Tipps verraten können, wie ich den Dackel wieder fit bekomme.

Ich laufe in die Küche. Da finde ich zwar auch nicht die Lösung des Herz-Problems, dafür aber die des Hunger-Problems. Hedwig hat mir nämlich gerade einen vollen Napf hingestellt. Natürlich hat sie dabei auch an Herkules gedacht, und weil der zwar ein gebrochenes Herz hat, mit seiner Nase aber noch alles in bester Ordnung ist, hat er das Futter gerochen und kommt direkt hinter mir durch die Tür gesaust.

»Ah, frisch gekochter Pansen, wie lecker«, freut er sich und klingt schon wieder viel besser. Ich finde zwar nicht, dass es besonders lecker riecht, freue mich aber auch, weil es Herkules wieder besser zu gehen scheint. Ich stelle mich neben ihn und schnuppere an meinem eigenen Napf. Hm, das sieht mir doch ganz nach Geflügelleber aus! Hedwig ist eine Frau mit Geschmack, das steht schon mal fest.

»Na, ihr beiden? Das schmeckt euch, nicht wahr?« Hedwig klingt zufrieden. »Wenn ihr fertig gefressen habt, dann machen wir einen Spaziergang im Park, Herkules. Ich bin mit Friedjof verabredet und würde sagen, ein paar Meter zu Fuß können dir auch nicht schaden. Da kannst du dir den Pansen gleich wieder abtrainieren.«

Oh, spazieren gehen! Da will ich mit. Ich habe zwar keine Leine so wie Herkules, aber meistens darf ich trotzdem mitkommen, wenn Hedwig mit dem Dackel eine Runde dreht. Dann hefte ich mich den beiden einfach an die Fersen, bisher hat das immer gut geklappt.

Herkules scheint nicht ganz so begeistert von der Idee wie

ich. Er seufzt tief und wirft einen Blick über seine Schulter Richtung Hedwig.

»Heilige Fleischwurst! Wieso will die denn jetzt unbedingt spazieren gehen? Und was heißt hier überhaupt *abtrainieren*? Ich bin in Spitzenform!«

»Hey, ist doch schön, mal rauszukommen«, versuche ich, gute Laune zu verbreiten.

Der Dackel reagiert nur mit einem Grunzen. Gut, dann nicht. Dann sei eben schlecht gelaunt, ist mir egal. Ich freue mich auf eine Runde durch den Park!

Kaum sind unsere Näpfe leer, kommt Hedwig auch schon her, die Leine von Herkules in der Hand. Sie hat bereits ihren Mantel angezogen und sieht im Gegensatz zum Dackel sehr fröhlich aus. Kein Wunder. Schließlich treffen wir Friedjof, und sie muss nicht mehr mit dem Staubsauger tanzen, sondern kann gleich das Original in den Arm nehmen.

Hedwig beugt sich über Herkules und leint ihn an, der setzt sich prompt auf seinen Po und bewegt sich keinen Millimeter mehr.

»Ich hab's mir überlegt«, knurrt er mir zu, »nach so einem vollen Fressnapf brauche ich kein Training, sondern Ruhe. Soll Hedwig doch allein zu ihrem Friedjof latschen – ich bin raus.«

Da allerdings hat der Dackel die Rechnung ohne Hedwig gemacht. Sie zieht noch einmal energisch an der Leine, aber als sich Herkules immer noch nicht bewegt, bückt sie sich kurz entschlossen und klemmt ihn sich unter den Arm – ganz so, als wäre er eine ihrer Handtaschen!

»So, mein Lieber, jetzt ist Schluss mit dem Sitzstreik, wir kommen sonst zu spät«, erklärt sie ihm freundlich, aber resolut, und öffnet die Haustür. Ich laufe hinterher – nicht, dass die mich noch vergessen! Hedwig zögert kurz, dann murmelt sie: »Na gut« und lässt die Tür geöffnet, sodass ich durch den

Spalt hindurchschlüpfen kann. Dann springe ich hinter den beiden die Treppe hinunter, und kurz darauf stehen wir draußen auf der Straße. Hedwig setzt Herkules wieder auf den Boden und läuft los, er läuft immerhin hinterher, würdigt mich dabei allerdings keines Blickes, obwohl ich direkt neben ihm bin.

»Sag mal, bist du jetzt etwa sauer auf mich?«, will ich wissen. Er antwortet nicht. Wie nervig. Dabei habe ich ihm doch gar nichts getan. Eines ist mal klar: Das gebrochene Herz führt offenbar zu sehr schlechter Stimmung. Aber das war ja gestern auch schon bei Luisa zu beobachten: Wie die mich einfach auf dem Untersuchungstisch hat sitzen lassen – eine Frechheit! Und wirklich nur dadurch zu entschuldigen, dass sie gerade sehr unglücklich in Pauli verliebt ist und ständig so schaurige Musik hört, dass sie schon selbst ganz verwirrt ist. Wenigstens kann Herkules mich nicht in die Tierarztpraxis zerren, sondern nur missmutig vor mir hertraben.

Kurz darauf kommen wir im Park an. Ich kenne den Weg schon ganz gut, denn es ist auch Caros Arbeitsweg zu ihrer Werkstatt. Dort war ich schon häufiger zu Besuch und habe Caro und Daniel dabei zugesehen, wie sie diese seltsamen Holzkästen basteln, denen man manchmal schöne, oft aber auch echt schaurige Töne entlocken kann, indem man mit einem Stock auf ihnen herumreibt oder -haut. Geigen, so heißen diese Dinger. Manchmal aber auch Cello oder Bass, so viel habe ich schon mitbekommen.

Hedwig geht durch die Lücke in der großen Hecke, die gleichzeitig der Eingang in den Park ist. Der Weg, der jetzt von glatten Gehwegplatten zu festem Sand wechselt, kitzelt an meinen Pfoten. Es fühlt sich schön an, fast ein bisschen nach Freiheit und Abenteuer! Ich mache einen kleinen Freudensprung – MIAU!

»Was soll das denn?«, herrscht Herkules mich an. Alter Falter, seine Laune ist wirklich unerträglich.

»Tschuldige, dass ich mich einfach über den schönen Tag freue«, maunze ich beleidigt zurück. »Hier draußen ist es doch einfach super – riechst du es nicht?«

Herkules zögert kurz, dann hält er seine Nase in den Wind und schnüffelt.

»Nee – was denn?«

»Na, die Freiheit!«

Jetzt setzt sich der Dackel doch tatsächlich wieder auf seinen dicken Po – und kassiert prompt einen heftigen Ruck an der Leine von Hedwig.

»Da«, bellt er, »da siehst du meine Freiheit, du doofer Kater! Die reicht genau einen Meter von meinem Halsband bis zu Hedwigs Handgelenk.« Dann knurrt er mich an und klingt dabei richtig böse.

»Aber ... aber ...«, stammle ich. Leider fällt mir so schnell nichts Beschwichtigendes ein. Und bevor ich noch weiter darüber nachdenken kann, macht Herkules trotz der kurzen Leine einen Satz nach vorn und: beißt mir tatsächlich ins Ohr! AUA! So eine Gemeinheit!

Ich fauche laut auf, dann drehe ich mich um und renne, so schnell ich kann, davon. Der Dackel ist offenbar verrückt geworden! Das ist ja viel schlimmer, als von Luisa in die Praxis geschleift zu werden. Hedwig ist völlig überrascht und ruft mir irgendetwas nach. Ich kümmere mich nicht darum und laufe einfach weiter.

Erst als mich Hedwig nicht mehr sehen kann, hinter der nächsten Baumgruppe, am Ende der großen Wiese, mache ich halt und atme tief durch. Wahnsinn! Was war das denn eben? Ich meine – Herkules ist mein Freund, und es tut mir auch leid, dass er sich so mies fühlt. Aber das ging nun eindeutig zu weit, das lasse ich mir nicht bieten! Und ehrlicherweise: Wenn Herkules auf Beziehungsstress so krass reagiert, wer weiß, ob er sich nicht auch mit dieser Cherie mal derbe gezofft hat. Wenn er die auch ins Ohr gezwickt hat, war sie vielleicht froh, dass ihr altes Frauchen wieder aufgekreuzt ist. Menno, so ein Mist! Ich lege mich bei den Parkbänken am Rondell neben ein Beet voller duftender Rosen und schließe die Augen. Irgendwie bin ich müde. Und enttäuscht. Ist wohl nicht mein Tag. Und das, wo gestern doch auch schon nicht mein Tag war! Am besten, ich ruhe mich ein bisschen aus. Eine Runde schlafen, dann sieht die Welt gleich viel besser aus.

»Pauli, wir müssen es Luisa sagen. Ich habe so ein schlechtes Gewissen, ich halte das nicht mehr aus!«

»Schsch, ganz ruhig, Süße! Wir sagen es ihr ja. Ich warte nur noch auf den richtigen Moment. Und jetzt mach dir nicht so viele Sorgen, sondern küss mich.«

»Ach, Pauli, aber wir müssen doch mal reden.«

»Wer sagt das? Komm schon, küss mich!«

»Pauli ...«

»Hmmm!«

»Ach ... Pa... hmmm ...«

Sofort bin ich wieder hellwach. Die Stimmen kenne ich doch! Auch wenn sie jetzt nicht mehr klar und deutlich zu hören sind, sondern in eine Art Seufzen übergegangen sind. Ich rapple mich hoch und schleiche ganz dicht an den Rosen vorbei, um möglichst unbemerkt einen Blick auf die Parkbänke werfen zu können. Ich entdecke ein Loch in einem der Rosenbüsche, fast wie eine kleine Höhle, und schlüpfe hinein. Von hier aus hat man eine ausgezeichnete Sicht auf die Parkbänke. Tatsächlich. Dort sitzen Lena und Pauli. Nein, sie sitzen nicht – sie liegen halb auf der Bank, und nicht nur ihre Arme scheinen ineinander verknotet zu sein, sondern ihre Lippen irgendwie auch. Sieht jedenfalls sehr seltsam aus.

Ich bin echt kein Experte, aber mein Gefühl sagt mir, dass ich gerade Zeuge von etwas werde, das kein gutes Ende nehmen wird!

FÜNF

Ja, gut. Vielleicht habe ich ein bisschen heftig reagiert. Aber die Unbekümmertheit von Schröder geht mir mittlerweile dermaßen auf den Senkel – da musste ich einfach mal ein Zeichen setzen. Vielleicht war es das falsche Zeichen, kann schon sein. Aber es war ein Zeichen!

»Herkules, du bist so ein böser Hund«, schimpft Hedwig mit mir. »Wie finden wir denn jetzt den armen Schröder wieder? Wenn der sich aus Schreck verlaufen hat und nicht mehr nach Hause findet? Und sich dann irgendwo verkriecht, krank wird und verhungert?«

Wuff! Da hat sie natürlich recht – Schröder kennt sich hier bei Weitem nicht so gut aus wie ich. Hoffentlich findet er wieder hierher zu uns zurück oder wenigstens nach Hause! Jetzt fühle ich mich sehr schlecht und lasse meine Dackelohren noch mehr hängen, als sie das ohnehin schon tun. So ein Mist, was habe ich da bloß angestellt?

»Es hilft nichts, wir müssen Schröder suchen«, beschließt Hedwig. »Also lass uns schnell Friedjof einsammeln und dann los!«

Voll schlechtem Gewissen trabe ich hinter Hedwig her, die jetzt im Laufschritt zu ihrer Verabredung rennt. Hinter der nächsten Biegung sehen wir Friedjof Michaelis, er winkt uns mit seinem Jägerhut zu, den er draußen anscheinend immer und ständig trägt.

»Juchhu! Da bist du ja endlich«, begrüßt er Hedwig, als wir

fast bei ihm angekommen sind. Dann beugt er sich zu mir herunter und streichelt mir über den Kopf. »Na, mein Guter? Begleitest du die Dame und sorgst dafür, dass sie sicher zu mir gelangt?«
Hedwig schüttelt den Kopf.
»Nein, ganz im Gegenteil. Der *Gute*, wie du ihn nennst, hat vorhin unser armes schwarzes Kätzchen gebissen und verjagt. Nun irrt der kleine Kater allein durch den Park und findet bestimmt nicht mehr nach Hause. Wir müssen ihn unbedingt suchen, Friedjof!«
Friedjof Michaelis verzieht das Gesicht und schaut auf seine Armbanduhr.
»Och Mensch, dann wird das wohl nichts mit unserem Tanztee heute. Der fängt schon in einer Stunde an.« Friedjof klingt enttäuscht bis unwillig. »Ich dachte, wir gehen nur eine schnelle Runde mit Herkules, bringen ihn zurück und stürzen uns dann ins Vergnügen. Wenn wir jetzt erst noch den Kater suchen müssen ...«
»Friedjof, das Tierwohl geht eindeutig vor, oder meinst du etwa nicht?« Wuff, genau! ODER MEINST DU ETWA NICHT?! Mein Freund schwebt in Gefahr, wir müssen ihn suchen. Ich hätte nicht übel Lust, nun auch Michaelis zu zwicken – dann muss ich aber daran denken, dass ich der Hauptschuldige in dieser Geschichte bin, und halte mich zurück. Na gut, streichen wir das »*Haupt*«. Ich bin der Schuldige. Und deswegen würde ich, wenn man mich lässt, auch sofort den gesamten Park nach Schröder absuchen und ihn sicher nach Hause bringen. Ja, ich würde mich sogar bei ihm entschuldigen!
Allerdings bin ich noch angeleint, und das erschwert eine vernünftige Suche, so wie ich sie mir als Jagdhund vorstelle, natürlich kolossal. Vorsichtig ziehe ich ein bisschen an der

Leine. Ich will mich natürlich nicht wieder mit Hedwig anlegen, aber vielleicht versteht sie den Wink ja auch so. Nein, tut sie nicht, dazu ist sie nun zu sehr in das Gespräch mit Friedjof vertieft. Sie beachtet mich gar nicht.

»Natürlich, das Tierwohl geht vor«, versucht der, seine Tierfreundehre zu retten. »Ich freue mich nur so sehr darauf, dich wieder in meinen Armen zu halten. Also ein klein wenig Enttäuschung musst du mir nachsehen, meine beste Hedwig. Alles andere wäre doch schon fast uncharmant!«

Ja, ja, genug Charme versprüht! Jetzt leint mich endlich ab, damit ich mich auf die Suche nach Schröder machen kann. So unvorsichtig und unbedarft, wie der ist, legt der sich bestimmt mit dem nächsten Bullterrier an. Oder wird von einer Horde Eichhörnchen vermöbelt. Ich zerre noch mal an der Leine und jaule ein bisschen. Nun reagiert wenigstens Friedjof.

»Hedwig, ich glaube, Herkules will suchen helfen. Und das ist bestimmt eine gute Idee, schließlich hat er das Kätzchen verjagt, da kann er die Scharte nun ruhig auswetzen, oder?«

Hedwig zuckt mit den Schultern.

»Nicht, dass der blöde Dackel nachher auch noch weg ist!«

Grrrr, okay, ich zwicke sie jetzt nicht. Ausnahmsweise und nur, weil ich mich immer noch ein bisschen schuldig fühle. Aber lange halte ich das nicht mehr aus! Ich zerre wieder.

»Nun komm schon, mach ihn los! Als Jagdhund findet er Schröder bestimmt schneller als wir beiden. Der kann seiner Fährte folgen, wir beide müssen erst mal die Brille aufsetzen.«

»Na gut«, seufzt Hedwig, »aber wenn es schiefgeht, ist es deine Schuld!«

Michaelis nickt.

»Ja, mein Herz. Und ich werde es tragen wie ein Mann!«

Hedwig lächelt – glaube ich jedenfalls, so genau kann ich es von hier unten nicht beurteilen –, dann kniet sie sich vor mich und löst die Leine von meinem Halsband. Ich belle kurz als Zeichen meiner Zustimmung, dann sause ich los. Und zwar zurück zu der Stelle, an der wir Schröder ... äh ... verloren – na gut, zurück zu der Stelle, an der ich ihn ins Ohr gebissen habe. Dort riecht es tatsächlich nur noch schwach nach dem Kater, da in der kurzen Zeit schon relativ viele andere Hunde und Menschen hier vorbeispaziert zu sein scheinen. Egal, das kann einen Spitzenjagdhund wie mich natürlich überhaupt nicht aus dem Konzept bringen. Ich richte meine empfindliche Nase auf den Boden und konzentriere mich. Ich habe ja gesehen, in welche Richtung Schröder gerannt ist, und dort führt auch die schwache Fährte hin. Ich folge ihr, vom Sandweg auf die Wiese, über die Wiese zu den Bäumen und schließlich zwischen den Bäumen hindurch. Tatsächlich wird die Fährte stärker – ich komme dem Kater also wirklich näher.

Ich blicke nach vorn, kann ich ihn vielleicht schon sehen? Nein, kann ich nicht. Liegt aber auch daran, dass mir die Rosenbüsche eines Blumenbeetes die Sicht versperren. Hier riecht es allerdings schon so stark nach Schröder, dass er nicht mehr weit sein kann. Soll ich vielleicht mal bellen und nach ihm rufen? Oder ist er noch so beleidigt, dass er sich dann erst recht versteckt? Oder ob er jetzt gar Angst vor mir hat? Ich überlege kurz. Nein, das kann nicht sein. Er wird doch wissen, dass ich ihm niemals etwas tun würde. Also, außer ihn ein bisschen zu zwacken. Aber das kann nicht schmerzhafter gewesen sein als die zerkratzte Nase, die er mir neulich aus Versehen mit zu spät eingezogenen Krallen zugefügt hat. So gesehen sind wir jetzt quitt!

Ich versuche es mit einem freundlichen Hecheln.

»Schröder! Bist du hier irgendwo?«

Wuff! Vielleicht doch etwas lauter, schon ein wenig bellend?

»Schrööööder! Wo bist du? Ich... ähm... es tut mir leid!

Ich bin hier, um dich nach Hause zu bringen. Halloooo! Schröder?«

Hm. Keine Reaktion. Ich dränge mich ganz dicht in die Rosen. Sofort piekt mich ein Stachel in meine empfindliche Dackelnase, aber ich ignoriere den Schmerz heldenhaft, denn wer bin ich, dass mich das von meinem hehren Ziel abhalten könnte – einen Kater in Not zu retten. Ich belle noch einmal, diesmal entschieden und laut, dann horche ich angestrengt in die Rosenbüsche hinein. Aber immer noch nicht mal das leiseste Miau, nichts. Dabei riecht es hier so klar und deutlich nach Schröder, dass er eigentlich direkt neben mir sitzen müsste. Das ist ja allerhand! Ich, der edle Carl-Leopold von Eschersbach, entschuldige mich in aller Form, und der Kater, der irgendwo in diesem Rosenbusch steckt, hält es nicht für nötig, mir zu antworten? Eigentlich sollte ich genau jetzt wieder zu Hedwig zurücklaufen und den Kater seinem zweifelsohne traurigen Schicksal überlassen.

Ich will gerade lostraben, da flüstert es neben mir kaum vernehmbar.

»Schsch, Herkules.«

Schröders Stimme. Eindeutig. Aber woher kommt sie? Ich drehe mich um die eigene Achse und schnüffle.

»Hier unten. Unter den Blättern.«

Es raschelt, ich schaue genauer hin. Tatsächlich. Da ragt eindeutig eine schwarze Pfote unter den dichten Rosenblättern hervor.

»Schröder, was machst du da? Komm sofort aus dem Busch raus!«, schimpfe ich laut.

»Schsch! Leise, sonst bemerken sie uns doch!«

Sie? Wovon redet der Kater? Ich drängele mich, die Stacheln mit Todesverachtung strafend, neben ihn unter den Rosenbusch. Schröder hockt in einem kleinen Loch und scheint irgendetwas zu beobachten. Oder irgendjemanden. Denn nun höre ich menschliche Stimmen, die aus der Richtung der Parkbänke kommen. Ich setze mich neben Schröder und lausche den Stimmen. Ein Mann und eine Frau. Oder besser: Ein Junge und ein Mädchen, eindeutig.

»Du, Luisa wird's überleben«, sagt die männliche Stimme, die mir sehr bekannt vorkommt. »Ich meine, da war doch schon lange die Luft raus. Ich bin überrascht, dass sie noch nicht von selbst mit mir Schluss gemacht hat.«

WUFF! Das ist Pauli. Eindeutig! Und er redet über Luisa. Über MEINE Luisa!

»Meinst du?« Hm, auch die Stimme des Mädchens kommt mir sehr bekannt vor. Ich dränge mich an Schröder vorbei.

»Geh mal zur Seite und lass mich gucken. Mit wem sitzt Pauli denn da?«

»Ich glaube, mit Lena.«

»Aha. Was machen die beiden? Und überhaupt: Warum ist Luisa nicht dabei?«

»Wenn du mich fragst: Eben haben sich die beiden geküsst«, beantwortet Schröder meine erste Frage, um dann auch gleich zur zweiten zu kommen. »Und nach meiner Kenntnis geht Küssen wohl besser zu zweit als zu dritt, so rein technisch betrachtet. Wahrscheinlich ist Luisa auch deshalb nicht dabei. Die hätte dann ja keinen zum Küssen gehabt, oder?«

»Waaas?« Ich bekomme Schnappatmung. »Die beiden haben sich geküsst? Das ist Verrat! Ganz übler Verrat!«

»Meinst du? Also, ich hatte auch kein so gutes Gefühl bei der Sache, aber ich konnte nicht so genau sagen, warum. Es kam mir nur irgendwie falsch vor.«

»Na, das kann ich dir genau sagen, was daran falsch ist: Wenn man jemanden liebt, dann küsst man keinen anderen. So einfach ist das.«

Schröder legt den Kopf schief. »Meinst du? Aber Caro liebt Marc und küsst trotzdem auch Henri. Oder Milla und Theo.«

Ich knurre den Kater an. Der ist aber auch wirklich zu blöd! »Doch nicht so! Natürlich küsst Caro auch ihre Kinder. Aber sie küsst keinen anderen Mann. Also auf den Mund, meine ich. Glaub mir, wenn bei Zweibeiner-Paaren erst mal das Rumgeküsse mit anderen Männchen oder Weibchen losgeht, dann ist es mit der Liebe zum aktuellen Partner nicht mehr weit her. Und wenn man das so wie dieser Pauli hier heimlich auf einer Parkbank macht, dann ist das ein übler Verrat. Weil sich nämlich die arme Luisa mit Sicherheit darauf verlässt, dass Pauli genau so etwas nicht macht.«

Verstohlen werfe ich noch einen Blick durch unseren Ausguck. Pauli streicht Lena durch das Haar und beugt sich ganz dicht zu ihr vor.

»Lena, ich bin so verknallt in dich. Aber ich verspreche dir, ich werde mit Luisa reden. Ich will die ja auch möglichst schnell loswerden. Sie ist echt eine langweilige Klette.«

Das geht nun wirklich zu weit. Wie bitte nennt dieser Hanswurst MEINE Luisa? *Langweilige Klette?*! Wie der Blitz schieße ich aus dem Rosenbusch hervor, stürze mich mit einem Satz auf Pauli und beiße ihn kräftig in das Hosenbein, das seine Wade umhüllt. Er schreit vor Schmerz auf.

»Aaahhh – was ist das?« Mit einem gezielten Tritt versucht er, mich abzuschütteln, aber so wird er mich natürlich nicht los. Ich fasse noch einmal nach – jetzt heult Pauli regelrecht.

»Lass mich in Ruhe! Hilfe! Lena, tu was!«

Soweit ich das aus dem Augenwinkel und im Kampfmodus beurteilen kann, sitzt Lena wie schockgefrostet neben Pauli und beobachtet uns und unseren kleinen Ringkampf. Dann, nach einer gefühlten Ewigkeit, schreit sie los: »Herkules! Aus! Hör auf! Aus! HERKULES!!!«

Ich zucke zusammen. Wenn ein Mensch, den ich kenne und eigentlich mag, meinen Namen so laut brüllt und dabei so ängstlich klingt, lässt mich das nicht unbeeindruckt. Tatsächlich lasse ich also Paulis Hosenbein los und setze mich ganz brav vor die Parkbank. Pauli flucht und reibt sich die Wade, im Stoff seiner Hose klafft ein amtliches Loch.

»Alter! Kennst du die Monstertöle? Wie hast du die gerade genannt?«, will er von Lena wissen.

Sie nickt.

»Aber natürlich kenn ich den Hund. Und du kennst ihn auch – das ist doch Herkules, Luisas Dackel!«

Pauli muss grinsen, trotz seines schmerzverzerrten Gesichts.

»Holy Shit! Okay, dann habe ich mir wohl einen kräftigen Abdruck deiner Zähne in meinem Bein verdient, schätze ich.« Er betrachtet mich genauer. »Stimmt. Du bist Herkules. Du warst so schnell, ich habe dich gar nicht erkannt. Aber du mich, schätze ich.«

Ich wuffe einmal kurz zur Bestätigung.

Pauli lacht.

»Tja, und nicht nur das – du hast uns beide erkannt und auch das, was wir hier machen, richtig?«

Wuff! Natürlich, du mieser Betrüger!

Er lacht schon wieder, dann dreht er sich zu Lena.

»Na, da können wir ja richtig froh sein, dass der liebe Herkules nicht sprechen, sondern nur bellen kann. Der verpfeift uns nicht so schnell.«

Lena guckt ihn böse an.

»Wir müssen es ihr so oder so sagen. Ich meine – wie lange soll das noch so weitergehen?«

Berechtigte Frage, das wüsste ich auch gern! Im Gegensatz zu Pauli finde ich das Ganze hier auch überhaupt nicht lustig, und um das zu verdeutlichen, knurre ich energisch und mache wieder einen Schritt auf Pauli zu.

Der hebt beschwichtigend die Hände.

»Ist ja gut, ist ja gut. Ich verspreche, ich kläre das mit Luisa.« Dann macht er eine kurze Pause und holt Luft. »Wenn es passt. Wenn es passt, dann erzähle ich es ihr.«

Grrrrr! Ausreden, nichts als Ausreden! Ich hätte gute Lust ...

»Herkules! Schröder!« Hedwigs Stimme hallt vom anderen Ende der Wiese zu uns herüber.

»Oh, Scheiße, das ist Hedwig«, ruft Pauli und springt von der Bank auf. »Lass uns abhauen, schnell!«

»Aber ich dachte ...« Lena ist völlig verdattert, Pauli greift nach ihrer Hand und zieht sie hoch.

»Denken kannst du später. Wenn Hedwig uns hier sieht, ist die Kacke am Dampfen, das garantiere ich dir. Denn die werden wir nicht so schnell los wie den Dackel. Also los!«

Zwei Sekunden später sind die beiden weg, verschwunden in der kleinen Baumgruppe. Vier Sekunden später steht Hedwig vor mir.

»Herkules! Wo bleibst du denn? Ich dachte, du suchst den armen Schröder?!«

Wie auf ein Stichwort schält sich nun auch Katerchen aus dem Rosenbusch. Sofort hellt sich Hedwigs Miene auf.

»Ach, hervorragend. Du hast ihn gefunden! Das ist ja toll! Und? Hast du dich bei ihm entschuldigt?«

Öh, na ja, also fast, würde ich sagen. Oder anders: Ich hätte es getan, wenn ich mich nicht um etwas Wichtigeres hätte kümmern müssen. Aber das kann ich Hedwig beim besten Willen nicht erklären. Also wedele ich einfach nur mit dem Schwanz und überlasse es Hedwig, sich ihren Teil zu denken.

SECHS

»Du wolltest dich bei mir entschuldigen?« Ich frage vorsichtshalber noch mal nach, weil ich mir das bei Herkules irgendwie nicht richtig vorstellen kann. Bisher sind wir schweigend hinter Hedwig und Friedjof Michaelis hergetrabt, und ich habe mich nicht getraut zu fragen. Aber jetzt siegt meine Neugier.
»Ja. In der Tat. Das wollte ich.«
»Und warum machst du es dann nicht?« So schwer ist das doch nicht. Finde ich jedenfalls. Herkules scheint es allerdings nicht so leicht aus der Dackelschnauze zu kommen, jedenfalls schnauft er ziemlich, bevor er dann endlich zum Punkt kommt.
»Es tut mir leid.« Stille. Schnaufen. Stille. »Es tut mir leid, dass ich dich ins Ohr gebissen habe. Ich war zwar genervt von dir, aber das war trotzdem unnötig und übertrieben.«
»Entschuldigung akzeptiert«, rufe ich fröhlich, denn ich bin überhaupt kein nachtragender Typ. Ich laufe noch ein bisschen näher an Herkules heran und streife ihn an der Seite. So ein Kuschler sagt doch mehr als tausend Worte! Dann komme ich zu dem nächsten Thema, das mich brennend interessiert. Luisa! Beziehungsweise: Luisa, Pauli und Lena.
»Sag mal, da eben auf der Bank – das waren doch Lena und Pauli, richtig?«
Der Dackel dreht kurz den Kopf zu mir.
»'türlich! Dämliche Frage!«
»Ja, aber wieso treffen die sich denn ohne Luisa?«

»Meinst du diese Frage ernst?«

»Ja, klar. Ich fand das echt komisch, und du warst ja offenbar auch richtig sauer auf die beiden. Ich kann nur nicht genau erklären, was so komisch war.«

Nun setzt Herkules sich hin, was gut geht, weil auch Hedwig und Friedjof in diesem Moment stehen bleiben und jemanden begrüßen, den sie offenbar kennen.

»Ich habe es dir doch vorhin schon erklärt: Luisa und Pauli sind ein Paar. Und wenn man ein Menschenpaar ist, dann küsst man keine anderen Menschen. Jedenfalls nicht so, wie sich Lena und Pauli geküsst haben. Das ist Betrug der miesesten Art.«

Gut, vor diesem Hintergrund sehe ich ein, dass meine Frage dämlich war. Wenn man jemanden betrügen will, geht das ja schlecht, wenn der direkt daneben steht. Das bringt mich allerdings zu meiner nächsten Frage.

»Aber dann sollten wir Luisa doch warnen, oder? Sie weiß offenbar nicht, dass Pauli ein mieser Betrüger ist. Ich meine, sie ist unglücklich wegen ihm, aber was wirklich los ist, weiß sie offensichtlich nicht.«

Hedwig und Friedjof haben ihre kleine Unterhaltung beendet und laufen weiter, auch Herkules setzt sich in Bewegung. Beantwortet hat er meine Frage aber noch nicht.

»Herkules, nun sag schon: Sollten wir Luisa nicht warnen? Ich meine, sie hat sowieso schon den Verdacht, dass Pauli sie nicht mehr liebt. Wir könnten jetzt den Beweis liefern. Ich weiß zwar noch nicht genau, wie, aber da wird mir schon etwas einfallen.«

Der Dackel wirft mir einen Blick über die Schulter zu.

»Lass die Pfoten davon, kleiner Kater!«

Hä? Mit dieser Antwort habe ich nun gar nicht gerechnet.

»Warum? Die arme Luisa! Wir müssen ihr doch helfen! Sie

muss die Wahrheit erfahren. Denn dann weiß sie, dass Pauli ein mieser Betrüger ist, und wird nicht mehr unglücklich sein. Weil: Wer liebt schon einen Betrüger?«

»Du musst noch viel lernen, Schröder.« Mehr sagt Herkules nicht, was allerdings auch daran liegt, dass Hedwig, die es offenbar doch noch zum Tanztee schaffen will, einen ziemlichen Zahn zulegt und er ganz schön hinter ihr herhecheln muss. Na gut, dann eben nicht. Ich werde schon noch herausfinden, warum Herkules meine Idee doof findet.

Am nächsten Tag beschließe ich, einen neuen Anlauf zu nehmen. Gestern hat Herkules auf dem gesamten Heimweg kein Wort mehr gesagt und ich auch nicht. Wenn der Dackel nicht will, will er nicht – so viel habe ich mittlerweile schon gelernt. Aber hier und heute, im Wohnzimmer, kann er mir nicht so leicht entkommen.

»Du, Herkules? Wegen gestern ...«

Der Dackel, der lang ausgestreckt auf dem Wohnzimmersofa liegt, hebt den Kopf.

»Ja?«

»Also wegen gestern ...«

Er seufzt.

»Ich habe mich doch schon entschuldigt. Nun muss es aber auch mal gut sein.«

»Natürlich. Ich freue mich auch total, dass wir jetzt wieder gute Freunde sind!«

Zum Beweis springe ich neben Herkules auf das Sofa. Was gibt es Schöneres, als gemeinsam zu kuscheln? Herkules seufzt tiefer, aber lässt es geschehen. Einen Moment liegen wir beide auf dem sonnigsten Fleckchen der Couch.

»Oh, das sieht ja gemütlich aus«, kommentiert Carolin unseren Anblick, als sie ins Wohnzimmer kommt. »Da habt ihr aber Glück, dass Marc nicht da ist – der schmeißt euch beide sofort raus!«

Da hat sie leider recht. Marc hasst es, wenn wir auf dem Sofa liegen. Auf SEINEM Sofa, wie er dann nicht müde wird zu betonen. Er behauptet, wir würden überall unsere Haare hinterlassen und dass das *unhygienisch* sei. Das sagt ausgerechnet ein Tierarzt! Klarer Fall von Beruf verfehlt! Und überhaupt unnötige Aufregung, denn wenn das so schlimm wäre, dann könnte er es ja machen wie Hedwig: sich den Staubsauger schnappen und unsere Haare wegsaugen. Er müsste dabei nicht mal singen und tanzen. Nur saugen. Mehr nicht. Eine Arbeit, die wir ihm schlecht abnehmen können, denn einen Staubsauger zu bedienen – das kriegen weder ich noch Herkules mit unseren Pfoten hin. Aber nein, stattdessen beschimpft Herr Dr. Wagner lieber seine treuen vierbeinigen Mitbewohner!

Carolin setzt sich auf den Sessel neben uns und greift nach einem Buch, das auf dem Couchtisch liegt.

»Herrlich, diese Ruhe«, murmelt sie. Es ist wirklich sehr ruhig. Das ist ungewöhnlich und hängt damit zusammen, dass die Zwillinge eben unter lautem Getöse mit Marc zu etwas namens Kindergeburtstag aufgebrochen sind und Henri mit einem Freund im Garten Fußball spielt. Luisa ist zwar zu Hause, hat sich aber auf ihr Zimmer verkrümelt und hört ausnahmsweise keine laute und schreckliche Musik. Was mich aber wieder zu meinem eigentlichen Thema bringt: zu dem Betrug.

»Sag mal, Herkules, wieso glaubst du, dass es keine gute Idee ist, Luisa über den Betrug zu informieren?«

»Lass es mich so sagen: Ich habe mal etwas ganz Ähnliches ausprobiert, und das ist brutal in die Hose gegangen.«

Weiter äußert Herkules sich dazu nicht, aber das reicht natürlich, um mich jetzt richtig neugierig zu machen.

»Du meinst, Luisa ist schon mal auf einen Betrüger hereingefallen? Die Arme!«
Herkules dreht sich auf den Rücken und starrt an die Decke. Aber nur einen Moment lang. Dann dreht er sich wieder mir zu.
»Okay, Schröder, hier kommt die Geschichte. Du gibst ja sonst doch keine Ruhe.«
Maunz! Hervorragend! Die Kommunikation zwischen Hund und Katze – sie funktioniert eben doch!
»Also, als ich ein junger Dackel war, vielleicht so in deinem Alter, hat mich unsere liebste Carolin aus dem Tierheim gerettet.«
Ich nicke. Ja, so weit kenne ich die Geschichte schon.
»Carolin hatte damals einen wirklich schrecklichen Freund. Thomas. Ein gemeiner Kerl, der keine Hunde mochte. Aber aus irgendeinem mir nicht nachvollziehbaren Grund liebte Caro diesen schrecklichen Typen. Und zwar von ganzem Herzen. Ich konnte das nicht verstehen. Denn gleichzeitig arbeitete Caro schon damals mit Daniel zusammen, und es war klar, dass Daniel viel besser zu ihr gepasst hätte.«
»Menschen wissen einfach nicht, was gut für sie ist«, werfe ich ein und versuche, dabei möglichst expertig zu klingen. Nun ist es Herkules, der nickt.
»Ja, da hast du recht. In Herzensangelegenheiten ist das tatsächlich erschreckend oft der Fall. Jedenfalls habe ich eines Tages herausgefunden, dass Thomas unsere Carolin betrügt, so wie es jetzt auch der miese Pauli mit der armen Luisa tut. Ich habe mich dann mit Herrn Beck beraten.«
Aha. Der legendäre Herr Beck. Wenn man dem Dackel Glauben schenken darf, eindeutig der schlauste, beste, tapferste Kater der Welt. Wenn man allerdings nach unserer hübschen Nachbarin Layka geht, war Herr Beck ein aufgeblasener

Wichtigtuer. Damit darf ich Herkules aber auf gar keinen Fall kommen, denn bei ihm steht der olle Kater kurz vor der Heiligsprechung. Also sage ich nichts, sondern maunze nur aufmunternd, damit mein Kollege weitererzählt.

»Beck und ich haben alles darangesetzt, um Thomas des Betrugs zu überführen – und das ist uns auch gelungen. Wir haben ihn zu einem Treffen mit der anderen Frau verfolgt und etwas vom Tatort mitgenommen, was Carolin sofort klargemacht hat, was für ein Schurke Thomas ist: die schwarze Spitzenunterwäsche der anderen Frau! Carolin hat Thomas dann auch tatsächlich umgehend rausgeschmissen!«

Miau! Perfekt! Dann ist der Plan doch super aufgegangen!

»Aber dann war doch alles bestens«, maunze ich bewundernd. »Ein perfektes Ergebnis, würde ich sagen. Und genau das wünsche ich mir für Luisa auch – dass sie den Betrüger rauswirft. Dann ist alles wieder gut, und Luisa ist wieder fröhlich und gut gelaunt!«

Herkules schüttelt den Kopf.

»Die Geschichte ist noch nicht zu Ende, Schröder. Leider!«

»Ist sie nicht?«

»Nein. Kaum waren wir Thomas los, zeigte sich, dass Carolin leider alles andere als glücklich darüber war. Sie weinte viel, und außerdem trank sie dieses Gesöff namens Alkohol. Du weißt schon, Wein und Sekt und so ein Zeug. Und zwar nicht abends mit ihrer Freundin Nina, sondern auch schon mittags allein. Und dann, eines Tages, zerschnitt sie den Wohnzimmerteppich in kleine Stückchen und kippte einfach um. Und nur, weil ich so ein überragend schlauer Dackel bin und sofort Nina, ihre beste Freundin, informierte, kam rechtzeitig Hilfe für Caro, und sie landete im Krankenhaus. So war das damals, und ich hatte eine Scheißangst um mein Frauchen. Ich kann dir also nur davon abraten, Luisa zu beweisen, dass Pauli ein

Betrüger ist. Das muss sie irgendwie selbst herausfinden, oder sie muss zumindest zu dem Ergebnis kommen, dass er ihre Liebe nicht verdient. Diese Erkenntnis kann man Menschen leider nicht abnehmen, sie müssen sie selbst machen, sonst hat's keinen Sinn.«

Puh, das ist ja ein Ding!

»Und was hast du dann gemacht? Ich meine, nachdem Caro wieder zu Hause war?«

»Dann habe ich angefangen, einen passenden Mann für Caro zu suchen. Damit sie wieder glücklich ist. Aber glaube mir: Das war gar nicht so einfach, wie es jetzt klingt. Partnerwahl bei Menschen ist nämlich irre kompliziert.«

Ich schlage mit dem Schwanz hin und her – und glaube es Herkules sofort! Scheint irgendwie nichts zu geben, was bei Menschen einfach mal so glatt durchlaufen würde.

»Aber am Ende hast du doch alles gut hinbekommen«, stelle ich fest. »Caro ist mit Marc glücklich, und alles ist wieder gut.«

Herkules schnauft.

»Trotzdem: Halt dich da raus. Es ist wirklich besser so, glaub mir!«

Dazu sage ich nichts mehr. Ich weiß, dass Herkules es hasst, wenn ich ihm widerspreche. Wegen Lebenserfahrung und so. Trotzdem kann ich mir einfach nicht vorstellen, dass es für Luisa besser sein soll, wenn sie nicht erfährt, was hinter ihrem Rücken passiert. Es kann doch nicht schlechter sein, keinen Freund zu haben als einen Betrüger-Freund. Finde ich jedenfalls. Aber diesen Gedanken behalte ich lieber für mich.

Anstatt also weiter mit Herkules über Luisa zu reden, beschließe ich, sie in ihrem Zimmer zu besuchen. Tatsächlich steht die Tür zu ihrem Zimmer einen Spalt offen, sodass ich schon kurz darauf neben ihr auf dem Bett sitze. Sie schläft nicht, sondern telefoniert. Und zwar offenbar mit Pauli, denn ich kann seine dunkle Stimme leise durch Luisas Handy hören. Was ich da höre, bringt mich innerhalb von Sekunden echt auf die Zinne!

»Aber warum warst du denn so schwer zu erreichen?«, will Luisa von ihm wissen.

»Hey, Süße, ich hatte einfach sehr viel zu tun. Mein freiwilliges soziales Jahr ist fast rum, und jetzt muss ich dringend noch so einiges von dem fertig machen, was ich angefangen habe. Projekte, du weißt schon.«

Fauch! So ein Lügner! *Projekte!* Frechheit! Sein Projekt heißt eindeutig *Lena!* Empört schlage ich mit der Pfote nach dem Handy.

»Aua, Schröder, lass das«, schimpft Luisa mit mir.

»Was ist denn los?«, will Pauli wissen.

»Ach, nichts. Schröder ist nur gerade auf mein Bett gesprungen, und jetzt will er mir anscheinend das Handy aus der Hand schlagen. Nervt ihn offensichtlich, dass ich mit dir telefoniere, will wahrscheinlich lieber kuscheln.«

»Schröder oder Herkules? Ich hab's gerade nicht ganz verstanden.«

»Schröder. Der Kater.«

»Ach, dann ist ja gut«, rauscht es aus dem Handy.

»Warum?« Luisa wundert sich über diese Bemerkung, die sie natürlich nicht verstehen kann. Sie weiß ja nichts von Paulis Zusammenstoß mit dem Dackel. Herkules kann nichts davon erzählen, Pauli will garantiert nicht, und ich ... ich soll mich ja raushalten. Verfluchte Ölsardine – ich spüre, wie ich richtig sauer auf diesen Blödmann Pauli werde. Er lügt, dass sich die Balken biegen, und kommt anscheinend ungeschoren damit davon. Nein, egal, was Herkules sagt: Das geht überhaupt nicht! Und ich werde dafür sorgen, dass Pauli auffliegt!

SIEBEN

Der Kater plant doch was – ich weiß es ganz genau! Jetzt mimt er hier den Harmlosen, aber er ist natürlich ein so schlechter Schauspieler, dass er eine Spürnase wie mich nicht täuschen kann. Wenn Katzen pfeifen könnten, würde er in diesem Moment fröhlich pfeifend an mir vorbeitänzeln und so tun, als könnte er kein Wässerchen trüben. Dabei steht ihm überdeutlich auf der pelzigen Stirn geschrieben, dass er überlegt, wie er Pauli auffliegen lassen kann. Nun springt er wieder zu mir auf das Sofa und guckt mich unschuldig an. Nein, mein Lieber, ich weiß genau, was du eigentlich willst. Ein Nickerchen machen jedenfalls nicht. Und ich kann es ja verstehen. Mir ging es damals ganz genauso. Aber man muss ja nicht jeden Fehler zweimal machen.

Ein sägendes Geräusch zeigt mir, dass Caro in ihrem Sessel mittlerweile eingeschlafen ist. Sie schnarcht, und zwar ziemlich laut. Das macht sie häufiger, wenn sie schläft, auch wenn sie das Marc nie glauben will. Er hat das Schnarchen sogar schon mal mit seinem Handy aufgenommen und ihr morgens vorgespielt, aber Caro hat das als Beweismittel abgelehnt und behauptet, dass es Marc selbst sei, der auf der Aufnahme einfach nur ein Schnarchgeräusch nachmacht. Wobei mich das Schnarchen überhaupt nicht stört, ich finde es ganz gemütlich. Ich springe also vom Sofa auf den Boden und von dort auf die Armlehne des Sessels und kuschele mich in die Lücke zwischen der schlafenden Caro und der Sessellehne. Herrlich! Jetzt einen Nachmittagsschlaf! Caro hat genau recht: Man muss die Ruhe hier sofort nutzen, denn man weiß nie, wie lange sie anhält und wann man wieder in diesen Genuss kommt!

In unserem konkreten Fall hält sie leider nur zwei Sekunden an, denn nun hören meine feinen Dackelohren Gerumpel im Treppenhaus, und kurz darauf dreht sich ein Schlüssel im Schloss. Lieber Dackelgott, lass es nicht die Zwillinge sein!

»Huhu, Carolin!«

Meine Gebete wurden erhört – es ist Hedwig. Und sie hat offenbar noch einen Gast mitgebracht.

»Guten Tag, alle miteinander.« Friedjofs tiefe Stimme. »Hedwig und ich haben eben einen wundervollen Ausflug an die Elbe beendet!«

Apropos beendet: Mein Nachmittagsschlaf wohl auch. Die beiden kommen zu uns ins Wohnzimmer und setzen sich auf das Sofa. Offenbar haben sie dabei Schröder übersehen, jedenfalls nimmt Friedjof genau auf Schröders Schwanzspitze Platz, der daraufhin fauchend vom Sofa springt.

»Mist! Tut mir leid«, ruft Friedjof und guckt ganz schuldbewusst. »Erst gestern die Aufregung im Park, und jetzt setze ich mich auch noch auf dich drauf, du arme Katze.«

Hedwig schüttelt tadelnd den Kopf.

»Na ja, Katzen gehören ja eigentlich auch nicht auf das schöne Sofa«, erklärt sie ihre Missbilligung.

Caro rappelt sich verschlafen aus dem Sessel hoch.

»O hallo! Ich habe euch gar nicht kommen hören«, sagt sie und reibt sich die Augen.

»Ja, ich dachte, wir schauen nach dem Ausflug mal vorbei und bringen Kuchen mit. Erdbeerkuchen mit Sahne, haben wir gerade in der kleinen Konditorei gekauft«, erklärt Hedwig.

»Lecker! Oma, du bist einfach die Beste!« Luisa steht plötzlich im Wohnzimmer. Sie hat offenbar einen Riecher dafür,

dass ihre Großmutter gekommen ist, um allen den Nachmittag zu versüßen. Also, allen Zweibeinern. Ich fürchte, an uns Vierbeiner hat sie nicht gedacht. Aber das ist schon in Ordnung. Verpflegungstechnisch ist Hedwig bei mir sonst ganz weit vorn, da kann ich mich wirklich nicht beschweren.
»Danke, mein Engel!« Hedwig strahlt ihre Enkelin an. »Vielleicht deckst du schon mal den Tisch in der Küche? Dann setze ich den Kaffee auf, und wir machen es uns gemütlich.«
»Ich helfe dir, Luisa!« Friedjof ist vom Sofa aufgestanden und wischt sich ein paar Haare von der Hose. Vielleicht auch ein paar mehr. Okay, ich muss gestehen, dass Schröder und ich wohl tatsächlich einen Teil unseres Fells auf dem Sofa zurückgelassen haben.

Hedwig, Friedjof und Luisa verlassen das Wohnzimmer und gehen durch den Flur in Richtung Küche, Caro bleibt im Sessel sitzen und gähnt.

»Das wird wohl nichts mehr mit meinem Nickerchen«, murmelt sie und klingt, als würde sie das ziemlich bedauern. Schlaf ist ihr offenbar wichtiger als Erdbeerkuchen.

Wieder rumpelt es im Treppenhaus. Die Zwillinge? Nein. Dafür ist es dann doch zu leise, Milla und Theo hört man eigentlich auch neben einem startenden Flugzeug. Hier gibt es kein Geschrei, sondern nur Schritte, die sich unserer Haustür nähern. Diesmal wird diese aber nicht aufgeschlossen, sondern es klingelt. Caro rappelt sich aus dem Sessel hoch.

»Komm, Herkules, lass uns mal schauen, wer da etwas von uns will.« Sie geht zur Tür, ich folge ihr. Kaum hat sie sie geöffnet, erlebe ich eine echte Überraschung: Draußen steht Pauli. Und zwar mit einem Blumenstrauß in der Hand. Was ist hier los?

»Guten Tag, Frau Wagner«, grüßt er wohlerzogen. »Ist Luisa vielleicht da?«

»Hallo, Pauli!« Caro macht die Tür ein Stück weiter auf. »Luisa ist in der Küche. Komm doch rein, wir wollten gerade Kaffee trinken. Hedwig hat Kuchen mitgebracht. Erdbeere, glaube ich.«

»Hm, lecker! Da komme ich ja gerade richtig.« Pauli grinst und marschiert an mir vorbei, ohne dass ich ihn noch schnell ins Bein beißen könnte. Was will der hier? Ich überlege und denke noch mal darüber nach, was Pauli im Park gesagt hat. Will er Luisa jetzt endlich reinen Wein einschenken? So, wie er es Lena versprochen hat? Ja, das wird es wahrscheinlich sein. Sehr gut! Auch wenn Pauli deswegen immer noch kein Ehrenmann ist – es ist ein Schritt in die richtige Richtung. Ehrlich währt eben doch am längsten!

Ich folge Pauli in die Küche. Hier duftet es schon nach Kaffee, ein Geruch, den ich als Welpe ziemlich eklig fand, aber je älter ich werde, desto gemütlicher finde ich es, wenn die Kaffeemaschine blubbert und Duftschwaden durch die Küche wabern.

Luisa steht mit dem Rücken zur Küchentür, weil sie den Tisch deckt. Deswegen kann sie nicht sehen, wer gerade auf dem Weg zu ihr ist. Pauli legt die Blumen auf die Arbeitsplatte neben der Kaffeemaschine. Als Hedwig ihn begrüßen will, hebt der den Zeigefinger an die Lippen. Heilige Fleischwurst – was soll das? Hedwig scheint aber zu verstehen, was Pauli ihr damit sagen will, denn sie lächelt verschwörerisch und dreht sich zu Luisa um. Friedjof, der das Ganze beobachtet hat, tut es ihr gleich. Sehr seltsam!

Mittlerweile steht Pauli ganz dicht hinter Luisa und umfasst plötzlich mit beiden Händen ihren Kopf. Hält er ihr die Augen zu? Was soll das? Vorsichtshalber schleiche ich mich auf Schnauzenlänge an ihn heran. Wenn er hier wieder Unsinn macht, werde ich nicht zögern und zubeißen!

Luisa ist genauso überrascht wie ich, zumal sie nicht mal sehen kann, wer hinter ihr steht, und einer der Kuchenteller knallt sehr unsanft auf die Tischplatte.

»Vorsicht!« Pauli lacht und lässt seine Hände sinken. Luisa dreht sich mit einem Ruck um.

»Pauli! Was machst du denn hier? Ich dachte, du bist so beschäftigt?«

»Nicht zu beschäftigt, um mein Mädchen zu besuchen.«

Sein Mädchen? Hab ich was auf den Dackelohren? Ich dachte, er will ihr gestehen, dass er in Lena verliebt ist! Endlich reinen Tisch machen! Die nachfolgende Szene beobachte ich mit weit aufstehendem Dackelmaul, so unglaublich ist sie: Er zieht sie zu sich heran und küsst sie! Ja, ganz recht: Er küsst sie! Auf den Mund, mit allem Drum und Dran! Und wie ein Abschiedskuss sieht das nun wirklich nicht aus. Unwillkürlich beginne ich zu knurren.

»Schsch, Herkules, was hast du denn?«, will Hedwig erstaunt wissen.

Ich knurre weiter, Pauli lässt Luisa los und wirft mir einen bösen Blick zu. Der weiß natürlich ganz genau, was Phase ist!

»Herkules ist seit ein paar Tagen irgendwie seltsam«, berichtet Hedwig. »Erst gestern, als wir vor dem Tanztee mit ihm und Schröder spazieren waren, hat er den armen Kater tatsächlich ins Ohr gebissen! Der war daraufhin so verschreckt, dass wir den ganzen Park nach ihm absuchen mussten.«

»Ja, wir hätten fast unsere Tanzstunde verpasst«, pflichtet Friedjof ihr bei.

»Vielleicht hat der Dackel ein Aggressionsproblem«, mischt sich nun auch noch der unsägliche Pauli in diese völlig überflüssige Diskussion ein. »Vielleicht sollte man ihn kastrieren, hab mal gelesen, dass einige Rüden im Alter wirklich schwierig werden.«

BITTE?! Nennt mich von mir aus superaggressiv – nach dieser Bemerkung bin ich mehr als berechtigt, den doofen Pauli noch mal in die Wade zu zwicken. Und mache das auch.

»Aua!«, flucht Pauli, »da seht ihr es! Der ist ja mittlerweile gemeingefährlich.«

Luisa kichert.

»Na ja, wenn du auch vorschlägst, ihn zu kastrieren? Da möchte ich deine Reaktion mal erleben!«

»Hey, ich bin schließlich kein Dackel«, widerspricht Pauli maulig und völlig überflüssigerweise, denn das liegt ja auf der Hand. Ein Dackel ist schließlich treu, und Pauli ist es ganz offensichtlich nicht.

Luisa beugt sich zu mir herunter und streichelt mich.

»Ich glaube, Herkules hat einfach einen schlechten Tag. Das kann ja mal vorkommen. Mit dir ging es in letzter Zeit auch nicht so super!«

Pauli ringt sich ein schiefes Lächeln ab.

»Stimmt. Aber als Wiedergutmachung hab ich dir auch was mitgebracht.« Er nimmt den Blumenstrauß von der Arbeitsplatte und hält ihn Luisa unter die Nase. »Hier, die sind für dich!«

Luisa reißt die Augen auf. Klar, sie hat in ihrem Leben bisher noch nicht viele Blumen bekommen, wenn überhaupt schon mal. Wobei ich die Sache mit den Blumen bei Menschen auch nicht so ganz verstehe. Wieso schenken sich Menschen Grünzeug? Sie können doch damit gar nichts anfangen. Sie pinkeln nicht daran, und essen tun sie Blumen auch nicht. Es ist also ein komplett nutzloses Geschenk. Trotzdem scheint sich Luisa darüber zu freuen, denn jetzt fällt sie Pauli um den Hals und küsst ihn.

»Rosen! Wie toll! Danke schön!«

Heilige Fleischwurst! Und dann auch noch Rosen! Wo die

doch so viele doofe Stacheln haben, wie ich erst gerade im Park wieder feststellen musste. Aber insofern passen die Rosen in diesem Fall wirklich gut ins Bild: Die sind auch nur auf den ersten Blick schön – auf den zweiten Blick können sie ganz fies wehtun, und genauso verhält es sich mit diesem Lügner Pauli.

»Was will dieser Verbrecher hier?«, flüstert Schröder mir zu, der sich nun auch endlich in die Küche bequemt hat.

»Keine Ahnung.«

»Eben hat er noch mit Luisa telefoniert und gesagt, dass er momentan keine Zeit für sie hat. Und eigentlich hat er Lena versprochen, dass er Luisa sagen will, dass er sie nicht mehr liebt!«

»Tja, danach scheint es gerade nicht auszusehen«, stelle ich trocken fest. Mehr fällt mir dazu auch nicht ein.

»Hm, der Kuchen sieht aber gut aus.« Caro ist mittlerweile auch in der Küche angekommen und setzt sich an den Esstisch. Die anderen Zweibeiner schließen sich an, Schröder und ich hocken in der Ecke, in der unsere Näpfe stehen. Von dort aus hat man einen guten Blick auf die Kaffeetafel.

»Sagen Sie, Pauli, wie lange dauert Ihr Freiwilliges Soziales Jahr bei der Kirche eigentlich noch?«, erkundigt sich Friedjof. Er kennt Pauli, weil der Tanztee immer im Gemeindesaal stattfindet und die Betreuung und Veranstaltung solcher Aktivitäten zu Paulis Aufgaben gehört. So haben sich letztlich auch Hedwig und Friedjof kennengelernt – Luisa brauchte ihre Oma als Ausrede, um Pauli beim Seniorennachmittag *ganz zufällig* zu begegnen.

»Noch etwa zwei Wochen. Warum?«

»Hedwig und ich hatten gestern beim Tanzen eine – wie wir finden – hervorragende Idee und brauchen jemanden, der uns bei der Umsetzung hilft. Sie werden gleich verstehen, warum wir da an Sie dachten.«

Hedwig nickt.

»Genau. Wir würden nämlich gern einen richtigen Ball veranstalten. Mit toller Garderobe, einem Gala-Essen, Live-Musik und allem Drum und Dran. Und vielleicht sogar« – sie macht eine Kunstpause, bevor sie weiterspricht –, »vielleicht sogar mit einem Stargast!«

Ein Stargast? Gala-Essen? Was ist das? Und sind da Vierbeiner zugelassen?

»Hey, das ist ja eine krasse Idee!« Pauli streicht sich über das Kinn. »Da muss ich aber richtig, richtig Gas geben, wenn das in zwei Wochen klappen soll.«

»Stimmt, das ist nicht mehr viel Zeit. Aber wenn das jemand schafft, dann doch so ein junger, tatkräftiger Mann wie Sie, Pauli«, stellt Friedjof Michaelis fest und nickt Pauli aufmunternd zu. »Ohne Ihre Hilfe geht es auf keinen Fall. Auf gar keinen Fall!«

»Au ja, Pauli, das ist doch eine Mega-Idee von Oma und Herrn Michaelis. Das macht bestimmt total Spaß, und ich könnte dir auch helfen – dann machen wir endlich mal wieder mehr zusammen. Und wir könnten Lena fragen, die ist in Sachen Deko und so ein echtes Genie. Zu dritt werden wir es schon schaffen, auch wenn wenig Zeit ist.« Sie nickt ihm begeistert zu, Pauli sieht in diesem Moment eher so aus, als hätte er auf etwas furchtbar Saures gebissen. Die Vorstellung, gemeinsam mit Lena und Luisa einen Ball zu organisieren, das scheint nicht unbedingt sein Wunschtraum zu sein. Das bemerkt auch Luisa, die ihn jetzt in die Seite knufft.

»Komm schon, Pauli! Ohne dich schaffen Hedwig und Herr Michaelis das nicht. Du musst ihnen helfen!«

Pauli seufzt, dann nickt er.

»Na gut, ich mach's! Ist vielleicht auch ein schöner Ausstand für mich.«

»Hervorragend!« Hedwig klatscht in die Hände. »Dann ist das fest verabredet: Wir organisieren einen richtigen Ball! Mit allem Drum und Dran.«

Pauli nickt ergeben.

»Ja, Frau Wagner, mit allem Drum und Dran.«

ACHT

Ich bin verwirrt. Pauli hat Luisa Blumen mitgebracht und sie geküsst. Und nun wirkt es ganz so, als ob wieder alles in Butter ist zwischen den beiden. So einfach geht das? Ich dachte, Menschen seien komplizierter gestrickt. Vielleicht hat Herkules recht, und ich sollte mich da raushalten. Dann natürlich hätte ich Zeit, mich meinem anderen Hilfsprojekt zu widmen: Die verflossene Liebe vom Dackel zu finden und meinen Kollegen endlich wieder glücklich zu machen. Genau. Damit sollte ich mal langsam anfangen. Wenn ich das bewerkstelligt habe und noch Zeit ist, kann ich mich immer noch um Luisa kümmern. Falls sich dann überhaupt noch gekümmert werden muss.

Die Frage ist nur, wo ich mit meinen Recherchen beginnen soll. Wie finde ich diese Cherie? Wer könnte mir etwas über sie erzählen? Die Antwort liegt auf der Pfote: Layka. Die werde ich wohl fragen müssen, auch wenn ich nicht wirklich Lust dazu habe. Ihre Bemerkung über Männer im Allgemeinen und mich im Besonderen fand ich ziemlich blöd. Aber es hilft nichts – ich kenne sonst niemanden hier, der mir etwas über das Vorleben von Herkules erzählen könnte. Alle anderen, die ihn schon länger kennen, sind Zweibeiner.

Ich laufe zum Balkon. Da es ein warmer Sommertag ist, steht die Balkontür offen, und ich kann meinen Beobachtungsposten auf der Truhe wieder problemlos beziehen. Leider sehe ich Layka nirgendwo. Aber sie wird schon noch kommen.

Eigentlich leistet sie mir immer Gesellschaft, wenn ich hier oben hocke. Ich brauche also nur ein bisschen Geduld. Die Wartezeit nutze ich für ein Nickerchen. Hier in der Sonne fühlt sich das herrlich an. Die Sonnenstrahlen wärmen meinen Bauch, ich höre das Zwitschern der Vögel, kurz: Mein Leben ist schön. Bei diesem Gedanken fallen mir die Augen zu, und ich öffne sie erst wieder, als ein warmer Luftzug einen Geruch vorbeiträgt, den ich nur zu gut kenne: Layka. Sie ist tatsächlich wieder da!

»Na, Schröder, sonnst du dich?«

Ich drehe mich zu ihr. Mit Small Talk werde ich mich jetzt garantiert nicht aufhalten. Schließlich habe ich eine Mission.

»Layka, was kannst du mir alles über Cherie erzählen? Hast du irgendeine Ahnung, wo sie jetzt stecken könnte?«

»Was hast du denn jetzt schon wieder mit der?« Layka schüttelt verwundert den Kopf. »Ich habe dir doch gesagt, du sollst deinem Kumpel 'ne neue Frau besorgen. Das ist schon rein logistisch einfacher, als in einer riesigen Stadt wie Hamburg die alte Frau zu finden.«

Dieser Einwand leuchtet mir überhaupt nicht ein.

»Layka, ich bin jetzt echt nicht vom Fach, aber mein Gefühl sagt mir, dass das keine Frage der Logistik ist. Es geht doch nicht um irgendeine Frau, sondern um die Richtige. Und das ist im Fall von Herkules nun mal diese Cherie.«

Layka seufzt.

»Na gut, du alter Romantiker. Aber viel kann ich dir zu der nicht erzählen. Die hat schließlich nicht hier gewohnt, sondern drüben. Über der Werkstatt, in die dein Frauchen immer fährt. Klar, Cherie war auch mal zu Besuch bei Wagners. Aber ich hatte wirklich kaum Kontakt zu ihr. Ich meine – sie ist immerhin ein Hund.«

Das ist in meinen Kateraugen zwar überhaupt kein Grund

für irgendwas, aber ich lasse das jetzt mal so stehen. Schließlich will ich etwas von Layka, nicht umgekehrt.

»Und weißt du, ob sie sich hier mit irgendjemandem unterhalten hat? Also, außer mit Herkules?«

Laykas Schwanzspitze zuckt hin und her.

»Lass mich nachdenken. Vielleicht hatte sie Kontakt zu Cony von nebenan. Der sieht immerhin genauso aus wie Cherie. Auch so eine helle Farbe und die gleichen Locken.«

»Okay, die Logik dahinter verstehe ich zwar nicht, aber ich werde ihn fragen.«

»Ich komme mit«, verkündet Layka in einem Ton, der keinen Widerspruch zulässt. »Kann sein, dass der nicht wirklich auf Katzen steht, und dann bist du besser nicht allein.«

Hm, was meint sie denn damit? *Nicht auf Katzen steht?* Ich habe diesen Cony zwar schon mal gesehen, aber nur im Vorbeilaufen. Da erschien er mir recht freundlich. Wahrscheinlich will sich Layka also nur wichtigmachen, weil sie nicht zugeben will, dass sie sehr gern mitkommen würde. Aber weil ich einer so hübschen Katze wie Layka nicht widersprechen möchte, sage ich einfach *Gute Idee, danke!* und rapple mich von der Truhe hoch.

»Dann lass uns mal gehen«, ruft Layka und springt mit einem eleganten Satz auf die Balkonbrüstung.

Ich zögere, Layka macht eine Pfotenbewegung, die nach einem ungeduldigen *Komm schon!* aussieht.

»Ich ... ich habe unsere Wohnung noch nie über den Balkon verlassen«, gebe ich kleinlaut zu. »Ich nehme normalerweise immer die Wohnungstür.«

Layka faucht. Oder macht sie sich lustig über mich?

»Junge, wird Zeit, dass du endlich lernst, dich wie eine normale Katze zu benehmen. Tut dir offensichtlich gar nicht gut, dass du die ganze Zeit mit einem Hund abhängst!«

Dazu sage ich nichts. Wäre auch sinnlos. Layka wird ganz

offenbar niemals einsehen, wie viel ich schon von Herkules gelernt habe. Nur eben nicht, vom Balkon auf die Brüstung und von dort in den nächsten Stock oder auch nach unten zu springen. Dafür sind Dackel ganz eindeutig nicht gemacht.

»Los, trau dich«, ruft Layka. Ich nehme Maß – und dann springe ich. Tatsächlich sitze ich den Bruchteil einer Sekunde später neben Layka auf der Brüstung. Hey – das war gar nicht so schlimm! Aber wie kommen wir von hier aus nach unten? Einfach runterspringen? Vorsichtig schaue ich an der Brüstung hinunter. Ziemlich hoch! Nicht, dass ich mir da gleich alle Pfoten breche!

Diese Sorgen macht sich Layka ganz offensichtlich überhaupt nicht. Ohne auch nur einen Augenblick zu zögern, stürzt sie sich in die Tiefe – und landet sicher auf allen vieren. Dann dreht sie sich zu mir um und ruft hoch: »Siehst du? Völlig ungefährlich! Einfach machen!«

Ich schüttle mich. Völlig ungefährlich? Aber was, wenn doch nicht? Sammelt sie dann meine Einzelteile auf und trägt mich in die Praxis von Marc? Andererseits kann ich auch nicht ewig wie angenagelt hier auf dem Balkon hocken, ist schon jetzt peinlich genug. Ich entscheide mich deshalb für eine Sicherheitsvariante: Ganz vorsichtig rutsche ich mit meinen Vorderpfoten an der Außenseite der Brüstung nach unten, meine ausgefahrenen Krallen bremsen mich dabei ein bisschen. Meter für Meter arbeite ich mich so nach unten, bis ich das letzte Stück dann tatsächlich mit einem kleinen Sprung überwinde und sicher auf dem Rasen lande. Das hat wahrscheinlich völlig beknackt ausgesehen, war aber allemal besser, als sich hier gleich das Genick zu brechen.

»Na, auch schon da?«, kommentiert Layka meine vorsichtige Herangehensweise. Ich sage nichts dazu. Schließlich zählt das Ergebnis, mehr nicht!

»Cony wohnt direkt schräg gegenüber. Vielleicht liegt er im Garten. Ich würde sagen, wir gehen rüber, aber du hältst die Klappe. Nur ich rede, verstanden?«

Ich hab's gehört, verstanden habe ich es nicht. Warum darf ich denn nichts sagen? Ich möchte doch wissen, wo ich diese Cherie finden kann! Aber Layka will ihre Taktik anscheinend nicht mit mir diskutieren, sie läuft einfach vor mir her, überquert die kleine Straße und drückt sich dann durch eine Lücke im Zaun des Hauses, auf das sie so zielstrebig zugesteuert ist. Mir bleibt also nichts anderes übrig, als ihr zu folgen. Hinter dem Zaun ist noch eine kleine, dichte Hecke gepflanzt, auch durch diese windet sich Layka geschickt. Ich tue es ihr gleich, und kurz darauf stehen wir beide am Rand eines sehr gepflegten Rasens. In der Mitte befindet sich ein Blumenbeet, dahinter, gleich vor der Terrasse, liegt tatsächlich der große gelbe Hund, den ich schon ein paarmal vom Balkon aus beobachtet habe.

Layka trabt auf ihn zu, kurz bevor sie bei ihm ist, bleibt sie stehen.

»Hallo, Cony«, flüstert sie fast und klingt dabei irgendwie klein und schüchtern. Der große Hund würdigt sie zunächst keines Blickes. Layka wartet, dann wiederholt sie noch einmal so leise, dass ich es kaum hören kann: »Hallo, Cony!« und fügt hinzu: »Darf ich dich kurz stören?« Was ist denn hier los? Seit wann ist Layka so ängstlich?

Kurz darauf weiß ich es, denn nun springt Cony mit einem gewaltigen Satz auf seine Pfoten und brüllt sofort bellend los.

»Was störst du mich? Was wollt ihr?« Dann knurrt er so laut, dass es mir in den Ohren klingelt. »Grrrrr! Was?! Nun sag schon.« Er wirft mir einen wilden, bösen Blick zu. »Und wer ist das? WERRRR ist das? Etwa ein Welpe? Ein Baby? Oder wie heißt das bei euch? Ich HAAASSSSSSEEEEE Welpen, das weißt du doch!«

»Aber natürlich weiß ich das. Und nein, mein Freund Schröder ist natürlich kein Welpe. Er ist nur ein wenig klein geraten. Wir sagen übrigens Kitten.«

Unter normalen Umständen würde ich jetzt energisch widersprechen und darauf hinweisen, dass ich natürlich noch wachse. Das scheint mir aber gerade nicht angeraten zu sein. Aus unerklärlichen Gründen ist Cony offenbar kein Kinderfreund. Nun legt er sich mit einem kurzen Knurren wieder hin, den Kopf auf die Vorderläufe, und starrt uns böse an. Oder zumindest genervt.

»Also, was wollt ihr?«

»Mein Freund Schröder sucht jemanden, den du vielleicht kennst.«

»Aha. Wen denn?«

Mutig mache ich einen Schritt nach vorn.

»Cherie. Eine Hündin, die ungefähr so aussieht wie du. Sie war mit dem Dackel befreundet, mit dem ich zusammenwohne. Du weißt schon, der Hund vom Tierarzt.«

Wäre Cony ein Mensch, ich würde sagen: Ein Lächeln geht über sein Gesicht. Jedenfalls hebt er die Lefzen an, kaum dass der Name *Cherie* gefallen ist.

»Natürlich, die schöne Cherie! Wie könnte ich sie je vergessen!«

Ein Treffer! Hurra!

»Und hast du irgendeine Ahnung, wo sie jetzt sein könnte?«, hake ich nach.

Cony kneift seine großen, dunklen Augen zusammen. Er scheint wirklich nachzudenken.

»Hm. Lass mich überlegen. Herkules hat mir damals erzählt, dass ihr altes Frauchen sie abgeholt hat. Gab da ja irgendwie Streit.«

Ich nicke.

»Ja, das habe ich auch gehört. Aber wo ist sie dann hin? Wie kann ich sie finden?«

Cony legt den Kopf schief.

»Was möchtest du denn von ihr?«

Kurz überlege ich, ob ich dem gelben Hund lieber etwas Unverbindliches auftische, denn ich kenne ihn kaum, und die Geschichte von Herkules und Cherie ist doch sehr privat. Andererseits: Ob er mir dann hilft, wenn er denkt, dass es nicht so wichtig ist? Ich entscheide mich also für die Wahrheit.

»Mein Freund Herkules vermisst sie sehr. Ich glaube, wenn er sie noch mal sehen könnte, würde es ihm viel besser gehen. Deswegen will ich sie für ihn suchen. Das ist natürlich ganz geheim, denn wenn es nicht klappt, soll Herkules nicht enttäuscht sein.«

»Hm. Okay, das habe ich mir schon die ganze Zeit gedacht, dass der kleine Dackel schwer verliebt in Cherie war.«

»Ja, aber ich glaube, Cherie mochte Herkules auch sehr gern.« Ich rücke das Bild ein bisschen gerade.

Cony schnauft und wedelt mit dem Schwanz, der dabei über den Boden wischt, als sei er ein Feudel.

»Na ja, das kann ich mir zwar kaum vorstellen, kurzbeinig, wie der liebe Herkules ist. Ganz ausschließen kann ich es aber auch nicht. Frauen sind da einfach schwer zu durchschauen. Wenn es nur nach Schönheit ginge, hätte sie sich eigentlich unsterblich in mich verlieben müssen.« Noch ein Schnaufer und ein Blick in die Ferne, dann rappelt sich Cony vom Boden auf. »Also, ich habe natürlich keine Adresse von der Dame, so wie Menschen das immer haben. Tatsächlich habe ich aber zumindest eine Idee, wo ihr suchen könntet. Ist allerdings nicht gerade um die Ecke. Und die Reise dorthin ein kleines Abenteuer.«

Er mustert mich durchdringend.

»Was würdest du denn für deinen Freund auf dich nehmen?«

Da muss ich keine Sekunde überlegen.

»Alles! Einfach alles, was ihm hilft!«

NEUN

Also, ich finde die Idee wirklich nicht schlecht.« Marc ist gerade mit den Zwillingen vom Geburtstag zurückgekehrt und genehmigt sich nun auch einen Kaffee in der Küche, während ihm seine Mutter ganz begeistert von ihrer Idee des Seniorenballs berichtet.

»Danke, mein Schatz«, sagt Hedwig erfreut. »Ich finde auch, es würde endlich mal ein bisschen Stimmung in den Seniorentreff bringen. Und Glamour!«

Caro lacht prustend. Sie glaubt offensichtlich nicht an Glamour im Seniorentreff, egal, zu welchem Anlass – und erntet prompt einen sehr bösen Blick von Hedwig.

»Tschuldige«, nuschelt sie, während sie einen letzten Bissen von dem Kuchen schluckt, »klang für mich nur gerade so, als ob ihr mindestens Grace Kelly auf eurem Ball erwartet.«

»Ist die nicht tot?«, fragt Friedjof. Hedwig verzieht den Mund, sagt aber nichts.

»Ja, und zwar seit 1982«, bestätigt Marc und glänzt dabei mit offenbar ungeahntem Expertenwissen, jedenfalls schauen ihn alle Zweibeiner höchst erstaunt an. Ich hingegen wundere mich über gar nichts, denn ich bin hier nur der Dackel. Und den Namen Grace Kelly habe ich vorher noch nie gehört.

»Wow, Herr Wagner«, staunt Pauli, »Sie könnten ja glatt bei *Wer wird Millionär?* auftreten! Woher wussten Sie das denn?«

»Ganz einfach: Ich sortiere bei uns im Wartezimmer immer die alten Exemplare des Lesezirkels aus. Als regelmäßiger Leser der *Goldenen Post* und der *Frau im Bild* bin ich also bestens informiert. Ich würde sogar so weit gehen zu sagen, ihr solltet besser mich mit der Buchung des Stargastes beauftragen, denn ich habe da mit Sicherheit den besten Überblick.«

Diesmal prustet Caro nicht, sondern lacht schallend.

»Na gut, dann freue ich mich schon sehr auf einen Abend mit Roland Kaiser und Naddel, oder was der Lesezirkel noch so an A-Prominenz empfiehlt!«

Marc lacht fröhlich mit, falls Caros Bemerkung also eine Spitze war, ist sie an Marc einfach abgeprallt.

»Und«, sagt er, als er endlich nicht mehr lacht, »ich setze noch einen drauf: Ich finde, es sollte einen Tanzwettbewerb geben auf eurem Ball! So wie bei *Let's Dance*. Mit Jury und gemischten Paaren. Also immer ein Profi und einer, der es nicht so wirklich gut kann. Das wird bestimmt ein großer Spaß!«

Luisa schüttelt den Kopf.

»Mann, Papa, wo willst du denn die ganzen Profis herkriegen?«

»Na ja, so halbe Profis reichen doch. Nimm, zum Beispiel, mich, deinen Vater. Ich bin ein ausgezeichneter Tänzer. Wenn auch ein wenig aus der Übung, weil seit Jahren unterfordert.«

»Ach«, sagt Caro spitz, »das wusste ich ja gar nicht. Hättest du was gesagt, wir hätten längst durch die Ballsäle Hamburgs schweben können.«

»Doch, doch«, mischt sich nun Hedwig ein, »Marc ist ein sehr guter Tänzer. Mit Sabine hat er sogar an Turnieren teilgenommen. Die beiden waren nicht unerfolgreich. Kein Wunder – Sabine ist eine unglaublich elegante Tänzerin. Und dann ihr gutes Aussehen – eine echte Erscheinung.«

Heilige Fleischwurst! Hedwig hat das böse S-Wort in den Mund genommen. Dann noch in Kombination mit »elegant« und »gutes Aussehen« – auweia! Sofort verfinstert sich Caros Miene, sie schiebt ihren Stuhl vom Tisch zurück und steht abrupt auf.

»Ich muss noch Belege für die Buchhaltung sortieren.« Schwupp, weg ist sie! Friedjof schaut ihr erstaunt nach, Marc rollt mit den Augen, und Pauli weiß anscheinend nicht, was er sagen soll. Ist auch besser so. Sabine ist für Caro ein rotes Tuch, und das erst recht, wenn Hedwig mal wieder keinen Hehl daraus macht, dass sie immer noch sehr große Sympathien für ihre Ex-Schwiegertochter hegt. Genau das ist Sabine nämlich: Marcs Exfrau und Luisas Mutter. Da sie in München wohnt, haben wir nicht besonders viel mit ihr zu tun. Nur Luisa besucht sie regelmäßig und verbringt auch immer einen Teil der Ferien dort. Da Sabine als Stewardess viel unterwegs ist, hatten Marc und sie sich darauf geeinigt, dass Luisa bei ihm in Hamburg aufwächst.

Als Marc und Caro gerade zusammengezogen waren, hatte Sabine noch einmal einen Versuch der Rückeroberung unternommen, aber nur so, wie ich auch prinzipiell noch mal an jeden Baum pinkeln muss, an dem gerade ein anderer Rüde sein Bein gehoben hat. Eigentlich war sie damals nicht so sehr an Marc, sondern viel mehr am Gewinnen interessiert. Das haben dann alle Beteiligten auch, Gott sei Dank, schnell eingesehen, bevor ein größeres Unglück geschehen konnte. Trotzdem ist Caro bis heute nicht gut auf Sabine zu sprechen, und schon gar nicht, wenn Hedwig sie über den grünen Klee lobt.

»Mensch, Mutter, musste das jetzt sein?«, schimpft Marc dann auch folgerichtig, während Hedwig so unschuldig guckt, als könne sie sich Caros Reaktion überhaupt nicht erklären.

»Was ist denn? Ich habe doch recht! Sabine ist wirklich eine

ausgesprochen gute Tänzerin, während ich mich nicht entsinnen kann, dich jemals mit Caro tanzen gesehen zu haben.«
Marc schüttelt den Kopf, sagt aber nichts mehr.
Friedjof räuspert sich.
»Also ich finde Ihre Idee ebenfalls gut, Marc. Und auch ich – Ihre Frau Mutter wird es bestätigen – bin ein guter Tänzer, könnte mich also bei einem kleinen Turnier durchaus als Partner zur Verfügung stellen.«
»Aber Friedjof, ich dachte, du tanzt mit mir!«
»Natürlich, meine Liebe. Auf dem Ball werde ich so viel mit dir tanzen, dass die Sohlen nur so glühen. Aber wenn es auf dem Ball einen kleinen Wettbewerb mit neu zusammengesetzten Paaren gibt, dann ist das bestimmt sehr unterhaltsam, glaubst du nicht? Und du bist bei deinem Können doch selbst die perfekte Partnerin für einen Tänzer mit weniger Übung.«
Hedwig seufzt.
»Wie du meinst. Vielleicht wird das wirklich ganz lustig. Falls sich meine Schwiegertochter bis dahin wieder beruhigt hat.«
»Tja, Oma, vielleicht solltest du dich einfach bei Caro entschuldigen. Besonders sensibel war das nicht gerade.«
»Wie bitte? Ich habe nur erwähnt, dass deine Mutter eine gute Tänzerin ist.«
Jetzt seufzt Luisa.
»Kann schon sein. Aber ich würde das auch nicht gerade gern hören wollen, wenn so jemand über die Exfreundin von Pauli spricht. Bei Gefühlen bin ich echt empfindlich.« Sie wirft Pauli einen Blick zu, der diesem schnell ausweicht. Ob das sein schlechtes Gewissen ist? Ich hoffe es sehr! Grund genug hätte er dafür!
Hedwig verzieht den Mund, was nun entweder bedeuten

kann, dass sie Luisas Vorschlag für abwegig hält, oder aber, dass sie tatsächlich in Erwägung zieht, sich zu entschuldigen, den Gedanken aber wiederum nicht besonders erfreulich findet. Wir werden allerdings nie erfahren, für welche dieser beiden Alternativen sie sich entschieden hat, denn bevor Hedwig es uns mitteilen kann, toben die Zwillinge mit ohrenbetäubendem Geschrei in die Küche. Hier muss ich keine zwei Sekunden überlegen, was das wohl bedeuten könnte, die Sache ist völlig klar – Theo und Milla versuchen mal wieder, sich gegenseitig umzubringen. Schwer zu sagen, wer bei diesem Unterfangen im Moment die Oberhand hat, aber an den spitzen Schreien von Theo mache ich fest, dass seine Schwester gerade in Führung gegangen ist.

»AAAAUUUAAAA!«, heult er laut und boxt wild um sich, kann Milla aber nicht abschütteln. Die scheint sich regelrecht in ihm verbissen zu haben. Dafür spricht auch, dass man sie nicht hört. Klar, wer das Ohrläppchen seines Bruders zwischen den Zähnen hat, kann natürlich nicht laut schreien.

Hedwig springt vom Tisch auf.

»Theo! Milla! Was soll das? Was veranstaltet ihr da für ein Theater?« Die beiden hören nicht auf ihre Großmutter, sondern kugeln durch die Küche. Schließlich zieht Hedwig sie mit einem entschlossenen Griff auseinander, und sofort ist klar, warum Milla versucht, ihrem Bruder ein Ohr abzubeißen: Dort, wo heute Morgen noch zwei blonde und niedlich gelockte Zöpfchen prangten, nämlich links und rechts an Millas Kopf, ist nur noch eines übrig. Soweit ich das als Hund beurteilen kann, der rechte Zopf. Gut, wenn die Trendfrisur dieser Saison auf Asymmetrie beruht, ist das vermutlich kein Problem. Falls nicht, sieht das in der Tat ein wenig unglücklich aus, das muss selbst der Dackel einräumen.

Nun hat auch Hedwig das Malheur entdeckt.

»Gute Güte, Milla! Was ist denn mit deinen Haaren passiert?«

Über Millas Wange kullern dicke Tränen.

»Hat Theo einfach kaputt gemacht«, schluchzt sie. »Einfach weg!«

Marc steht vom Küchentisch auf und kommt auf die Zwillinge zu.

»Ach du Scheiße! Wie sieht das denn aus? Hat dein Bruder dir tatsächlich einen Zopf abgeschnitten?« Und nun wird Marc laut. »Bist du eigentlich völlig irre, Theo? Was machst du für einen Mist?« Die letzten Worte hat Marc gebrüllt, sodass nun auch Theo anfängt zu heulen.

»Wir wollten doch Friseur spielen«, bringt er unter Tränen heraus. »Und der schneidet Haare. Vielleicht«, schluchzt er, »kann man den Zopf ja wieder ankleben?« Nun klingt er so verzweifelt, dass klar ist, dass er mit dem Ergebnis seiner Handwerkskunst auch nicht glücklich ist.

»Ankleben? Du spinnst wohl! Ab ist ab!« Marc ist wirklich erbost und hat offenbar nicht vor, sich schnell wieder zu beruhigen. Von dem Radau ist nun auch Caro zurück in die Küche gelockt worden. Sie steht im Türrahmen und betrachtet das Bild des Jammers und des Elends.

»O nein! Kann man euch beide denn nicht mal fünf Minuten allein lassen?« Sie schüttelt den Kopf, schreit im Gegensatz zu Marc aber nicht herum. Stattdessen seufzt sie, geht auf Milla zu und löst das Haargummi aus dem verbliebenen Zöpfchen. Die Haare fallen auseinander und bilden eine kleine helle Wolke um Millas linke Kopfhälfte, während die rechte Seite seltsam kahl aussieht.

»Auweia!« Mehr sagt Caro nicht, sondern geht einmal um ihre Tochter herum. Dann wieder ein tiefes Seufzen. »Komm, Schatz. So schlimm ist es auch wieder nicht. Lass uns mal ins

Bad gehen, du bekommst jetzt von mir eine schicke neue Frisur, und in ein paar Wochen ist alles wieder vergessen, okay?« Milla schluchzt noch einmal, dann schluckt sie und nickt.

Theo sagt gar nichts mehr, stumm wie ein Fisch steht er da und starrt zu seiner Schwester. Luisa hingegen kann sich ein Grinsen nicht verkneifen. Sie geht zu Theo und legt einen Arm um seine schmalen Schultern.

»Komm, Kumpel. Passiert den Besten. Ich habe Henri auch schon mal die Haare geschnitten, und es ist nicht so geil geworden. Gott sei Dank wachsen Haare ja wieder.« Sie drückt ihren Bruder kurz an sich, dann zieht sie ein Taschentuch aus ihrer Hosentasche und hält es ihm vor die Nase. Laut trötend schnäuzt er hinein, dann atmet er tief durch.

»Erst hat Milla mir die Haare geschnitten. Aber nicht so dolle. Dann war ich dran.«

»Was liegen in diesem Haushalt auch einfach Scheren so offen herum, dass die Kinder da ohne Weiteres drankommen?«, empört sich nun Hedwig und hat damit gleich das nächste Thema am Wickel, mit dem sie Caro oft und gern auf den Nerv geht: die Haushaltsführung im Hause Wagner. Obwohl sie selbst an dieser beteiligt ist, gelingt es Hedwig immer wieder mit schlafwandlerischer Sicherheit, hierüber einen Grundsatzstreit mit Caro vom Zaun zu brechen. Ich kenne das schon. Die Zutaten dafür sind immer die gleichen: Hedwig ist der Meinung, nach Kräften zu helfen, aber alle außer ihr sind zu unordentlich und im Übrigen auch undankbar. Caro ist der Meinung, dass niemand Hedwig um ihre Hilfe gebeten hat und sie alles nur macht, um sich einmischen zu können. Jedes Mal läuft die Diskussion ungefähr so – gähn!

Allerdings bin ich nicht der Einzige, der das sofort erkannt hat. Marc, der sich mittlerweile wieder runtergeatmet hat, kommt offenbar zu dem gleichen Schluss.

»Mama, bitte nicht wieder dieses Thema«, ruft er und läuft zu Caro, um ihr beruhigend seine Hände auf die Schultern zu legen. »Das ist jetzt wirklich dumm gelaufen, aber dürfte wohl der Klassiker mit Kindern in dem Alter sein. Also bitte kein Streit!«
Hedwig zuckt mit den Schultern.
»Wie du meinst. Du warst Einzelkind. Deine Haare habe nur ich geschnitten, und das sah immer gut aus. Aber egal. Ich füttere jetzt noch Herkules und Schröder, weil ich ihnen ein kleines Leckerchen von zu Hause mitgebracht habe, und dann gehen wir. Nicht wahr, Friedjof?«
Uiuiui, Hedwig ist beleidigt! Nur gut, dass sie darüber nicht vergessen hat, dass sie dem Kater und mir etwas mitgebracht hat. Erwartungsfroh trabe ich zu meinem Napf. Hedwig kramt in der Handtasche, die sie an ihren Stuhl gehängt hat, und holt eine Plastikschüssel heraus. Als sie ihren Deckel öffnet, duftet es verführerisch. Hm, Rinderherz, wenn ich mich nicht täusche.
Sie füllt etwas in meinen Napf, hastig schlinge ich es hinunter. Hm, sehr lecker! Nun ist Schröders Napf dran, er bekommt eine kleinere Portion. Allerdings ist er gerade nicht da – und wenn er sich nicht beeilt, muss er aufpassen, dass ich seinen Napf nicht einfach auch noch leere!
»Schröder«, ruft Hedwig, »komm, miez, miez! Wo steckst du denn?«
Ja, komisch. Wo steckt der Kater? Normalerweise reagiert er sehr schnell auf das Klappern unserer Näpfe. Vor allem, wenn es Hedwig ist, die sich daran zu schaffen macht. Denn dass unsere Hedwig wirklich gut kochen kann, das hat sich auch schon bis zu dem Kater herumgesprochen.
»SCHRÖDER!«, wiederholt Hedwig lauter, und nun schauen sich auch die anderen Zweibeiner um, ob sie den kleinen Kater irgendwo entdecken können.

»Schröder?«, murmelt Luisa, lässt ihren Bruder los und kniet sich hin, um unter den Esstisch zu gucken. Caro geht aus der Küche und läuft in Richtung Wohnzimmer, ich folge ihr. »Schröder?«, ruft sie, als wir dort ankommen. Aber keine Spur von dem Kater. Nicht unter dem Sofa (habe ich sofort überprüft) und auch nicht hinter den Vorhängen neben der Fensterfront (dort guckt Caro nach). »Seltsam, wo steckt der nur?«

Aus der restlichen Wohnung hört man nun auch Marc, Luisa und Pauli nach dem Kater rufen. Mal aus dem Elternschlafzimmer, dann aus Luisas und den anderen Kinderzimmern. Aber offenbar wird niemand fündig, und so langsam bekomme ich ein mulmiges Gefühl. Wie kann denn ein Kater aus einer geschlossenen Wohnung verschwinden?

Es hilft nichts – hier muss ein Jagdhund ran! Ich laufe also mit gesenktem Kopf die gesamte Wohnung ab, schnüffle mich von Raum zu Raum. Ohne Ergebnis. Schröder ist wie vom Erdboden verschluckt. Das gibt's doch nicht! Meine menschlichen Mitbewohner sind mittlerweile auch schon ganz hektisch und laufen alle wild durcheinander, heben sogar jedes einzelne Sofakissen hoch und rufen immer wieder Katerchens Namen. Aber nichts. Er bleibt verschwunden. Ich überlege. Wo war sein Duft noch am frischesten? Ich glaube, vor der Balkontür. Schnell trabe ich dorthin und schnüffle noch einmal. Tatsächlich. Hier ist seine Fährte sehr deutlich zu erschnuppern. Ich drücke mit der Schnauze gegen die Balkontür, sie schwingt auf. Draußen ist Schröders Duft noch viel stärker, er war also vor Kurzem hier.

Und dann bemerke ich es: Schröder hat auf der Balkonbrüstung gesessen, kein Zweifel! Ich kann zwar nicht dort hinaufspringen, aber sein Duft weht zu mir herunter. Ach du Schreck! Ist der Kater etwa vom Balkon gesprungen? Hoffentlich liegt er jetzt nicht mit vier gebrochenen Pfoten unten im Garten! Ich beschließe, das in dieser Situation einzig Richtige zu tun: Ich fange an, sehr laut und anhaltend zu jaulen. Los, ihr Menschen, nun kommt doch endlich!

ZEHN

Mir schwirrt der Kopf, und merken kann ich mir die vielen Namen schon lange nicht mehr. Aber Cony fährt unbeirrt fort, während er vor Layka und mir hertrabt, und erklärt, warum er glaubt, dass wir auf dem richtigen Weg zu Cherie sind.

»Also, mein Zwinger trägt den Namen *von der Atterseewelle*. Versteht ihr? *Attersee*. Ich bin Cornelius von der Atterseewelle und somit alter österreichischer Adel. Und ich weiß genau, dass die Kinder von Cherie von einem *Greensbury-Hill*-Rüden stammten. Das hat sie mir nämlich mal ganz stolz erzählt. Hatte sie ja auch allen Grund zu. Ich meine – das ist natürlich auch eine WAHNNSINNS-Zucht! Ich möchte nicht wissen, wie viele Bundeschampions die schon hervorgebracht hat. Nicht ganz so viele wie die Atterseewelle, aber geschenkt!«

»Alter, stopp jetzt«, unterbricht Layka ihn und setzt sich hin. »Ich gehe keinen Meter weiter, wenn du uns nicht sofort erklärst, was dieses ganze Geschwafel von altem Adel und so soll. Wir suchen einen Hund. Punkt. Wir wollen nicht anfangen, welche zu züchten. Also: Worauf willst du hinaus?«

Cony schaut uns an, und wenn ich es richtig deute, macht sich Fassungslosigkeit auf seinem hübschen Gesicht breit.

»Kinners! Das liegt doch wohl auf der Hand!«

»Findest du? Ich ahn's nicht.« Layka macht es kurz und schmerzlos.

»Dann noch mal zum Mitschreiben: Cherie hat mir den

Vater ihrer Kinder offenbart und mir erzählt, dass ihr altes Frauchen ganz in der Nähe seiner Zucht gewohnt hat. Sie hat ihn nämlich beim Spazierengehen getroffen, als sie für ein paar Tage mal wieder bei dieser Claudia war. Da hat er es ihr erzählt. Dass er nicht weit weg wohnt.«

»Aha.« Mehr sagt Layka nicht, sondern wartet ungerührt auf den Rest der Geschichte.

»Na, jedenfalls ist doch Cherie, soweit ich unterrichtet bin, wieder zu ihrem alten Frauchen gezogen. Und das heißt, dass sie jetzt in der Nähe von Greensbury Hill wohnt.«

»Schön und gut, Cony. Aber das bringt uns genauso weiter, als ob du erzählen würdest, dass Cherie nun auf der Rückseite vom Mond lebt. Weil wir da nämlich auch nicht wissen, wie wir hinkommen sollen.«

Cony seufzt und bläst dann sehr effektvoll Luft durch seine Lefzen, sodass diese zu flattern beginnen wie die Wäsche, die Caro und Marc immer auf dem Balkon trocknen, wenn es windig wird.

»Und genau da irrst du, liebe Layka. Ich hätte dir nicht von meiner zweifelsohne ruhmreichen Herkunft erzählt, wenn ich damit nicht zum wichtigsten Punkt kommen würde. Ich bin schließlich kein Angeber! Nein, ich wollte erklären, warum ich denke, dass wir Cherie vielleicht tatsächlich aufspüren werden. Nur deshalb!«

Layka rollt mit den Augen. Glaube ich jedenfalls. Sehen kann ich es nicht, ich stehe hinter ihr, meine aber, es ihrer Stimme anzuhören, als sie antwortet.

»Natürlich. Nur deswegen. Also schieß schon los! Wie finden wir sie?«

»Nun.« Cony räuspert sich und schlägt dann einen ungeheuer wichtigtuerischen Tonfall an. »Natürlich treffen sich die edelsten der edlen Hunde ab und zu in der Stadt. Unsere

Herrchen und Frauchen legen immerhin Wert auf den richtigen Umgang.«

Layka faucht, Cony lässt sich davon nicht aus der Ruhe bringen. Stattdessen macht er seine Brust noch breiter, als sie ohnehin schon ist, und erzählt munter weiter.

»Ja, der richtige Umgang ist wichtig, liebe Layka. Und der ist bei der Zucht von Greensbury Hill natürlich gegeben. Bei so einem Treffen war ich auch schon mal. Es fand beim Greensbury-Hill-Züchter statt. Ich glaube, ich würde den Weg dorthin wiederfinden. Mein Orientierungssinn ist nämlich sensationell, und ich habe ein geradezu fotografisches Gedächtnis. Wenn wir erst mal da sind, ist es bestimmt ein Kinderspiel, diese Cherie zu finden. Also, für mich jedenfalls.«

Unter normalen Umständen würde ich hoffen, dass der olle Angeber Cony mit dieser Aussage so richtig auf seine goldene Schnauze fällt – aber hier und jetzt bete ich inbrünstig, dass er mit seiner Angeberei recht hat!

»Na gut«, maunzt Layka. »Wenn das so ist, will ich nichts gesagt haben. Also dann mal weiter.«

»Wie weit ist es denn noch?«, frage ich vorsichtig nach. Cony, der mittlerweile schon weitergelaufen ist, wirft mir einen Blick über die Schulter zu. »Junger Schröder, wir haben nicht mal die Hälfte des Wegs bisher geschafft. Ach, was sage ich – nicht mal ein Viertel!«

Kopfrechnen ist wirklich nicht meine Stärke. Trotzdem verkneife ich mir die Frage, wie viel denn wohl ein Viertel von etwas ist. Ich werde es ja sehen. Hauptsache, dieser Cony weiß wirklich, wo er hinwill!

Nach einer gefühlten Ewigkeit ist es dann zum Glück Layka, die wieder nachfragt. Ich hätte mich nicht mehr getraut, schließlich will ich nicht als Weichei dastehen.

»Sag mal, bist du sicher, dass wir hier noch richtig sind? Wir haben den großen Park schon hinter uns gelassen, und auch wenn ich als Katze ganz schön rumkomme: Hier war ich noch nie! Wirklich! Es riecht alles ziemlich fremd, und ich habe schon eine ganze Weile keine Katze mehr gesehen, die mir auch nur im Entferntesten bekannt vorkommt.«

Cony bleibt stehen und dreht sich zu uns um.

»Warum seid ihr Katzen eigentlich immer am Jammern? Jede ordentliche Hunderunde ist länger als der Weg, den wir bis hierhin gelaufen sind. Wir müssen noch an den See, dort bis nach oben und dann eine Weile am Flusslauf entlang. Also reißt euch mal zusammen. Ich will schließlich euch helfen, nicht umgekehrt!«

Gut. Wo er recht hat, hat er recht. Trotzdem spüre ich, dass meine Samtpfoten vom vielen Laufen über Asphalt schon ein wenig lädiert sind. Ich hebe meinen linken Vorderlauf und schlecke mir über die Pfote. Aua, das brennt, so aufgeschürft sind meine Sohlen mittlerweile.

»Ich glaube, ich brauche eine kurze Pause«, sage ich und versuche, dabei nicht zu jammerig zu klingen. Layka und Cony hocken sich neben mich, beide sehen dabei sehr vorwurfsvoll aus.

»So kommen wir da nie an, Jung-Siegfried«, schimpft Cony. »Und ich habe nicht den ganzen Tag Zeit. Wenn mein Frauchen nach Hause kommt, muss ich wieder da sein, sonst gibt's Ärger.«

Layka schnurrt amüsiert.

»Ihr Hunde immer mit euren Herrchen und Frauchen – das würde ich mir ja niemals bieten lassen, dass ein Mensch meinen Tag dermaßen bestimmt.«

Ein lautes Knurren macht deutlich, dass Cony da völlig anderer Meinung ist. Hoffentlich ist er jetzt nicht beleidigt und

lässt uns hier sitzen. Ich wüsste nicht mehr, wie ich wieder nach Hause kommen soll.
»Stefanie bestimmt meinen Tag nicht, sie strukturiert ihn«, mosert Cony und bleibt sitzen. Ich schaue ihn ratlos an. Was meint er nur damit?
»Nenn es, wie du willst«, ätzt Layka, »für mich wäre das nichts!«
»Ähm, jetzt keinen Streit«, bitte ich, »ich bin auch gleich wieder fit. Mir tun die Pfoten ein bisschen weh. Schließlich laufe ich sonst nur den Weg zur Werkstatt über so harten Boden und bin das nicht gewohnt, tut mir leid!«
Cony bläst wieder Luft durch seine Lefzen und schüttelt dann den Kopf, ganz so, als könne er nicht fassen, was ich gerade gesagt habe.
»Mach dir keine Sorgen«, meint er dann aber einigermaßen freundlich, »wir sind gleich an der Alster. Du weißt schon, der große See mitten in der Stadt. Dort sind die Wege ganz weich und bequem zu laufen, und es gibt am Rand auch Gras. Das ist bestimmt angenehmer für dich und deine Pfötchen. Und der Weg am Alsterlauf entlang ist aus Sand und Erde.«
Immerhin etwas. Auch wenn Conys Wegbeschreibung so klingt, als wären wir noch ziemlich lang unterwegs. Er scheint meine Gedanken lesen zu können, denn er fügt hinzu: »Ja, es ist noch ein ganzes Stück, und vielleicht gäbe es auch einen kürzeren Weg – aber den kenne ich nicht, und wir wollen uns ja nicht verlaufen. Lieber auf Nummer sicher gehen!«
Da hat er natürlich recht, und es ist einigermaßen beruhigend, dass Cony so einen guten Orientierungssinn hat.
»Guck mal, Mama, da sitzt ein Hund mit zwei Katzen! Zu wem gehören die wohl?« Ein kleines Mädchen ist näher gekommen und mustert uns neugierig. Eine junge Frau stellt sich neben das Kind.

»Das ist eine gute Frage, Emma. Ich sehe hier niemanden. Ob die drei sich verlaufen haben?«

»Bloß weg hier«, knurrt Cony. »Nicht, dass die noch versuchen, uns einzufangen – das können wir jetzt wirklich nicht brauchen!« Ohne weiter auf Layka und mich zu achten, rennt er los, wir laufen hinterher.

»Hey, nicht so schnell. Wo wollt ihr denn hin?«, ruft das Mädchen und beginnt ebenfalls, hinter uns herzurennen.

Cony gibt jetzt richtig Gas, es ist erstaunlich, wie schnell dieser große, doch eher gemütlich wirkende Hund laufen kann. Ich komme tatsächlich kaum mit, und meine Pfoten brennen jetzt wieder wie verrückt.

»Wartet«, japse ich, aber Layka und Cony hören nicht auf mich. Aus den Augenwinkeln sehe ich, dass das Mädchen näher kommt, ich bin einfach zu langsam!

»Emma, bleib stehen«, ruft die Mutter ihm nach, aber das Mädchen holt immer mehr auf. Ich humple tapfer weiter, trotzdem kommt das Kind näher. So ein Mist!

»Aua!« Ein spitzer Schrei, dann ein lautes Heulen. Ich werfe einen Blick über die Schulter – das Mädchen ist gestolpert und hingefallen. Gut, das ist natürlich nicht schön, aber in meiner Situation ungeheuer praktisch. Ich biege auf einen anderen Weg ab, dort habe ich eben noch Cony und Layka gesehen. Tatsächlich warten die beiden hinter der Kurve auf mich.

»Mann, Schröder, bist du immer so langsam?«, schimpft Layka. »Du weißt doch, was Menschen mit Tieren machen, von denen sie glauben, dass sie sich verlaufen haben – sie bringen sie ins Tierheim! Und da will ich garantiert nicht hin!«

»Tschuldigung«, murmle ich geknickt. »Ich kann mit meinen wunden Pfoten einfach nicht so schnell rennen – es tut zu weh!«

»Also besonders tapfer bist du ja nicht«, hackt nun auch

noch Cony auf mir rum. Wenn ich könnte, würde ich meine Ohren hängen lassen. Was ist das nur für ein furchtbarer Tag? Dabei wollte ich nichts anderes, als Herkules helfen!

»Was ist jetzt? Laufen wir weiter, oder kehren wir wieder um?«, will Layka wissen. »Weil: Auch wenn mein Tag nicht von Menschen bestimmt wird, wartet wahrscheinlich mittlerweile etwas Leckeres in meinem Napf, und das würde ich mir dann jetzt gern reinziehen.«

Cony grunzt. Will er immer noch an mir herummeckern? Dann kehre ich um und begrabe meinen Plan! Natürlich kann ich Cony und Layka keine Vorwürfe machen, schließlich wollen sie mir helfen – aber wenn das so weitergeht, dann lasse ich es lieber ganz.

»Komm, Kater, die Alster ist gleich da vorn. Da wird es besser, versprochen«, brummt Cony und klingt dabei überraschend freundlich.

Ich nicke stumm und humple hinter ihm her, Lakya seufzt und läuft uns nach. Tatsächlich sind wir schon bald darauf an dem großen See, von dem Cony gesprochen hat. Ich kann das Wasser durch die Büsche und Bäume glitzern sehen, und der Weg, auf dem wir nun entlangtraben, ist wirklich ganz angenehm für die Pfoten. Meine Laune bessert sich deutlich, und auch Cony und Layka scheinen wieder gut drauf zu sein.

Bald sind wir am Ende des Sees angekommen. Cony bleibt stehen, und endlich scheint auch er ein bisschen ausgepowert zu sein.

»So, den Großteil haben wir geschafft. Jetzt müssen wir nur noch an diesem Bachlauf entlang, bis wir zu einem kleineren Park kommen – da ist es dann gleich.«

»Was genau?«

»Na, das Haus der Greensbury-Hill-Zucht. Dort müssen wir uns umschauen, ob wir deine Cherie irgendwo entdecken.

Oder wir fragen die anderen Retriever. Ich bin mir sicher, irgendeiner von denen wird uns weiterhelfen können.«

Ich nicke.

»Okay, das ist ein guter Plan. So machen wir es.«

Cony läuft wieder los, dicht gefolgt von Layka. Ich schnaufe noch einmal tief durch und überlege, ob ich lieber auf dem Weg oder auf dem Gras daneben weiterlaufe. Gerade als ich mich für das Gras entschieden habe und mich auch in Bewegung setzen will, fällt ein Schatten über mich.

»Da bist du ja wieder, kleines Kätzchen!«

Ach du Schreck! Emma! Schnell springe ich nach vorn – und pralle dabei gegen ein Paar menschliche Beine. Ich schaue nach oben. Es ist Emmas Mutter. Sie lächelt. Und hebt mich hoch. »Du Armes! Du hast dich verlaufen, nicht wahr? Aber mach dir keine Sorgen, jetzt wird alles gut. Wir kümmern uns um dich.«

ELF

Luisa heult. Henri, mittlerweile vom Fußballplatz heimgekehrt, heult, Milla heult auch, und Theo hat ja schon vorher geheult. Alle vier Kinder schluchzen und sind völlig aufgelöst. Kein Wunder. Nachdem mir die halbe Familie eben auf den Balkon gefolgt ist und mein Bellen und Jaulen wohl richtig gedeutet hat, dürfte nun auch dem letzten Wagner klar sein, dass der Kater nicht mehr da ist. Verschwunden. Weg. Hinfort. Futschikato.

Marc steht mittlerweile unten im Garten und schaut zum Balkon hoch.

»Also immerhin liegt hier kein Kater mit gebrochenem Genick. Das ist doch schon mal eine gute Nachricht!«

Bei den Worten *gebrochenes Genick* heulen die Kinder noch einmal richtig laut auf, und Caro ruft ihrem Mann ein *Spinnst du?* hinunter. Marc hebt beschwichtigend die Hände.

»Tschuldigung, das sollte eine Beruhigung sein! Ich meine, ihr glaubt ja nicht, wie viele Katzen bei Balkonstürzen ums Leben kommen.«

»MARC!!!« Caro klingt jetzt richtig sauer. Dann dreht sie sich zu ihren Kindern und streicht Milla und Theo sanft über den Kopf.

»Papa meint es nicht so. Aber in einem hat er recht: Schröder ist bestimmt nichts passiert. Wahrscheinlich wollte er einen Vogel oder ein Eichhörnchen jagen und ist vom Balkon gesprungen, um es zu verfolgen. Der kommt bestimmt bald wieder. Dann schimpfen wir mit ihm, weil er einfach abgehauen ist, und spannen endlich mal ein Netz um den Balkon, damit das nicht wieder vorkommt.«

Aha. Eichhörnchenjagd. Mag sein. Sieht meinem Kumpel aber eigentlich gar nicht ähnlich. Durch einen großartigen Jagdinstinkt hat er sich bisher schließlich nicht ausgezeichnet. Ich blicke an der Brüstung hoch. Wie ist er da bloß raufgekommen? Das hätte ich niemals geschafft. Noch dazu wäre ich im Leben nicht auf die Idee gekommen, mich vom Balkon in die Tiefe zu stürzen.

»So, ich schau jetzt mal ums Haus herum und suche den Kater«, ruft Marc nach oben. »Will mir jemand helfen und die Straße rauf- und runterlaufen und nach Schröder rufen?«

»Ich komm gleich runter, Papa«, antwortet Henri. »Ich ziehe mir nur schnell andere Schuhe an.« Spricht's und verschwindet vom Balkon.

Das ist schon alles sehr mysteriös. Ob vielleicht jemand den Kater geklaut hat? Oder entführt? Eine meiner Lieblingsbeschäftigungen ist es seit Langem, mit Marc und Caro abends vorm Fernseher zu liegen. Die beiden schauen häufiger sogenannte *Krimis*, in denen böse Menschen ihr Unwesen treiben, und eine dieser Verbrecher-Spezialitäten lautet *Entführung*. Man klaut dabei einen Menschen und schickt seiner Familie dann eine Rechnung. Man bekommt den Menschen nur wieder zurück, wenn man die Rechnung bezahlt. Glaube ich. Oder war es umgekehrt? Wenn man bezahlt, dann ist man den Menschen los, sonst kommt er zurück? Hm. Egal. Jedenfalls lautet die Frage: Ist Schröder vielleicht entführt worden? Dann würden wir es daran merken, dass wir demnächst eine Rechnung bekommen. Wenn er allerdings geklaut wurde, dann ist und bleibt er verschwunden. Kein schöner Gedanke! Ich sag's ungern, aber: Ich würde ihn vermissen!

»O Mann, Herkules, du bist auch traurig, oder?« Luisa kniet mittlerweile neben mir und streichelt mich. »Was können wir denn bloß machen?«

»Wir könnten Zettel mit einem Foto von Schröder ausdrucken und aufhängen. Ich helfe dir dabei.« Pauli ist auch raus auf den Balkon gekommen und offenbar wild entschlossen, sich von seiner hilfsbereiten Seite zu zeigen, der Betrüger!

»Würdest du das tun? Obwohl du so beschäftigt bist?« Luisa klingt entzückt. »Das wäre ja super!«

»Aber natürlich! Es gibt nichts, was ich nicht für dich tun würde«, flötet Pauli.

Es tut mir leid, aber ich kann mir ein lautes Knurren nicht mehr verkneifen!

»Herkules, was hast du denn? Jetzt benimm dich doch mal«, schimpft Luisa mit mir. Beleidigt drehe ich ihr meinen Hintern zu und laufe vom Balkon wieder in die Wohnung. Pah! Wenn die wüsste, wie übel Pauli ihr mitspielt. Aber leider kann ich es ihr nicht sagen, sonst hätte ich das natürlich längst getan. So bleibt mir nichts anderes übrig, als mich beleidigt in mein Körbchen zu legen.

Nun kommen alle Zweibeiner wieder vom Balkon herein und diskutieren wild, was am besten zu tun sei.

»Hört mal, was Pauli vorschlägt«, ruft Luisa, hörbar stolz, dass es ausgerechnet ihr Freund ist, der die Suche nach Schröder so tatkräftig in die Hand nehmen will.

»Was denn?«, erkundigt sich Friedjof freundlich.

Pauli räuspert sich.

»Wenn wir davon ausgehen, dass sich Schröder bei der Jagd nach einem Eichhörnchen oder so verlaufen hat, macht es doch Sinn, eine Art Fahndungsplakat zu entwerfen, zu kopieren und die Zettel überall aufzuhängen.«

Zustimmendes Gemurmel.

»Das ist eine sehr gute Idee, junger Mann«, lobt Friedjof ihn. »Und ich hätte noch eine Ergänzung zu machen!«

»Nämlich?«, fragt Pauli.

»Ich setze eine Belohnung für den ehrlichen Finder aus«, erklärt Friedjof und macht eine kleine Pause, bevor er weiterspricht: »Zweihundert Euro! Ich verspreche dem Finder von Kater Schröder zweihundert Euro.«

»Oh, Friedjof, wie toll von dir!« Nun ist es Hedwig, die sehr stolz klingt. »Du bist so großzügig, wie können wir dir nur danken?«

Friedjof schüttelt lächelnd den Kopf.

»Ihr müsst mir nicht danken, meine liebe Hedwig! Ich will doch auch, dass deine Enkelkinder ihren geliebten Kater schon bald wieder in die Arme schließen können. Eine Belohnung wird dabei bestimmt helfen!«

Was für eine tolle Idee! Ich bin begeistert! Denn mittlerweile mache auch ich mir Sorgen um den kleinen Kater. Schon im Park hatte ich den Eindruck, dass man ihn noch nicht wirklich allein draußen herumspazieren lassen kann. Und da war ich im Grunde genommen mit dabei. Also, anfangs und am Ende jedenfalls. Ja, gut – wenn ich ihn nicht gebissen hätte, wäre er vielleicht auch nicht so durcheinander gewesen. Aber egal. Fakt ist jedenfalls: Ich bin mir nicht sicher, dass er ohne mich nach Hause gefunden hätte, und deswegen halte ich sowohl die Idee einer Suchanzeige als auch Friedjofs Angebot, eine Belohnung auszuloben, für ganz ausgezeichnet.

»Also, ich misch mich nur ungern ein.« Marc, der inzwischen wieder aus dem Garten zurückgekehrt ist, räuspert sich. »Aber sollten wir nicht erst mal im Tierheim und bei der Polizei anrufen? Immerhin ist Schröder gechippt, und vielleicht hat ihn schon jemand gefunden und abgegeben. Also, bevor jetzt hier mit Geld herumgeschmissen wird, sollten wir das kurz checken.«

»Marc, also wirklich«, schimpft Hedwig. »Friedjof schmeißt nicht mit Geld rum, sondern will deine Kinder glücklich machen! Was ist heute bloß mit dir los, dass du so gefühllos bist?«

Tja, das kann ich dir genau sagen, liebe Hedwig. Also, wenn ich sprechen könnte. Marc ist eben Tierarzt. Und wer es sich zum Beruf macht, hilflosen Haustieren mit einer piksigen Spritze in den Allerwertesten zu stechen, von dem sind noch ganz andere Rohheiten zu erwarten. Versteht mich nicht falsch, ich mag Marc. Aber er ist eben kein sensibler Feingeist, sondern ein bisschen grobschlächtig.

»Hedwig, ich finde, Marc hat recht«, mischt sich Caro ein. »Die Idee mit den Zetteln ist super, die Belohnung ist überaus großzügig, aber ich rufe jetzt tatsächlich erst mal bei der Polizei und im Tierheim an. Da müssen wir doch sowieso Bescheid sagen. Wenn Henri gleich wieder hochkommt und ihn auch nicht gesehen hat, rufe ich dort an. Vielleicht haben wir Glück, und Schröder ist schon von jemandem gefunden und abgegeben worden. Dann war die ganze Aufregung umsonst. Ich google schnell die Telefonnummer, dann wissen wir es gleich.«

Sie verschwindet, und kurz darauf hört man sie an ihrem Schreibtisch auf der Tastatur ihres Rechners herumklappern, dann kommt sie mit einem Zettel in der Hand wieder. Ich kann es von meinem Körbchen aus nicht so genau sehen, aber bestimmt hat sie dort die Nummern notiert. In diesem Moment stürmt Henri wieder zu uns herauf.

»Und?«, will seine Mutter wissen.

Er schüttelt den Kopf.

»Nee, nichts. Keine einzige Katze. Hab zwei Leute gefragt, die mir begegnet sind, aber die haben ihn auch nicht gesehen.«

Caro seufzt.

»Na gut, dann rufe ich jetzt an.«
Sie zieht ihr Handy aus der Hosentasche und tippt eine Nummer ein.
»Hallo, Wagner hier. Wir vermissen seit ungefähr einer halben Stunde einen kleinen schwarzen Kater. Noch ganz jung. Wir glauben, er ist vom Balkon gesprungen und hat sich verlaufen.« Sie macht eine Pause und hört ihrem Gesprächspartner am anderen Ende der Leitung zu. »Ja, gechippt und registriert ist er. Ja, ich schicke Ihnen mal eine E-Mail mit unserem Namen und einer Beschreibung. Ja. Wagner.« Wieder eine Pause. »Okay, ich wiederhole: Info@Tierheim-Hamburg.de, alles klar, habe ich notiert.«
Sie legt wieder auf.
»Okay, die wissen schon mal Bescheid. Leider haben sie heute noch keinen Neuzugang bekommen. Sie sagte aber auch, dass viele Tiere erst abends von der Polizei gebracht werden. Ich soll auf alle Fälle auch dort anrufen. Das mache ich als Nächstes.«

Nein. Bei der Polizei ist unser Schröder auch nicht abgegeben worden. Und wenn man Caro Glauben schenken kann, waren die Beamten auch nicht wirklich erpicht darauf, an einem Freitagnachmittag eine Vermisstenanzeige für einen kleinen Kater aufzunehmen. Stattdessen haben sie Caro nahegelegt, bis Montag zu warten – *vielleicht findet der sich ja von allein an, Frau Wagner…*
Nicht sehr ermutigend – wir müssen also selbst nach Schröder fahnden, wenn wir ihn wiederhaben wollen! Und so hocken Pauli und Luisa nun an Luisas Schreibtisch und entwerfen einen Steckbrief mit einem Foto von Schröder. Das weiß ich deshalb so genau, weil ich mich auf Luisas Bett gelegt habe. Von dort habe ich beste Sicht auf die Schreibtischplatte und

kann ganz genau beobachten, was geschieht. Gerade eben klebt Luisa noch ein zweites Bild auf das Blatt, und Pauli nickt zufrieden.

»Sehr gut«, meint er dann, »man erkennt Schröder sofort. Und dein Text ist auch mitleiderregend genug. Plus die zweihundert Tacken von Opa Friedjof – ich würde sagen: Wenn irgendjemand den Kater gesehen hat, wird der sich melden!«
Er liest den Text laut vor:

Hilfe! Wir vermissen unseren geliebten Babykater Schröder! Er ist von Kopf bis Fuß ganz schwarz, hat grüne Augen, ist noch ziemlich klein und hat sich verlaufen. Bitte ruft uns an, wenn ihr ihn gesehen habt. Es winkt eine Belohnung von 200 Euro für die Finder!

»Jetzt noch die Telefonnummer, dann können wir das Ding kopieren und überall aufhängen«, stellt Pauli zufrieden fest.

»Super, das mache ich gleich unten in der Praxis! Und dann rufe ich noch Lena an.«

»Was?« Pauli klingt entsetzt. »Wieso willst du denn Lena anrufen?«

»Na, damit sie uns hilft. Wenn wir möglichst schnell möglichst viele Zettel aufhängen wollen, können wir jede Hilfe brauchen. Meine Geschwister sind noch zu klein für so etwas, die kriegen das nicht vernünftig hin. Aber gemeinsam mit Lena haben wir doch ruckzuck das ganze Viertel plakatiert.«

Pauli seufzt und lässt die Schultern hängen, das kann ich von hinten bestens erkennen. Tja, mein Lieber – selbst schuld, wenn es gleich richtig unangenehm für dich wird. Denn im Gegensatz zu Luisa wird Lena es nicht so lustig finden, dass du hier noch den großen Freund und Helfer gibst. Aber das gönne ich dir, du oller Betrüger!

Luisa greift sich ihr Handy von der Schreibtischplatte und ruft Lena an.

»Hi, Lena. Ich bin's. Hast du gerade Zeit? Kannst du vorbeikommen?« Lenas Antwort kann ich nicht verstehen, aber es muss eine Zusage sein, denn nun lächelt Luisa und ruft »Bis gleich!« in ihr Telefon. Ob Pauli lächelt, kann ich vom Bett aus nicht erkennen. Ich schätze mal nicht.

»Hast du es ihr endlich gesagt?«, zischt Lena Pauli zu, als die beiden an einer Straßenlaterne stehen und einen unserer »Findet Schröder!«-Zettel mit einem Streifen Tesa ankleben. »Nee. Brauchst gar nicht zu antworten. Du hast es ihr nicht gesagt. Du bist so ein Feigling!«

»Wann hätte ich das denn machen sollen?«, zischt Pauli zurück. »Ich wollte es ihr ja sagen, aber dann ist ihr kleiner Kater verschwunden, und sie war in Tränen aufgelöst!«

GRRRRR, wuff! Du bist so ein Lügner! Du wolltest es ihr überhaupt nicht sagen, sondern auf gut Wetter machen. Ich knurre Pauli an und schnappe kurz nach seinem Hosenbein, erwische es aber nicht, weil er sich in diesem Moment zu Lena umdreht und einen Schritt auf sie zugeht. Jetzt steht er ganz dicht neben ihr und flüstert ihr etwas ins Ohr. Ich kann es leider nicht hören, aber was auch immer es war, es scheint sie zu besänftigen. Sie kichert und nickt, guckt sich kurz um – und küsst Pauli auf die Wange. So eine Unverschämtheit! Jetzt schnappe ich mir Lenas Wade, an die ich auch besser rankomme.

»Au! Herkules! Was soll das?«, schimpft Lena und hält dann kurz inne. »Ach, eigentlich hast du recht. Das ist alles Scheiße hier.«

Sie nimmt Pauli einen Teil der Zettel ab und stapft weiter zur nächsten Laterne. Pauli schaut ihr nach und murmelt etwas, das wie »*Mann, ist die empfindlich*« klingt, dann wendet er sich in eine andere Richtung und hält nach weiteren Flächen für die Zettel Ausschau. Ich überlege kurz und trotte dann neben ihm her. Er guckt zu mir herunter.

»Herkules, hast du Lena gerade wirklich gebissen, weil sie mich geküsst hat? Mann, Kumpel, du bist ja ein echter Anstandswauwau. Im wahrsten Sinne des Wortes. Aber weißt du, so einfach, wie ein Dackel sich das vorstellt, ist das Leben nun mal nicht.«

Wie bitte? O doch, lieber Pauli! Es ist genau so einfach! Wenn du mit Luisa zusammen bist, kannst du nicht gleichzeitig mit Lena zusammen sein. Ihr Menschen bildet schließlich kein Rudel oder keine Herde, sondern Paare. Verstehst du? PAARE, verdammt noch mal! Ich kann mich nicht beherrschen, sondern muss Pauli schon wieder anknurren. Weil ich empört wegen Luisa bin – und wütend, dass Pauli gerade auch noch einen alten Dackel für dumm verkaufen will.

Er kniet sich neben mich und will mir doch tatsächlich über den Kopf streichen. Na warte, mein Lieber! Mach nur weiter so, und du hast gleich einen Finger weniger, grrrrr!

»Herkules, nun beruhig dich mal. Ja, ich gebe zu – ich habe Scheiße gebaut. Und ja, ich bin ein Feigling, dass ich noch nicht mit Luisa gesprochen habe. Vielleicht liegt es daran, dass ich es ihr gar nicht erzählen will. Vielleicht. Ich bin mir nicht sicher.« Jetzt schaut mich Pauli an, aber mit einem Blick, der eher durch mich durchgeht – als ob er etwas sieht, das hinter mir steht. Sehr seltsam! Er atmet tief durch, dann spricht er weiter. Mit mir oder mit sich selbst, so genau kann ich das gerade nicht sagen. »Die Wahrheit ist: Ich weiß nicht, was ich will. Weder weiß ich so genau, wie ich da hineingeraten bin. Und noch viel weniger weiß ich, wie ich da heil wieder rauskomme. Anfangs war es spannend, jetzt gerade ist es nur noch scheiße. Und ich weiß, dass ich selbst daran schuld bin. Ganz allein.«

Er seufzt und streckt wieder die Hand nach mir aus, diesmal knurre ich nicht mehr, sondern lasse mich streicheln. Nicht, weil mich Pauli überzeugt hätte, sondern weil ich darüber nachdenken muss, was er gerade gesagt hat.

ZWÖLF

Ich zapple, so doll ich nur kann, und schlage um mich, aber es ist hoffnungslos. Mittlerweile hat mich die Mutter des kleinen Mädchens in ihre Jacke eingeschlagen, sodass ich sie nicht kratzen kann, und trägt mich zu ihrem Fahrrad. Layka und Cony haben das Drama zwar mitbekommen, können mir aber auch nicht helfen. Oder wollen mir nicht helfen, weil sie Angst haben, dann auch einkassiert zu werden. Jedenfalls sind sie stehen geblieben und beobachten aus sicherer Entfernung, wie ich verschleppt werde.

»Armes Miezekätzchen, du bist ja ganz verstört«, säuselt die Frau und setzt mich in ihren Fahrradkorb. Ich fauche sie böse an, woraufhin sie ihre Jacke über mich legt und sie im Korb feststeckt. Na großartig! Jetzt kann ich noch nicht mal mehr etwas sehen! Empört fauche und maunze ich – lasst mich hier gefälligst raus!

»Mami.« Ich höre die Stimme des Mädchens gedämpft durch die Jacke. »Ich glaube, das Kätzchen hat Angst, so im Dunkeln.«

»Ach, das beruhigt sich gleich wieder, Emma. Wahrscheinlich ist es insgesamt verschreckt, weil es sich verlaufen hat. Es kann ja nicht ahnen, dass wir ihm helfen wollen. Ich glaube, es ist auch verletzt. Hast du gesehen, wie stark es gehumpelt hat?«

»Ja«, ruft das Mädchen, »armes Kätzchen!«

Maunz! Ich bin kein armes Kätzchen! Und ihr müsst mir

auch nicht helfen. Im Gegenteil – lasst mich wieder raus aus diesem doofen Korb! Der Korb wackelt, dann kann ich durch die Maschen unter meinen Pfoten sehen, dass sich der Boden bewegt. Beziehungsweise: dass wir uns bewegen. Das Fahrrad fährt, erst langsam, dann immer schneller. Ab und zu holpert es, wenn die Räder über einen Stein oder einen Stock auf dem Weg rollen, aber eigentlich fühlt diese Art der Fortbewegung sich nicht schlecht an – auch wenn ich das nur ungern zugebe.

Durch die Maschen kann ich erkennen, dass wir offenbar nicht mehr direkt am See sind. Der Grünstreifen ist verschwunden, nun rollen wir über normalen Asphalt und bleiben schließlich stehen. Neben uns hält ein Auto, ich kann seinen Motor brummen hören und rieche den Gestank, den Autos leider verbreiten.

»Was machen wir denn mit der Katze, Mama?« Ich kann sie zwar nicht sehen, aber Emma scheint direkt neben uns zu stehen. »Können wir sie behalten?«

»Nein, Schatz, das geht leider nicht. Irgendjemand wird das Kätzchen bestimmt schon sehr vermissen. Wir bringen es ins Tierheim. Dort werden sie sich darum kümmern, dass es zu seiner Familie zurückkommt.«

»Aber ich hätte auch so gern eine kleine Katze«, jammert das Mädchen.

»Emma, diese gehört uns aber nicht. Wir können sie nicht einfach behalten.«

Richtig! Und genau genommen könnt ihr mich auch nicht einfach in einen Fahrradkorb stopfen! Als ich überlege, ob ich vielleicht mitsamt der Jacke aus dem Korb springen könnte, fährt das Fahrrad wieder los, und ich verwerfe den Plan. So aus voller Fahrt, mit einer Jacke um die Pfoten – das erscheint mir dann doch zu wagemutig.

Kurz darauf halten wir schon wieder an.
»Fahren wir gleich zum Tierheim?«, will Emma wissen, die wieder neben ihrer Mutter zum Stehen kommt.
»Nein, ich muss noch einmal kurz nach Hause. Und vielleicht rufe ich auch vorher im Tierheim an und sage Bescheid, dass wir kommen. Nicht, dass wir dort umsonst auftauchen, weil sie momentan keine Katzen nehmen.«
»Warum sollten die keine Katzen nehmen?«, fragt Emma erstaunt und spricht damit genau aus, was ich gerade denke.
»Ich habe neulich gelesen, dass die Tierheime mittlerweile fast alle viel zu viele Katzen haben. Die wissen gar nicht mehr, wohin mit ihnen.«
»Mama, ich sag doch, wir müssen das Kätzchen behalten!«
Maunz – wie bitte? Es gibt zu viele Katzen in Tierheimen? Wie sind die denn alle dahin gekommen? Muss ich mir Sorgen machen? Ein sehr schlechtes Gefühl kriecht von meiner Schwanzspitze ganz langsam meinen Rücken hoch und lässt meine Haare zu Berge stehen. Erinnerungen überfallen mich wie ein schlechter Traum – Erinnerungen daran, dass mich jemand packt, von meiner Mutter wegreißt und in eine Tüte stopft, in der ich dann im Dunkeln fast die ganze Nacht verbringen muss. Allein, ohne meine Mutter und ohne meine Geschwister. Ich erinnere mich nur zu gut an die Todesangst, die ich in jener Nacht gespürt habe. Es war entsetzlich! Erst am nächsten Morgen nahm mein Leben eine Wendung zum Besseren, denn da entdeckte mich Luisa in der Tüte, die der böse Jemand, der mich von meiner Familie getrennt hatte, an Marcs Praxistür gehängt hatte. So gesehen gab es damals ein Happy End für mich, trotzdem fühle ich mich bei der Erinnerung an jene Tage furchtbar. Die Vorstellung, dass andere Katzen nicht etwa in einer liebevollen Familie landen, sondern in einem Tierheim, wo sie auch keiner haben will, ist sehr traurig!

»Glaub mir, Emma, diese Katze hat bestimmt schon eine Familie. Und jetzt fahr weiter, die Ampel ist grün!«

Nach einer ganzen Weile hält das Fahrrad wieder an, und die Frau hebt mich mitsamt Jacke vorsichtig aus dem Korb.

»Schließ du mal auf, Emma, ich trage die Katze«, ruft sie ihrem Kind zu, und ich höre etwas Metallisches scheppern, als es zu Boden fällt. Wahrscheinlich der Haustürschlüssel. Dann schnappt ein Schloss auf, und die Frau trägt mich in ein Gebäude. Sie schält mich endlich aus der Jacke, und ich kann sehen, dass wir wirklich in einer Wohnung angekommen sind. Wir stehen in einem kleinen Flur mit zwei Türen. Die Frau geht durch eine davon, mich immer noch auf dem Arm. Nun sind wir offenbar im Wohnzimmer, jedenfalls stehen dort ein Sofa und direkt daneben ein niedriger Tisch, ganz ähnlich wie in unserem Wohnzimmer.

»So, Kätzchen, da wären wir«, murmelt die Frau und setzt mich auf dem Boden ab. Das kleine Mädchen kommt auch zu uns und hockt sich neben mich.

»Du bist so süß«, flüstert es und krault mich hinter den Ohren. Das fühlt sich gar nicht mal schlecht an. Ich meine – ich will überhaupt nicht hier sein, und außerdem habe ich eine dringende Mission zu erfüllen, von der ich auf unlautere Art und Weise abgebracht wurde. Aber davon mal abgesehen gibt es wirklich Schlimmeres, als von einem kleinen Mädchen gekrault zu werden.

»Bestimmt hast du Hunger«, sagt Emma und trifft mit dieser Vermutung ziemlich ins Schwarze. Obwohl ich mir also eigentlich geschworen hatte, nicht mit meinen Entführern zu kommunizieren, sondern sie mit Missachtung zu strafen, entfährt mir bei dem Gedanken an Futter sofort ein jämmerliches Maunzen. Emma strahlt mich an.

»Siehst du, ich wusste es. Komm schnell mit in die Küche, da finden wir bestimmt etwas sehr Leckeres für dich.«
Sie geht voraus, ich folge ihr. Auch die Küche ist viel kleiner als die von meinen Menschen, aber das Wichtigste ist da: ein Kühlschrank! Emma öffnet ihn, greift hinein und zieht etwas heraus, was ich sofort an seinem traumhaften Geruch erkenne – Ölsardinen! Oberlecker!
»Guck mal, Kätzchen. Hier ist noch etwas, das dir bestimmt schmeckt. Wir haben die Dose gestern aus Versehen gekauft, weil Oma ihre Brille nicht aufhatte und dachte, es sei Dauerwurst. Heute zum Frühstück haben wir es probiert, und ich mag es überhaupt nicht, aber wenn es stimmt, dass Katzen Fisch lieben, dann müsste dir das hier schmecken!«
Sie klappert mit einem Schälchen, dann stellt sie mir selbiges mitsamt dem großartigen Inhalt direkt vor die Pfoten. Ich lasse mich nicht zweimal bitten und schlinge die Ölsardinen hastig hinunter. Drei Happse, dann ist das Schälchen leer. Ich lecke mir über die Schnauze und schaue Emma erwartungsvoll an. Wo eine Ölsardine ist, sind vielleicht auch zwei!
Aber Emma schüttelt den Kopf und lacht.
»Tut mir leid, Katze, das war's. Mehr Fisch haben wir leider nicht. Wasser kann ich dir noch geben. Oder Milch.«
O ja, Milch! Gute Idee! Die liebe ich nämlich sehr, ab und zu gibt mir Hedwig eine kleine Schüssel davon. Ich maunze erwartungsvoll, damit Emma weiß, dass sie auf der richtigen Spur ist.
»Keine Milch«, ruft Emmas Mutter vom Wohnzimmer aus. »Das vertragen Katzen nicht. Von Lactose bekommen sie Bauchschmerzen, und das wollen wir doch nicht!«
Hä? Ich? Bauchschmerzen? Auf keinen Fall! Lass dir das nicht einreden, Emma. Gib mir ein bisschen Milch, bittebitte! Ich hebe meine Pfote und maunze hoffentlich herzerweichend, aber Emma schaut mich zweifelnd an.

»Ich weiß nicht. Wenn Mama sagt, dass das schlecht für dich ist, dann lassen wir das lieber.« Sie läuft ins Wohnzimmer zurück, ich folge ihr. Einen Zweibeiner, der einen füttert, sollte man als Katze nie aus den Augen lassen!

»Mama, ich glaube, das Kätzchen hat noch ganz doll Hunger. Wir haben aber nichts mehr, was ich ihm geben kann. Die Reste der Ölsardinen hat es schon bekommen, Milch ist ja nicht gesund, was anderes haben wir nicht. Können wir nicht vielleicht schnell Katzenfutter im Drogeriemarkt kaufen? Bitte?«

»Lass mich erst mal im Tierheim anrufen. Wenn das kleine Kerlchen hier schon vermisst wird, sollten wir ihn möglichst schnell dort abliefern.« Sie geht zu einem etwas größeren Tisch, auf dem ein Telefon steht, und zwar so ein großes von der Sorte, die die Menschen nicht überall mit sich hinschleppen können und das aus zwei Teilen besteht. »Ich hatte mir die Nummer eben schon rausgesucht.« Sie nimmt einen Zettel, der neben dem Nicht-Rumschlepp-Telefon liegt, wirft einen Blick darauf, nimmt den Teil vom Telefon ab, den man sich ans Ohr halten muss, und tippt dann auf dem anderen Teil des Telefons herum. Angestrengt lauscht sie in den Hörer, aber nichts passiert.

»Mist, jetzt haben wir gerade die Sprechzeit verpasst. Die sind erst Montagmorgen ab neun Uhr wieder zu erreichen.«

Emma reißt die Augen auf.

»Heißt das, das Kätzchen darf heute bei uns übernachten?«

Die Mutter überlegt kurz.

»Ich rufe vorher noch bei unserer Polizeiwache an. Vielleicht hat sich dort der Besitzer bereits gemeldet.«

O bitte, bitte, lieber Katzengott! Hoffentlich hat einer von den Wagners dort schon angerufen! Ich meine – Emma ist voll nett. Aber ich möchte hier trotzdem nicht übernachten. Da mein Plan mit der Cherie-Suche zu scheitern scheint, will ich wenigstens wieder nach Hause.

Emmas Mutter wählt und wartet, dann nimmt am anderen Ende der Leitung anscheinend jemand ab, dem sie die ganze Geschichte schildert. An ihrem Gesichtsausdruck kann ich allerdings schnell erkennen, dass man an einem Freitagnachmittag auch auf der Polizeiwache nicht gerade auf ein Findelkätzchen erpicht ist. Sie legt auf und wendet sich wieder an Emma.

»Also, die Polizistin, mit der ich gerade gesprochen habe, war ziemlich gestresst und hatte keine Zeit, sich unseren Fall zu notieren. Sie hat mich gebeten, die Katze bis Montag zu behalten und sie dann ins Tierheim zu bringen.«

»Juchhu!«, jubelt Emma und macht einen kleinen Luftsprung. »Dann bin ich wenigstens für ein Wochenende Katzenbesitzerin! Können wir ihr jetzt etwas zu fressen kaufen?«

»Mach ich gleich. Ich muss sowieso noch einiges einkaufen. Bleib du mit der Katze hier, ich schätze mal, die braucht jetzt ein bisschen Ruhe.« Die Frau kommt, kniet sich neben ihre Tochter und betrachtet mich. »Wie du wohl heißt?«

»Bis Montag heißt sie Tabbi«, beschließt Emma. *Tabbi*. Was für ein seltsamer Name! Emmas Mutter hebt mich hoch und guckt mir unter den Bauch. Hey, was soll das denn? Wollt ihr gucken, ob ich mich ordentlich geputzt habe? Habe ich natürlich! Was denkt ihr denn von mir?

»Ich glaube«, stellt die Mutter fest, »sie ist ein Er. Tabbi ist ein kleiner Kater, keine Katze.«

»Ach so. Egal. Ich mag ihn trotzdem. Darf ich mit ihm in den Garten gehen, solange du weg bist?«

»Von mir aus. Ich sage dir Bescheid, wenn ich wieder da bin. Ich bin heute Abend übrigens verabredet, aber Charly kommt und passt auf dich auf, okay?«

»Kein Problem. Ich zeig ihr dann Tabbi, das wird lustig.«

Der Garten, in den Emma mich trägt, ist viel kleiner als unserer. Es gibt nur eine winzige Rasenfläche, auf der allerdings so ein Schaukeldings steht, wie ich es auch schon auf dem Spielplatz im Park gesehen habe. Emma steuert die Schaukel an und setzt sich auf das Brett, mit mir auf dem Schoß. Dann stößt sie sich mit den Beinen ab und beginnt zu schaukeln. Maunz, ich bin nicht sicher, ob mir das gefällt!

»Weißt du, Tabbi, ich bin echt froh, dass wir dich gefunden haben«, erzählt Emma, während sie immer höher schaukelt. »Bei uns wohnen nur Mama und ich. Meistens finde ich das super, weil ich meine Mama dann nur für mich habe. Aber manchmal« – sie macht eine Pause und holt noch einmal besonders Schwung, sodass mir richtig schwummrig wird – »manchmal fühle ich mich auch ein bisschen allein. Dann finde ich es doof, dass ich keine Geschwister habe. Wenn man einen Bruder oder eine Schwester hat, ist immer jemand da, der weiß, wie es einem gerade geht.«

Eine interessante Sichtweise. Bin mir nicht sicher, ob die Wagner-Kids das so unterschreiben würden. Manchmal streiten die sich so doll, dass das ganze Haus wackelt. Ich glaube, Henri hätte nichts dagegen, mal mit seinen Eltern allein zu sein. Und die Zwillinge waren ja noch nicht mal in Caros Bauch allein. Vielleicht würden die das also eher genießen. Andererseits: Ich bin auch froh, dass Herkules immer da ist. Auch wenn er manchmal ein richtiger Stinkstiefel ist. Aber er ist eben auch ein Verbündeter. Und ein guter Ratgeber. Vermutlich weiß er wirklich meistens, wie es mir gerade geht, und kommt damit einem Bruder für mich so nahe, wie man es als Dackel für einen Kater nur sein kann. Herkules, mein Dackelbruder. Eigentlich eine sehr schöne Vorstellung! So gesehen hat Emma recht, wenn sie sich Geschwister wünscht.

»Hallo, Emma! Ich bin schon da!« Ein Mädchen ist in den

Garten gekommen und winkt uns zu. Es hat dunkle Locken, die es zu einem Pferdeschwanz zusammengebunden hat, und ist vermutlich ein bisschen älter als Luisa. Wobei ich mich mit dem Schätzen des Alters von Menschen immer noch sehr schwertue. Jedenfalls hat Charly noch keine Falten und eine helle Stimme, das ist nach meiner Erfahrung beim Menschen ein Zeichen von Jugend. Ausgewachsen ist sie aber schon, denn sie ist ein paar Köpfe größer als Emma, also definitiv kein Kind mehr.

»Hallo, Charly! Mama ist noch einkaufen.«

»Ja, ich weiß. Ich habe eben mit ihr telefoniert. Aber ich bin schon ein bisschen früher gekommen, weil ein Kumpel mich vorbeigefahren hat. Das ist Nils. Nils geht mit mir zusammen zur Schule, er hat schon den Führerschein.« Dann kichert sie. »Und ein sehr schnelles Auto.«

Ein ebenfalls junger Mann taucht hinter ihr auf.

»Hallo, Emma. Ich bin Nils. Der coole Typ mit dem schnellen Auto!« Er lacht ebenfalls, aber Emma scheint sich so gar nicht für die Tatsache, dass Nils ein schnelles Auto hat, zu interessieren. Sie nickt ihm nur freundlich zu, bevor sie mit einem Satz von der Schaukel springt. Vor Schreck stolpert mein Herz, aber Emma hält mich ganz fest.

»Oh, was hast du denn da?«, fragt Charly. »Oder besser: Wen?«

»Das ist Tabbi«, erklärt Emma stolz. »Mein Kater für einen Tag. Mama und ich haben ihn heute an der Alster gefunden. Er hatte sich dort verlaufen, morgen bringen wir ihn ins Tierheim, weil ihn bestimmt schon seine Familie vermisst.«

»Echt? An der Alster?«, fragt Nils und klingt dabei sehr interessiert. »Darf ich ihn auch mal halten? Ich liebe Katzen!«

»Klar«, sagt Emma und scheint sich zu freuen, dass ich so gut bei dem Kumpel ihrer Babysitterin ankomme. Vorsichtig reicht sie mich an Nils weiter, der mich hochhält und genau betrachtet.

»Ganz schwarz, keine Abzeichen«, murmelt er. Dann dreht er meinen Kopf zu sich und schaut mir direkt ins Gesicht. »Und grüne Augen hast du auch noch. Volltreffer, würde ich sagen.«

Volltreffer? Ich? Wie meint er das denn?

DREIZEHN

Ich liege auf dem Teppich im Wohnzimmer und beobachte das Telefon. Klingelt es nun endlich mal? Schröder ist schon einen ganzen Tag verschwunden, aber es hat sich immer noch niemand gemeldet. Wann endlich kommt der erlösende Anruf, dass jemand ihn gefunden hat? Ich stehe auf und trotte noch näher an den Tisch mit dem Telefon heran, fixiere den Apparat, als könnte ich ihm so ein Klingeln entlocken. Aber nichts tut sich. REIN gar nichts. Ich kann immer noch nicht fassen, dass der Kater einfach abgehauen ist. Warum hat er das getan? Versteh einer diese Katzen – ich tu es nicht!

»Herkules, kleiner Spaziergang gefällig? Kommst du mit in die Werkstatt? Ein Kunde hat heute ein wichtiges Konzert, und irgendetwas scheint mit seiner Geige nicht zu stimmen. Ich will es mir nur kurz mal ansehen. Dauert nicht lange.« Caro ist neben mir aufgetaucht. Missmutig blicke ich sie an. Wenn ich mit ihr in der Werkstatt bin, kann ich doch das Telefon nicht mehr bewachen! Mein Frauchen scheint allerdings meine Gedanken lesen zu können.

»Komm schon, Süßer, das ist auf alle Fälle besser, als hier Trübsal zu blasen. Und wer weiß – vielleicht finden wir Schröder ja auf dem Weg. Oder wir könnten noch ein paar Zettel im Park aufhängen, was meinst du?«

Wuff, na gut! Komme ich eben mit. Zumal die Alternative auch nicht berauschend ist: Entweder ich bleibe allein zu Hause, oder ich begleite Marc bei seinem Familien-Wochenend-

Einkauf – und das ist definitiv ein Horrortrip. Mit den Zwillingen und Henri einen Supermarkt zu entern, das hat etwas von einem Selbstmordkommando – und zwar für alle Beteiligten, inklusive des Supermarktpersonals. Normalerweise machen sich Wagners deshalb auch immer getrennt zur Nahrungssuche auf, aber weil Caro heute arbeitet und Luisa auch nicht da ist, muss Marc die lieben Kleinen wohl oder übel mitschleppen. Dann allerdings ohne mich!

Caro geht in den Flur und holt meine Leine aus der Kommode. Ich liebe dieses Geräusch – es löst bei mir einen sofortigen Hechel-Reflex aus! Nach unten renne ich allerdings noch unangeleint, kaum dass Caro unsere Wohnungstür geöffnet hat. Das gleiche Spiel bei der Haustür, aber sobald wir draußen sind, hakt Caro mich an meinem Geschirr ein.

»Nicht, dass du wieder ein harmloses Kätzchen beißt und traumatisierst, mein Lieber. Hedwig hat mir davon erzählt, und ich frage mich ernsthaft, ob der arme Schröder deswegen abgehauen ist!«

Heilige Fleischwurst – jetzt soll ich auf einmal schuld sein, dass der blöde Kater abgehauen ist? Wegen meines kleinen Aussetzers? Das ist doch lächerlich! Ich knurre Caro an, sie zieht ein wenig an meiner Leine.

»Was soll das Geknurre, Herkules? Willst du sagen, du hast Schröder gar nicht gebissen, und Hedwig hat sich das nur ausgedacht?«

Okay, so war es natürlich auch wieder nicht – aber das wird wohl kaum der Grund sein, warum Schröder verschwunden ist. Wir hatten uns doch längst wieder vertragen. Ich lasse die Ohren hängen. Die ganze Geschichte Caro erklären zu wollen ist aussichtslos. Also halte ich die Schnauze und hoffe einfach, dass Schröder bald wieder auftaucht.

Auf dem Weg in die Werkstatt klebt Caro noch mal an einige

Laternenpfosten unseren Zettel. Gleiches macht sie auch direkt an der Eingangstür zu dem Haus am Park, in dem die Werkstatt liegt. In diesem Moment kommt Daniel nach draußen. Er bringt offenbar gerade den Müll raus, jedenfalls hat er eine Plastiktüte in der Hand, die verdächtig schlecht riecht.

»Moinsen, Caro«, begrüßt er seine Kollegin und Freundin gut gelaunt und stellt den Beutel auf den Boden. »Was machst du denn da? Werbung für die beste Geigenbauwerkstatt Hamburgs?« Er wirft einen Blick auf den Zettel. »O nein! Schröder ist weg? Wie ist das denn passiert?«

Caro zuckt mit den Schultern.

»Keine Ahnung. Wir können es uns auch nicht erklären. Er muss irgendwie vom Balkon runtergesprungen sein. Herkules hat ihn wohl vorgestern gebissen. Sagt Hedwig. Vielleicht war er deswegen noch verstört.«

Daniel geht in die Knie und schaut mir in die Augen.

»Du hast deinen Kumpel gebissen? Na, sag mal, wie kommt das denn? Ich dachte, ihr seid Freunde!«

Jahaaaa! Sind wir ja auch! Jetzt ist echt mal gut! Außerdem habe ich ihn gar nicht richtig gebissen, sondern nur ein wenig gezwickt. Kein Drama und garantiert nicht der Grund seines Verschwindens. Beleidigt drehe ich Daniel mein Hinterteil zu. So ein Blödmann!

Der Blödmann lacht.

»Okay, ich sehe schon. Nicht gerade dein Lieblingsthema. Aber bestimmt taucht der Kater bald wieder auf – ihr lasst ja ganz schön was springen für seine Ergreifung!«

Nun ist es Caro, die lacht.

»Der edle Spender heißt Friedjof Michaelis. Ich glaube, er ist sehr bemüht, einen guten Eindruck bei uns zu machen.«

»Das ist natürlich nett von ihm. Und macht auf mich auf alle Fälle einen guten Eindruck.«

Caro nickt.

»Klar, ich fand's auch nett, Marc hingegen fand es übertrieben. Aber vielleicht ist der auch ein bisschen eifersüchtig, jetzt, wo seine Mutter auf einmal einen neuen Partner hat. Scheint nämlich wirklich langsam was Ernstes zu sein mit ihm und Hedwig. Das freut mich für meine Schwiegermutter. Und für mich selbst auch. Zuletzt war sie einsam und ziemlich unausstehlich, mittlerweile geht es wieder.«

»Ja, ist mir auch schon aufgefallen. Ich sehe sie zwar nicht oft, aber in letzter Zeit hab ich sie nur gut gelaunt erlebt. Tanzen die beiden nicht auch zusammen? Ich meine, mir war irgendwie so etwas.«

»Klar. Heavy-Duty-Tanztee, die beiden. Und jetzt soll Luisas Freund sogar einen Ball im Gemeindezentrum organisieren.«

Daniel lacht.

»Mannmannmann – altes Herz wird wieder jung! Nicht schlecht. Aber auch die Ball-Idee gefällt mir. Soll der nur für Senioren sein, oder dürfen da alle mitmachen?«

»Wieso?«, fragt Caro erstaunt. »Bist du etwa dran interessiert?«

»Natürlich!« Daniel wirft sich in Positur und streckt den Rücken durch. »Ist dir etwa bisher verborgen geblieben, was für ein geiler Tänzer ich bin?«

»Offen gestanden: ja! Das höre ich heute zum ersten Mal. Dabei kenne ich dich seit über zwanzig Jahren.«

Ich schlackere mit meinen Dackelohren. Erst Marc, jetzt Daniel – anscheinend sind alle Männer um Caro herum tanzwütig, nur sie selbst hat es noch nicht überrissen. Vielleicht sollte sie sich mal fragen, warum keiner der Männer in ihrer Nähe bisher mit ihr getanzt hat. Möchten die alle nicht? Mich wundert es ehrlicherweise nicht, so kratzbürstig, wie Caro gerade ist. Allein, dass sie auf dieser Sache mit Schröder und mir und dem angeblichen Biss so rumreitet! Nicht nett, das!

»Schande, wir haben wirklich noch nie richtig zusammen getanzt, Carolin«, stellt Daniel fest und schüttelt bedauernd den Kopf. »Was du da verpasst hast – schrecklich! Aber die gute Nachricht ist: Das können wir alles nachholen. Wie ich Nina einschätze, macht sie sich überhaupt nichts aus gesellschaftlichen Ereignissen, und auch ein Ball im Seniorenzentrum wird daran nichts ändern. Ich würde also gern mit dir hingehen, wenn du magst.«

»Das ist wirklich aufopferungsvoll von dir, mein Lieber.« Caro grinst und klopft Daniel anerkennend auf die Schulter. »Aber wie der Zufall es will, habe ich einen ebenfalls tanzwütigen Ehemann, der schon große Taten angekündigt hat. Marc scheint zudem sehr erpicht darauf, das Tanzturnier auf dem Ball zu gewinnen. Natürlich mit mir als seiner Partnerin.«

»Moment mal, sagtest du Tanzturnier?«, ruft Daniel. »Das wird ja immer besser! Als Schüler war ich Kreismeister der D-Jugend in Standard UND Latein. Die anderen brauchen gar nicht erst anzutreten – den Sack mache ich zu!«

Standard? Latein? Wovon redet der? Und welcher Sack? Ich verstehe kein Wort.

Zwei Stockwerke über uns wird ein Fenster geöffnet, und Nina schaut heraus.

»Sag mal, Daniel, was machst du eigentlich so lange da unten? Du wolltest doch nur kurz den Müll runterbringen und mir dann hier oben helfen.«

»Hallo, Nina!« Caro winkt nach oben. »Tut mir leid, dass ich deinen Assistenten aufhalte. Aber wir planen gerade Daniels Karriere als Showtänzer, da ist alles andere etwas aus dem Blick geraten.« Sie grinst.

Nina schaut verständnislos.

»Hallo, Caro! Was macht ihr? Aber was es auch ist – es muss warten. Ich brauche Daniel ganz dringend hier oben. Er muss mir helfen, die neue Tapete glatt zu streichen, bevor der Kleister antrocknet. Schnell!«

»Oh, ein Notfall! Dann aber los! Die Tanzkunst muss noch mal warten, fürchte ich. Hopp, hopp, die Tapeten warten!« Caro lacht.

»Lach du nur«, zischt Daniel grimmig. »Du wirst schon sehen, wer zum Ball mit den goldenen Sambatretern erscheint. Ein Tipp: Dein Mann ist es nicht!«

»Schon gut. Soll ich deinen Müll zur Tonne bringen? Dann bist du schneller oben.«

Daniel schüttelt den Kopf.

»Brauchst du nicht. Die dreißig Sekunden kann meine Liebste noch warten. Aber bevor ich es vergesse: Was machst du eigentlich hier? An einem Samstag?«

»Oh, Rodrigo Müller kommt gleich vorbei. Ich sehe mir seine Cremoneser noch mal an. Er hat nachher ein Konzert in der Elbphi. Sein erstes dort. Kleiner Saal, aber ich glaube, er ist furchtbar aufgeregt. Jedenfalls hat er Sorge, dass sie irgendwie anders klingt als sonst. Ich denke, ich muss einfach nur Händchen halten und ihm versichern, dass alles gut ist und sie wunderbar klingt.«

»Ach, ist das dieser Junge mit den wuscheligen Haaren und den großen braunen Augen? Dieser sehr niedliche und sehr begabte? Der hat schon einen Auftritt in der Elbphilharmonie? Erstaunlich. Aber noch erstaunlicher: Mit dem willst du Händchen halten?«

»Was soll denn dieser eigenartige Tonfall?« Carolin klingt genervt. »Es ist ein rein beruflicher Termin, und ich würde sagen, Herr Müller ist mindestens zwanzig Jahre jünger als ich. Na gut, mindestens fünfzehn.«

Daniel lacht auf.

»Ha! Das sagt gar nichts. Denk an Heidi Klum und äh...«

»Flavio Briatore? Frechheit! Der war mindestens vierzig Jahre älter. So vertrocknet bin ich nun auch wieder nicht!«

»Nein, ich mein doch den jungen Typen. Den mit den zotteligen Haaren... Mann, wie heißt der noch?«

»Tom? Bill? Egal. Ja, ich weiß jetzt, wen du meinst.«

»Gut. Der ist siebzehn Jahre jünger als seine Frau. Also: Mach nichts, was ich nicht auch mit Herrn Müller machen würde.«

»Haha, sehr witzig. Du kannst ihn gern selbst beraten, wenn du mir nicht traust.«

Daniel schüttelt den Kopf.

»Auf gar keinen Fall. Das würde ich mir nie anmaßen, dein feines Gehör in Bezug auf Geigen ist nicht zu übertreffen. Wenn Herr Müller jetzt eine Bratsche hätte... aber so? Niemals!«

Geige, Bratsche – was ist da der Unterschied? Schrill klingen sie für mich beide, ich bin wirklich kein Freund von Streichinstrumenten. Aber da Menschen prinzipiell ziemlich taub auf den Ohren sind, fällt es ihnen vermutlich gar nicht so sehr auf.

Das Fenster wird wieder geöffnet.

»Daniel! Der Kleister trocknet. Sonst bring Caro doch einfach mit hoch, ich mach uns eine Flasche Prosecco auf, dann kann ich mit ihr etwas trinken, ihr könnt weiterreden, und du kannst dabei gleichzeitig die Tapeten glattstreichen. Ich bin zu klein, ich komme oben nicht hin.«

O nein! Bitte jetzt nicht das Prosecco-Getrinke anfangen! Das dauert dann wieder Stunden, und außer Gekicher kommt dabei doch sowieso nichts rum. Ich für meinen Teil würde jetzt wirklich sehr gern endlich in die Werkstatt verschwinden, denn wenn wir dort sind, kann ich in den Garten laufen und ein kleines Schläfchen halten. Vom vielen Telefonbewachen bin ich nämlich ziemlich müde und muss mich dringend mal entspannen. Ich zerre an der Leine Richtung Haustür.

»Ist ja gut, Herkules. Nun lass mich doch mal kurz mit Daniel sprechen! Du bist ja bald schlimmer als Nina«, schimpft Caro. Dann dreht sie sich in Richtung Fenster und ruft nach oben: »Danke für das Angebot, Nina. Aber ich habe gleich noch einen Kunden, und den möchte ich nicht mit einer Fahne empfangen. Allerdings scheuche ich dir jetzt Daniel nach oben, ich will schließlich nicht an schiefen Tapeten schuld sein.«

Daniel lacht und schließt die Haustür auf, dann läuft er die Treppe nach oben, und wir kommen endlich in der Werkstatt an. Caro hat mein Ziehen ganz richtig gedeutet, sie geht sofort zur Gartentür und öffnet sie für mich, ich trabe durch den Spalt zu meinem Lieblingsfleckchen auf dem Rasen. Endlich Ruhe! Herrlich! Sofort gleite ich in einen traumlosen Tiefschlaf.

IIIIEEETSCH, QUIEETTTSCH, FIEEEDEL! Ein schlimmes Geräusch weckt mich wieder – Rodrigo Müller scheint mit seiner Geige angekommen zu sein. Mir bleibt aber auch nichts erspart! Und wenn mich Herr Müller nach meiner unmaßgeblichen Meinung fragt: Er sollte den Auftritt wirklich noch mal überdenken. Es klingt schrecklich!

Ich rapple mich hoch und schüttle mir ein paar Grashalme aus dem Fell, dann laufe ich in die Werkstatt zurück. Caro und dieser Herr Müller stehen sich in dem größeren der beiden Räume gegenüber, Herr Müller bearbeitet mit angestrengtem Gesichtsausdruck seine Geige, Caro guckt mindestens genauso angestrengt dabei zu. Beziehungsweise: hört ihm zu, denn ihre Augen sind geschlossen.

Irgendwann hat Rodrigo ein Einsehen und lässt die Geige sinken.
»Und, was meinst du, Carolin?«
Carolin öffnet ihre Augen wieder und lächelt ihn an.
»Du musst dir überhaupt keine Sorgen machen, Rodrigo. Sie klingt einfach perfekt. Es wird ein wundervoller Abend werden.«
Kann schon sein. Aber nur, wenn Herr Müller seine Geige zu Hause lässt und sich die Leute in diesem kleinen Saal – oder wo auch immer die sich treffen – einfach in Ruhe unterhalten können. Von mir aus auch Prosecco trinken, was Caro und Nina so gern machen. Diese traurige Wahrheit will Caro Herrn Müller aber offenbar nicht mit auf den Weg geben. Sie ist einfach zu nett!
»Puh, dann bin ich echt erleichtert, danke für deine Einschätzung! Ich glaube, ich bin einfach ziemlich nervös und angespannt. Das erste Mal Elbphilharmonie, das ist schon aufregend.«
Caro nickt.
»Klar, das verstehe ich. Wie geht es denn deinen Mitstreitern? Auch schon ein bisschen aufgeregt?«
»Weiß nicht. Ich habe mit ihnen nicht darüber gesprochen, damit wir uns nicht gegenseitig verrückt machen. Eigentlich sind die Jungs ziemlich cool. Im tiefsten Inneren eher Rockband, nicht Streichquartett.« Er grinst. »Wobei das nicht mal gelogen ist: Wir haben uns tatsächlich nicht als Klassik-Fans kennengelernt, sondern während des Studiums zusammen in einer Band gespielt. Für Hochzeiten und Partys und so. Hat ganz gut Kohle gebracht. Wahrscheinlich mehr als das, was wir heute Abend verdienen.«
»Ihr habt als Streichquartett auf Hochzeiten gespielt?« Caro zieht ungläubig die Augenbrauen hoch.

Rodrigo lacht und schüttelt den Kopf.

»Nee, mit unseren Zweitinstrumenten. Ich bin eigentlich ein ganz begabter Keyboarder, dann haben wir noch einen Trompeter und einen Gitarristen, nur der Bassist bleibt der Bassist. Zusammen waren wir die *Hot Kisses* – und glaube mir: Wir waren ganz schön hot!«

Nun lachen beide. Und dann schlägt sich Caro auf einmal mit der flachen Hand vor die Stirn.

»Mann, Rodrigo, du bist wirklich genau der Mann, den ich suche!«

Rodrigo reißt die Augen auf und starrt sie an. Und wenn ich mich nicht täusche, verfärben sich seine Wangen und werden dunkler.

»Ich … ich wusste ja gar nicht … ich dachte immer, also, äh, bist du nicht verheiratet?«

In der Tat! Das ist sie! Ich trabe los und setze mich zwischen die beiden. Nicht, dass es hier noch ein Missverständnis gibt und ich eingreifen muss. Denn dass Rodrigo gerade etwas falsch versteht, ist doch wohl klar. Die Frage ist nur: Wie hat Caro es eigentlich gemeint? Ich bin auch ein wenig überrascht über ihre Aussage.

Caro lacht.

»Klar, bin ich auch. Und zwar sehr glücklich. Trotzdem suche ich einen Mann wie dich. Nämlich einen, der sowohl ein toller Violinist als auch ein cooler Keyboarder ist.«

»Ach so.« Nun klingt Rodrigo fast ein bisschen enttäuscht.

»Also, es ist folgendermaßen: Meine Schwiegermutter plant spontan einen Ball im Gemeindesaal. Wirklich seeeehr kurzfristiger Vorlauf, nämlich nur zwei Wochen. Es liegt ihr aber total am Herzen, und damit das klappt, brauchen wir noch eine tolle Band, die alle möglichen Musikrichtungen beherrscht. Und jetzt, wo du das von deiner Vergangenheit als Partykapelle berichtest, frage ich mich, ob wir euch nicht für den Job gewinnen könnten. Es wird bestimmt sehr gut bezahlt!«

Rodrigo legt den Kopf schief.

»Hm, ich müsste die Jungs mal fragen. In zwei Wochen, sagst du?«

Caro nickt. »Ja, sehr kurzfristig, ich weiß. Aber ohne gute Mucke auch kein guter Ball. Also, wenn ihr Zeit hättet, würdet ihr ein wirklich gutes Werk tun. Denk mal drüber nach.«

»Ich habe Zeit, glaube ich. Bei den anderen weiß ich es nicht genau, da kann ich dir aber später Bescheid sagen. Außerdem« – jetzt macht er eine kurze Pause und streicht sich mit der Hand über das Kinn – »gibt es vielleicht noch eine andere Möglichkeit: Mein jüngerer Bruder ist nämlich im gleichen *Business* tätig. Er studiert mittlerweile auch Musik und tritt mit seinen Freunden ebenfalls bei Veranstaltungen auf – vielleicht können wir beide Bands zusammenlegen, dann werden wir schon auf Mannschaftsstärke kommen.«

»Ja, bitte, das wäre einfach großartig, wenn du deine Kollegen und deinen Bruder mal fragst.«

Rodrigo lächelt.

»Klar, wenn ich dir damit eine Freude machen kann, Caro, dann versuche ich, eine richtig gute Band für euren Ball zu organisieren. Ehrensache!«

So, nun ist aber auch genug gelächelt und Süßholz geraspelt, Herr Müller. Ab ins Körbchen – beziehungsweise, in den kleinen Konzertsaal. Sonst muss ich als treuer Familiendackel doch noch energisch werden!

VIERZEHN

Ich traue diesem Nils nicht. Er ist irgendwie komisch. Gestern Abend ist er so seltsam um mich herumgeschlichen – merkwürdig aufdringlich. Und heute Abend ist er schon wieder da und beobachtet mich die ganze Zeit. Jedenfalls kommt es mir so vor, und ich fühle mich unwohl.

Dabei war der Tag mit meiner Kurzzeitfamilie wirklich schön – erst hatte ich überlegt, ob ich versuchen soll, mich davonzuschleichen, um entweder die Suche nach Cherie wieder aufzunehmen oder mich wenigstens nach Hause durchzuschlagen. Den Plan habe ich aber irgendwann verworfen, denn die Verpflegung ist hier mittlerweile ausgezeichnet, ich durfte bei Emma im Bett schlafen, und am nächsten Morgen habe ich mit ihr und ihrer Mutter, die übrigens Dorit heißt, sogar im Bett gefrühstückt. Es gab wieder Sardinen – extra für mich eingekauft! Dann haben wir in dem kleinen Garten gespielt – und zwar stundenlang. Das ist nun wirklich ein Vorteil, wenn man einem Einzelkind gehört: Es hat viel Zeit. Nach dem Spielen hat mir Emma aus ihrem Lieblingsbuch vorgelesen, weil das nämlich auch von einem schwarzen Kater handelt. Einem Kater, der zusammen mit seiner besten Freundin, einem Mädchen, Kriminalfälle löst und Verbrecher hinter Schloss und Riegel bringt. *Vinzent* oder so ähnlich hieß der Kollege. Ein echter Teufelskerl!

Tja, und gerade eben ist wieder die Babysitterin Charly aufgekreuzt, weil Emmas Mutter nämlich zu etwas namens *Nacht-*

schicht musste. Und diese Charly hat natürlich den komischen Nils dabei. Ich halte mich absichtlich sehr fern von ihm, aber ich werde ihn nicht recht los. Gerade jetzt hat er mich wieder auf seinen Schoß genommen und krault mich hinter den Ohren – aber viel zu fest, man könnte denken, er sucht da irgendetwas. Aua, nicht so grob!

»So, Emma, ich würde sagen, jetzt mal ab ins Bett«, verkündet Charly entschlossen. »Es ist schon neun Uhr, das ist spät genug.«

»Och nö, morgen ist doch Sonntag, und ich kann ausschlafen«, beschwert sich Emma, muss dabei allerdings gähnen.

Charly lacht. »Siehst du, wie müde du bist. Dir fallen schon fast die Augen zu. Also, Nachthemd an und Zähne putzen, wenn du so weit bist, können wir noch etwas zusammen lesen.«

Emma muss schon wieder gähnen und sieht nun wohl selbst ein, dass Widerstand zweck- und vor allem auch sinnlos ist.

»Na gut«, murmelt sie, »ich gehe mich umziehen. Aber du brauchst mir nichts vorzulesen. Ich werde Tabbi was vorlesen. Er hat ein neues Lieblingsbuch – es handelt von Winston, dem Detektivkater!« Richtig, so heißt der. Winston. Auch ein schöner Name. »Ich nehme Tabbi mit ins Bett und lese ihm vor, und dann schlafen wir zusammen ein.«

»Na gut.« Charly seufzt. »Dann mach das. Lies der Katze was vor, aber nicht mehr so lange.«

»Du willst die Katze mit ins Bett nehmen?«, wundert sich Nils.

Na klar, warum auch nicht?, würde ich ihm am liebsten antworten. Stattdessen maunze ich nur ein bisschen und streiche Emma um die Beine, um sie in ihrem ausgezeichneten Plan zu bestärken.

Nils dreht sich zu Charly.

»Also, Süße, das würde ich ja nicht erlauben. Das ist doch total unhygienisch!«

Hallo? Geht es noch? Was mischt der sich denn hier ein? Charly zuckt mit den Schultern.

»Ich glaube, Dorit hat nichts dagegen. Und wenn es für die Mutter okay ist, ist es das für mich allemal. Ich finde es auch nicht schlimm. Ist doch niedlich, wenn Emma noch ein bisschen mit dem kleinen Kätzchen kuschelt.«

Nils schüttelt den Kopf.

»Wie du meinst. Ich wollte nur helfen.«

»Nett von dir. Aber mehr helfen würde es, wenn du uns jetzt eine Pizza bestellst. Dann können wir noch zusammen essen, bevor du wieder abdüst«, schlägt Charly vor.

Offenbar wird Nils also nachher wieder gehen, während Charly auf dem Sofa schläft, bis Dorit wieder da ist. Ein schöner Plan. Ich werde Nils garantiert nicht vermissen!

Emma zieht ab in Richtung Badezimmer, ich folge ihr und weiche ihr auch nicht mehr von der Seite, als sie in ihren Schlafanzug schlüpft. Zwischen ihre Beine und mich passt kein Blatt Papier!

»Tabbi! Das kitzelt.« Emma kichert und schiebt mich ein Stück zur Seite. Aber ich lasse mich nicht beirren und rücke sofort wieder nach. Sicher ist schließlich sicher. Nicht, dass der Typ noch versucht, mich einzukassieren, bevor ich zu Emma ins Bett hüpfen kann. Die schnappt sich das Buch von eben, das noch auf ihrem Schreibtisch liegt, schlägt die Bettdecke zurück und macht eine einladende Handbewegung. Schwupp! Schon sitze ich neben ihrem Kopfkissen und warte darauf, dass auch meine neue Freundin ins Bett kommt.

Als wir endlich beide bequem liegen, liest sie mir tatsächlich weiter vor, und ich lausche gebannt. Der Kater und das Mädchen sind gerade dabei, einem fiesen Zigarettenschmuggler das

Handwerk zu legen, der noch dazu versucht hat, die ganze Geschichte der Mutter des Mädchens anzuhängen. Aus Rache. Weil die nicht mit ihm zusammen sein möchte. Eigentlich kann ich mir auch ganz gut vorstellen, als Detektiv zu arbeiten. Ein bisschen in die Richtung geht meine Suche nach Cherie ja bereits. Okay, ich war noch nicht so richtig erfolgreich, aber aufgegeben habe ich auch noch nicht. Ich werde mit der Suche weitermachen, sobald mein kleiner Urlaub hier beendet ist. Ich weiß jetzt immerhin, wo diese Cherie ungefähr wohnt. Das finde ich bestimmt auch ohne Layka und diesen mittelfreundlichen Cony. So wie Kater Winston es machen würde – mit überlegener Kombinationskraft! Wobei Winston einen enormen Vorteil hat: Er kann lesen. Weil er nämlich gerade aus Versehen im Körper des Mädchens steckt, verursacht durch ein Gewitter. Irre Geschichte! Ob es das in Wirklichkeit auch gibt?

Emma hat aufgehört zu lesen. Ich werfe ihr einen Blick zu – sie ist eingeschlafen. Entspannt kuschele ich mich an ihre Seite, schließe die Augen und schlummere langsam selbst ein. Ich habe heute zwar nicht viel unternommen, aber trotzdem bin ich todmüde. Heute Nacht werde ich bestimmt gut schlafen!

Mit einem Ruck werde ich wach. Was ist das? Habe ich da gerade eine Hand gesehen? Ich drehe mich um. Neben mir liegt die schlafende Emma und atmet ruhig und regelmäßig. Wahrscheinlich habe ich also nur schlecht geträumt. Ich will mich gerade wieder zurückdrehen, da wird es um mich herum noch dunkler, als es das ohnehin schon ist. Und viel enger! Ich bin in irgendetwas gefangen! Ich strample und schlage um mich – oder besser gesagt: Ich versuche, um mich zu schlagen, denn ich kann mich plötzlich nicht mehr bewegen. Maunz, was ist das? Ich stecke fest in etwas, das ich nicht sehen kann. Ein

Handtuch vielleicht oder ein Pullover? Auf alle Fälle ist es größer als ich und bedeckt mich vom Kopf bis zur Schwanzspitze. Ich fauche und miaue, so laut ich nur kann.

»Pscht, leise, du dummer Kater«, flüstert jemand direkt neben meinem Kopf.

Die Stimme kommt mir bekannt vor, aber durch das Tuch ist sie so gedämpft, dass ich sie nicht sofort zuordnen kann. Ich spüre, wie ich vorsichtig vom Bett hochgehoben und weggetragen werde. Emmas Zimmertür klappt hinter mir zu, dann werde ich unsanft in etwas sehr Enges, noch Dunkleres hineingedrückt. Was, zum Teufel, ist hier los?

»So, Charly« – wieder diese gedämpfte Stimme -, »ich düse dann mal los nach Hause. Danke Dorit für die Pizza, wenn du sie morgen siehst.«

»Alles klar. Ich gehe jetzt auch schlafen. Bis morgen!«

»Gute Nacht, schlaf schön, Süße!«

Ha! Die Stimme! Es ist dieser Unsympath von Nils! Der hat mich doch tatsächlich aus Emmas Bett geklaut. Aber warum? Und warum hat er mich nicht einfach nur rausgetragen, wenn ihn die Tatsache, dass eine Katze in einem Kinderbett schläft, so gestört hat? Wieso stopft der mich einfach in dieses Ding rein?

Das Ding wird offenbar von Nils hochgehoben. Es schaukelt ganz schön hin und her. Scheint eine Art Tasche zu sein, und mit der Kombinationsgabe von meinem neuen Vorbild Kater Winston schlussfolgere ich, dass mich Nils offenbar gerade in einer Tasche unbemerkt aus der Wohnung tragen will. So ein Mist – ich werde entführt!

Ein Auto wird mit einem Klacken aufgeschlossen, dann klackt es noch mal – bestimmt das Öffnen der Autotür. Kurz darauf werde ich mitsamt der Tasche auf etwas Weiches geworfen, die Autotür klackt wieder, der Motor wird angelassen, und ich spüre am Vibrieren unter mir, dass das Auto losgefahren ist. Wohin will dieser Verbrecher mit mir?

Nach einer Weile hält das Auto an, und mein tragbares Gefängnis wird unsanft aus dem Wagen gewuchtet. Schaukelnd trägt mich Nils anscheinend in ein Gebäude hinein. Jedenfalls wird es ganz ruhig, und weder Straßenlärm noch Wind oder Stimmengewirr sind zu hören. Dann schaukelt es noch mal heftiger, bis die Tasche hart auf einem ebenfalls harten Untergrund aufsetzt. Aua!

»Hey, Ben. Ich bin wieder da. Und ich habe die Katze mitgebracht.«

Eine Tür klappt, und ich höre eine zweite Stimme.

»Echt? Cool, Alter! Lass sehen!«

»Hier.« Ein fester Griff um meine Lenden, dann werde ich nach oben gezogen und aus meiner Hülle gepellt. Sofort schlage ich mit ausgefahrenen Krallen nach der Hand, die ich nun direkt vor meiner Nase sehe.

»Aua«, schreit Nils und lässt mich los. »Verdammt, du Mistviech!« Fauchend flüchte ich in die Ecke des Raumes. Nun sehe ich auch den anderen Typen. Er ist ungefähr so groß wie dieser Nils, mit dunklen Haaren und einer Brille, schaut zwischen mir und Nils hin und her und lacht.

»Okay, der Panther hat die Schnauze voll. Das ist mal klar.«

Ja, macht euch nur lustig über mich, ihr werdet schon sehen, was ihr davon habt. Der Nächste, der mir zu nahe kommt, wird von mir mal richtig vermöbelt, ich schwör! Um dieser Drohung auch für Menschen wahrnehmbaren Nachdruck zu verleihen, fauche ich, so laut ich nur kann. Der Dunkelhaarige schüttelt den Kopf.

»Mannomann, der ist aber sauer. Egal. Morgen sind wir ihn los und um zweihundert Euro reicher. Das ist alles, was zählt. Gut gemacht, Nils!«

Oh! Mein! Gott! Die beiden wollen mich verkaufen! An einen Tierhändler! Oder noch schlimmer: Vielleicht an ein Versuchslabor? Erst neulich haben sich Layka und eine ihrer Freundinnen darüber unterhalten – unschuldige Katzen werden von bösen Händlern gefangen und an Labore verkauft. Dort werden sie schlimmen Tierversuchen unterzogen und von bösen Menschen gequält! Ich muss hier sofort raus, bevor mir das gleiche Schicksal droht.

»Und was machen wir bis morgen mit dem Vieh? Einsperren?«, überlegt Nils laut. »Ich glaube, ich hab im Keller noch einen Umzugskarton stehen.«

Maunz! Das könnte euch so passen! Ich fauche noch einmal lauter, dann springe ich von der Ecke, in der ich hocke, auf einen kleinen Schrank und von dort in einen der Vorhänge, die links und rechts neben den Fenstern baumeln.

»Haha, sieh dir die Katze an.« Der Dunkelhaarige lacht. »Mit der könntest du auch im Zirkus auftreten. Aber vielleicht sollten wir das mit dem Karton lieber lassen – die will uns ganz eindeutig ans Leben. Ich schlage vor, wir lassen sie einfach bis morgen früh hier drin.«

»Meinst du?« Nils klingt zweifelnd.

»Klar. Was soll schon passieren? Also, außer dass sie uns das Wohnzimmer vollkackt. Aber das ist mir zweihundert Tacken wert.«

»Na gut. Lassen wir sie also einfach hier und trinken unser Bier in der Küche.«

Der Dunkelhaarige und Nils gehen nun tatsächlich raus, knipsen das Licht aus und schließen die Tür hinter sich. Es ist dunkel. Und ich bin allein. Aber Angst macht mir das nicht, im Gegenteil: So kann ich die nächsten Stunden nutzen, um aus diesem Gefängnis zu fliehen.

Zuerst einmal warte ich, bis ich in der restlichen Wohnung

kein Geräusch mehr höre. Das dauert ziemlich lange, Nils und sein Kumpel scheinen tatsächlich nicht nur ein Bier zu trinken, sondern eher zwei bis fünf. Entsprechend laut sind sie noch eine ganze Weile. Aber irgendwann werden sie leiser, bis ich sie schließlich gar nicht mehr höre. Mittlerweile haben sich meine Augen an die Dunkelheit gewöhnt, sodass ich alles sehr gut in dem Zimmer sehe, in dem ich eingesperrt bin. Die Fenster, zum Beispiel, sind geschlossen, und es gibt auch keine andere Möglichkeit, direkt nach draußen zu gelangen. Ich muss also durch die Zimmertür, so viel steht fest.

Leider ist die Vorhangstange, auf der ich immer noch hocke, zu weit weg von der Tür, um von dort direkt auf die Klinke springen und diese öffnen zu können. Ob ich es mit einem Sprung vom Boden aus schaffe? Ich hangle mich den Vorhang entlang nach unten und laufe zur Tür. Maß nehmen, Anlauf, Sprung – knapp verfehlt! Aber wirklich nur knapp. Beim vierten Versuch klappt es schließlich. Ich erwische die Klinke und drücke sie mit meinem Körpergewicht nach unten, die Tür schwingt auf. Schnell schlüpfe ich hinaus und stehe in einem dunklen Wohnungsflur. Wie mache ich jetzt weiter?

Ich schleiche den Flur entlang und schaue mich um. Noch zwei weitere Zimmertüren und eine Tür, die vermutlich die Wohnungstür ist. Keine Katzenklappe, leider. In der Werkstatt von Caro und Daniel gibt es eine, und das ist enorm praktisch, aber hier suche ich vergeblich danach. Klar, warum sollten solche Tierquäler wie Nils und sein Kumpel auch eine Katzenklappe haben?

An der Wand neben der Wohnungstür steht allerdings ein kleines Schränkchen, von dem aus ich wahrscheinlich sehr bequem an die Klinke komme. Sollte also kein Problem sein, diese Tür zu öffnen. Ich springe auf das Schränkchen und schlage mit meiner Pfote auf die Klinke, die ich auch nach unten drü-

-cken kann – aber nichts tut sich. Verdammt! Die Tür ist abgeschlossen. So ein Mist!

Ich springe wieder vom Schrank hinunter und denke nach. Wie komme ich nur aus dieser Wohnung raus? Wenn die Wohnungstür abgeschlossen ist, bleibt nur ein Fenster. Die Fenster in dem Zimmer, in dem ich eben war, waren allerdings alle geschlossen. Und in den anderen Zimmern schlafen wahrscheinlich die beiden Verbrecher. Wenn die wach werden, geht es mir vermutlich an den Kragen! Ich muss also zusehen, dass ich ganz leise durch alle Räume schleiche und nach geöffneten Fenstern – oder besser noch: Balkontüren – Ausschau halte.

Mit penibel eingezogenen Krallen tapse ich auf Samtpfoten weiter durch die Wohnung. Die nächste Zimmertür ist nur angelehnt, ich schiebe mich vorsichtig in das Zimmer hinein. Ein Schnarchen kommt aus der Ecke, anscheinend bin ich jetzt im Schlafzimmer von Nils. Vorsichtig schaue ich mich um und entdecke zwei Fenster, leider beide geschlossen. Also wieder raus und ins nächste Zimmer geschlichen – das ist allerdings nicht so einfach, weil die anderen beiden Türen, die vom Flur abgehen, ebenfalls geschlossen sind. Hoffentlich werden die Zweibeiner nicht wach, wenn ich auf die Klinken springe!

Ich nehme all meinen Mut zusammen und konzentriere mich auf die Türklinke, die mich vom nächsten Zimmer trennt. Eins, zwei, bingo! Gleich im ersten Anlauf bekomme ich die Tür auf und lande auch halbwegs leise wieder auf dem Boden. In diesem Zimmer ist es ganz ruhig, kein Schnarchen und kein Atmen, es ist offensichtlich niemand da. Sehr gut! Und noch besser: Ich entdecke ein gekipptes Fenster. Mit einem Satz bin ich auf dem Fensterbrett. Von hier oben kann ich sehen, dass die Wohnung praktischerweise nicht im fünften Stock, sondern eher im Hochparterre liegt, und ich nicht Gefahr laufe, mir bei meiner Flucht das Genick zu brechen.

Außerdem hängen auch in diesem Zimmer links und rechts vom Fenster Vorhänge, ich kann mich also an diesen hochhangeln, bis der Spalt oben im Fenster so breit ist, dass ich mühelos durchpasse. Und so mache ich es auch: Ich klettere am Vorhang hoch, dann ziehe ich mich zum Fensterspalt hin. Aber wie weiter? Wenn ich jetzt den Vorhang loslasse, klemme ich mich vielleicht im Fensterspalt ein. Nicht gut! Kann ich mich am Fenstergriff abstützen und von diesem durch den Spalt nach draußen springen? Vorsichtig klettere ich auf den Fenstergriff und versuche, mich durch den Spalt nach draußen zu schieben.

In diesem Moment verliere ich das Gleichgewicht und schlage mit den Hinterläufen nach dem Griff, um die Balance zu halten. Das klappt nur mittelgut, denn durch meine Bewegung drücke ich den Fenstergriff zur Seite. Nun schwingt das Fenster vollständig auf – eigentlich genau das, was ich jetzt brauche, allerdings tut es das mit solcher Wucht, dass ich ins Zimmer zurückgeschleudert werde und mit einem sehr lauten Krachen in einem Regal lande. Mit ziemlichem Getöse löst sich das Regalbrett, auf dem ich liege, und stürzt mit mir und ungefähr fünfzig Büchern zu Boden. RRRUUUMMMSSS! Schätze mal, jetzt dürften hier alle wach sein. Ich schüttle mich leicht benommen, dann wühle ich mich unter dem Bücherberg hervor und sehe mich um.

Das Licht im Flur geht an, Nils kommt ins Zimmer gerannt.

»Hey, was ist hier los? Einbrecher? Ich ruf die Bullen, bleiben Sie stehen!«

Er leuchtet mit dem Licht an seinem Handy durch das Zimmer und streift mich damit.

»Alter Falter – wie sieht es denn hier aus? Warst du das etwa, du blöde Katze! Jetzt reicht es, jetzt kommst du in den Karton. Hätte ich mal gleich machen sollen.«

Er stürzt auf mich zu, und ich reagiere im Bruchteil einer Sekunde: Nämlich mit einem gewagten Satz aus dem Fenster, das ja nun weit geöffnet ist. Noch im Flug schicke ich ein Stoßgebet zum Katzengott, dass diese Wohnung wirklich im Hochparterre liegt. Sonst habe ich bei meiner Landung ein ziemliches Problem.

FÜNFZEHN

Papa, stell dir vor, die Katze und der Hund unserer Nachbarn waren auch einen ganzen Tag lang verschwunden!« Aufgeregt kommt Luisa ins Wohnzimmer gelaufen, wo Marc gerade auf dem Sofa herumlümmelt und Zeitung liest. Ich liege auf dem Teppich daneben, denn wenn Marc anwesend ist, ist das Sofa Sperrgebiet. Er legt die Zeitung zur Seite.
»Echt?«
Luisa setzt sich auf den Sessel neben ihn.
»Ja, diese schwarz-weiß Getigerte und der Golden Retriever von gegenüber waren am Freitagnachmittag weg. Die Nachbarin hat es mir gerade erzählt, als ich geguckt habe, ob schon jemand die Abschnitte mit den Telefonnummern von unseren Zetteln abgerissen hat.« Sie seufzt. »Ich frage mich, ob es da einen Zusammenhang gibt.«
Marc richtet sich auf und streicht sich über seinen nicht vorhandenen Bart.
»Hm. Kann schon sein. Seltsam ist das auf jeden Fall. Wann sind die anderen denn zurückgekommen?«
»Der Hund tauchte am Freitag relativ spät wieder auf, sie hatten ihn schon überall gesucht. Und der läuft sonst nie weg, sagte die Frau. Unsere Nachbarin aus dem zweiten Stock hat sie dann beim Suchen getroffen, weil die wiederum auch gerade nach ihrer Katze gefahndet hat.«
Interessant! Ich spitze die Ohren. Vielleicht gibt es da wirklich einen Zusammenhang. Wobei ich nicht glaube, dass

Schröder den Retriever überhaupt kennt. Layka, die Katze, kennt er allerdings recht gut. Ich habe schon häufiger beobachtet, dass die beiden sich unterhalten haben. Schröder findet sie schick, glaube ich. Ob er mit ihr durchbrennen wollte? Andererseits: Warum sollten sie dann noch den Retriever mitnehmen? Und mich nicht?

Okay, andere Hypothese: Alle drei wurden entführt, und Layka und der Retriever konnten entkommen, der Kater war zu blöd dafür. Das kann ich mir schon eher vorstellen. Also, bis auf die Tatsache, dass mir kein einziger Grund einfällt, warum jemand einen angegrauten Retriever und zwei Katzen entführen sollte. Aber ich muss ja gar nicht spekulieren. Im Gegensatz zu Luisa und Marc kann ich Layka und den Retriever einfach fragen, wenn ich sie das nächste Mal sehe. Wie heißt der Retriever noch mal? Er hat meines Wissens einen ähnlich klangvollen Namen wie ich. Sein Frauchen ruft ihn immer Cony, aber ich glaube, er heißt eigentlich Cornelius. Cornelius von ... hm, vom Almsee? Von der Almweide? Alemannenwelle? Irgendwie so was.

Ich rapple mich hoch und laufe zur Tür. Ein-, zweimal gebellt, schon steht Luisa neben mir.

»Willst du raus? Musst du mal?« Ich wuffe kurz. »Okay, ich gehe mit dir. Vielleicht klingeln wir danach mal bei unseren Nachbarn im zweiten Stock und fragen nach, was genau mit ihrer Katze war. Womöglich« – Luisas Stimme bekommt einen verzweifelten Unterton – »gibt es hier einen Tierentführer. So einen Tierfänger, der die Tiere dann an Labore verkauft.«

»So ein Quatsch«, ruft Marc aus dem Wohnzimmer, »nun steigere dich mal nicht in solche Schauermärchen rein. Im Labor kann man mit zusammengeklauten Tieren gar nichts anfangen. Da brauchst du Beagle oder Affen aus einem Zuchtprogramm, damit du genau weißt, wo die herkommen und wie die geimpft sind und so weiter. Alles andere verfälscht die Testergebnisse.«

Schluck! Das ist ja schrecklich! Es gibt Zuchtprogramme für Labortiere! So lieb ich meine eigenen Zweibeiner habe – manchmal sind Menschen wirklich abscheulich!

»Mensch, Papa, sag so was nicht. Da wird mir gleich schlecht, und Herkules jault auch schon«, beschwert sich Luisa, die Gott sei Dank mitfühlender als ihr Vater ist.

Der kommt jetzt auch zur Haustür und stellt sich neben Luisa.

»Wieso denn? Ich sage nur die Wahrheit. Alle wollen Medikamente, die helfen, aber niemand will Tierversuche. Und jeder will glückliche Tiere, aber wenn die Milch teurer wird, beschweren sich die Leute.«

Luisa schüttelt den Kopf.

»Nee, ich beschwer mich nicht. Und übrigens sollte Tiermilch sowieso nur von den Tierbabys getrunken werden.«

Marc grinst.

»Oh, mein Fräulein Tochter wird Veganerin?«

»Vielleicht«, entgegnet Luisa kühl. »Jetzt frage ich erst mal unsere Nachbarn, wie das mit Layka war. Euch scheint ja allen egal zu sein, dass Schröder auf einmal verschwunden ist. Ich werde mich damit aber nicht abfinden!«

Sie öffnet die Tür und geht aus der Wohnung, ich folge ihr. Zwei Stufenabsätze nach oben, schon stehen wir vor der Wohnung der Nachbarin, und Luisa klingelt.

Eine ältere Dame öffnet. Ich habe sie schon häufiger im Garten gesehen. Sie scheint sich sehr gern um die Blumenbeete zu kümmern.

»Hallo, Frau Petersen, ich habe gehört, dass Ihre Katze am Freitag verschwunden war. Das hat mir die Nachbarin erzählt, die den Golden Retriever hat, von gegenüber, wissen Sie?«

»Hallo, Luisa«, begrüßt uns die Frau freundlich, »ja, das stimmt. Layka war weg. Meine Tochter Sarah hat sie überall gesucht, aber nicht gefunden. Später am Abend war Layka dann auf einmal wieder da.«
»Tja, wir vermissen seit Freitag auch unseren kleinen schwarzen Kater Schröder.«
Frau Petersen nickt.
»Ja, ich habe die Zettel gesehen und musste daran denken, was für ein seltsamer Zufall das ist.«
»Aber vielleicht ist es gar kein Zufall«, sagt Luisa, »vielleicht gibt es einen Zusammenhang. Deswegen wüsste ich gern, ob Ihnen irgendetwas an Layka aufgefallen ist.«
»Nein, leider nicht. Layka war auf einmal einfach wieder da.«
Luisa seufzt.
»Es ist zu doof, dass Tiere nicht sprechen können. Ich werde das Gefühl nicht los, dass uns Layka etwas zum Verschwinden von Schröder erzählen könnte.«
Da bin ich mir auch sicher. Und anders als ihr beiden kann und werde ich die Nachbarskatze auch genau das fragen. Wo steckt die eigentlich?
»Ja, das ist wirklich doof. Wenn ich sie nachher sehe, werde ich sie trotzdem fragen.« Frau Petersen zwinkert Luisa zu. »Wer weiß, vielleicht erzählt sie uns doch etwas!«
Mann, nun schafft diese blöde Katze hierher, dann kläre ich das direkt mit ihr. Ich belle laut und mache Männchen, irgendwie müssen die Menschen doch mal schnallen, was ich will.
Frau Petersen guckt mich erstaunt an und lacht.
»Na, hör mal. Scheint ganz so, als wollte sich dein kleiner Freund hier mit Layka unterhalten. Aber leider ist sie gerade nicht da, Herkules. Sonst hätte ich sie schon geholt. Ich glaube, sie ist unten im Garten.«

Ich wedele mit dem Schwanz – vielen Dank für die Information! Dann mache ich auf dem Absatz kehrt und laufe nach unten. Luisa folgt mir und öffnet die Haustür, schnell sause ich einmal ums Haus herum in den Garten. Auf den ersten Blick sehe ich Layka nicht, aber als ich meine feine Dackelnase in die Luft halte, nehme ich schnell ihre Fährte auf. Sie muss tatsächlich irgendwo hier in der Nähe sein. Ich schnüffele über den Boden. Sie ist hier entlanggelaufen, auf die Blumenbeete zu. Noch ein Stückchen weiter, noch weiter und dann ...
»Hey, Herkules, was machst du hier?« Layka steht vor mir.
»Ich suche dich.«
»Du suchst mich? Warum?«
Ich setze mich neben sie.
»Na, genau genommen suche ich Schröder. Der ist seit Freitag verschwunden. Und dein Frauchen sagt, dass du am Freitag auch weg warst. Da habe ich mich gefragt, ob du weißt, wo Schröder stecken könnte. Vielleicht wart ihr ja zusammen auf Achse.«
Layka starrt mich an, ihr Schwanz schlägt unruhig hin und her.
»Nein. Tut mir leid. Keine Ahnung.« Wieder das Schwanzschlagen. Die Katze weicht meinem Blick aus und schaut zu Boden. Die lügt doch! Hundertprozentig!
»Bist du ganz sicher?«, hake ich nach.
»Natürlich bin ich sicher. Ich werde ja wohl wissen, mit wem ich am Freitag unterwegs war. Und Schröder war es nicht. Tatsächlich habe ich mich verlaufen, als ich einer Ratte gefolgt bin. Deswegen war ich verschwunden. Mehr nicht. Kann ja mal vorkommen, oder?«
»Und Cornelius?«
Layka starrt mich an.
»Cornelius?«

»Na, du weißt schon – der Golden Retriever von gegenüber.«
»Was ist mit dem?«
»Nun tu nicht so«, belle ich sie an. »Der war auch verschwunden! Irgendetwas stimmt hier doch nicht. Warum willst du mir nicht sagen, was los ist? Was verheimlichst du mir?«
»So ein Quatsch! Ich verheimliche dir gar nichts.«
Nervös zuckt ihre Schwanzspitze hin und her, aber Layka bleibt bei ihrer Aussage. Ich mustere sie eindringlich, dann drehe ich mich um und trabe davon. Wenn die blöde Katze nicht reden will, dann schnappe ich mir jetzt den Hund. So von Kollege zu Kollege werde ich schon herausfinden, was am Freitag wirklich passiert ist!

»Tut mir leid, Herkules. Keine Ahnung, wo dein kleiner Freund abgeblieben ist. Ich weiß ehrlicherweise nicht mal genau, wie der aussieht. Ich hab's ja nicht so mit Kindern.«
Kann ich das glauben? Cony weiß nicht mal, wie Schröder aussieht? Ich lege den Kopf schief und mustere den großen, samtig schimmernden Retriever, den ich eben im Vorgarten des Nachbarhauses angetroffen habe. Ob er mir die Wahrheit sagt?
»Aber ich denke, du warst am Freitag auch weg? Genau wie diese Layka.«
»Wer ist denn nun schon wieder Layka?«
»Du kennst Layka nicht?«
»Nein.«
Okay. Der Fall ist klar. Cony lügt. Ich weiß ganz genau, dass ich die beiden schon mal zusammen gesehen habe. Sie mögen nicht die engsten Freunde sein, aber kennen tun sie sich auf alle Fälle. Die Frage ist nur: Warum lügt Cony? Das ergibt doch alles überhaupt keinen Sinn!

»Na gut. Du kennst Layka nicht. Aber wo warst du am Freitagnachmittag?«
»Ich ... äh ... war spazieren und hatte mich verlaufen.«
»Du warst allein spazieren? Ohne deine Menschen?«
»Ja. Mache ich manchmal.«
»Komisch. Hab ich noch nie bei dir erlebt.«
Der Retriever fletscht die Zähne.
»Na und? Ist aber so. Kommt selten vor, aber isso.«
»Und wo warst du spazieren?«
»An der Alster. War schön.«
»Und dir ist nichts aufgefallen? Auf deinem Weg von hier zur Alster? Kein kleiner Kater, der irgendwie verloren wirkte?«
Cony schüttelt den Kopf.
»Nein. Ich habe keinen kleinen schwarzen Kater gesehen. Weder auf dem Hin- noch auf dem Rückweg.«
Ha! Sagte Cony eben *schwarzer* Kater?
»Ich dachte, du weißt nicht, wie Schröder aussieht? Woher weißt du dann, dass er schwarz ist?«
»Ähm, hab ich das eben gesagt? War ein Versehen. Ich weiß es tatsächlich nicht. Und ich muss jetzt rein.« Er dreht sich um und lässt mich einfach stehen. Heilige Fleischwurst! Was ist hier eigentlich los?
»Mann, Herkules, da bist du ja!« Luisa kommt angelaufen. »Du kannst doch nicht einfach abhauen!«
Ich werfe ihr einen besonders treuherzigen Dackelblick zu. Komm schon, Luisa, ABHAUEN ist jetzt ein sehr großes Wort für die Tatsache, dass ich einfach ein bisschen schneller als du bin. Wir würden jetzt noch bei den Blumenbeeten stehen und uns von Layka die Hucke volllügen lassen, wenn ich nicht Cony gesucht und befragt hätte. Zwar auch ohne durchschlagenden Ermittlungserfolg, aber das konnte ja niemand ahnen.

Da Luisa immer noch ein bisschen böse guckt, jaule ich leise und hoffentlich mitleiderregend. Das wirkt – Luisa bückt sich und streichelt mich.

»Du Armer! Du vermisst Schröder genauso wie ich, oder? Und jetzt schimpfe ich auch noch mit dir. Tut mir leid! Caro meint, dass ihn bestimmt jemand findet. Und vielleicht meldet sich morgen auch die Polizei. Jetzt am Sonntag arbeitet da wahrscheinlich nur eine Notbesetzung, und die hat Wichtigeres zu tun, als einen kleinen Kater wieder zurück zu seiner Familie zu bringen.«

Ich hoffe, Luisa hat recht. So sehr ich mich manchmal über Schröder ärgere, so sehr vermisse ich ihn jetzt!

»Wir könnten natürlich noch mal hier in der Gegend nach ihm suchen. Vielleicht Richtung Park oder runter zur Alster laufen und nach ihm rufen.«

Wuff! Sagte Luisa *Alster*? Da bin ich natürlich dabei, denn die Alster hatte Cony eben erwähnt. Vielleicht war er in Wirklichkeit mit Schröder da und will es, aus welchen Gründen auch immer, jetzt nicht erzählen. Begeistert hüpfe ich auf und ab und mache Männchen. Luisa lächelt.

»Na gut. Dann auf zur Alster!«

Der Weg dorthin führt quasi an Caros Werkstatt vorbei, dann durch den Park, und am Ende des Parks geht es noch durch eine Straße, dann sind wir fast da. Unterwegs ruft Luisa immer wieder Schröders Namen, zeigt Passanten den Zettel mit Schröders Foto und fragt sie, ob sie vielleicht in den letzten beiden Tagen eine schwarze Katze gesehen haben.

Ich mache das Gleiche auf meiner eigenen Augenhöhe und quatsche alle Hunde an, die uns begegnen. Das sind an einem sonnigen Sonntag in Alsternähe so einige. Schäferhunde, Bolonkas, Labradore in hell und dunkel – alle sind sie unterwegs, aber niemand hat Schröder gesehen.

Eine ältere Chihuahua-Dame überlegt allerdings ein bisschen länger.

»Ein schwarzer Kater sagst du? Klein? Vielleicht in Begleitung einer getigerten Katze und eines Golden Retrievers? Hm, das kann sein. Ja, ich glaube, ich habe die drei gesehen.« Hipp, hipp, hurra! Eine heiße Spur! Ich belle hocherfreut, Luisa dreht sich zu mir um und wartet anscheinend darauf, dass ich mein Gespräch beende und wieder hinter ihr herlaufe. Aber der spannende Teil kommt doch erst noch.

»Wann hast du die drei gesehen? Und wo?«

Die Hündin legt den Kopf in den Nacken und starrt in den Himmel.

»Tja. Mein Zeitgefühl ist nicht mehr so gut. Gesehen habe ich die drei. Aber wann – heute, gestern oder morgen? Oder nächste Woche? Oder letzte? Das weiß ich nicht mehr.«

Morgen? Nächste Woche? Okay, die Dame hatte offenbar etwas im Futter. Vielleicht doch keine heiße Spur. Ich bedanke mich und laufe wieder zu Luisa.

»Ach menno«, seufzt sie. »Bisher waren wir echt nicht erfolgreich. Ich mache mir richtig Sorgen um Schröder. Hoffentlich ist ihm nichts passiert. Wo kann er denn bloß sein?«

Sie dreht sich noch einmal im Kreis um und guckt in alle Richtungen.

»Hey, hallo«, ruft sie auf einmal. Hat sie etwa Schröder gesehen? Aufgeregt renne ich in die Richtung, in die Luisa gerade gerufen hat. Nein, es ist nicht Schröder, der uns da aus dem Schatten einer kleinen Baumgruppe an der Alster entgegenkommt. Aber zwei andere gute alte Bekannte: Lena und Pauli. Als sie uns sehen, schrecken sie regelrecht zusammen, und ich finde, dass man ihnen das schlechte Gewissen überdeutlich ansieht. Ich hoffe sehr, dass Luisa das auch bemerkt!

»Was macht ihr denn hier?«, grüßt sie die beiden erstaunt.

»Wir ... äh ...«, stammelt Lena und beendet den Satz nicht.
»Wir wollten noch mal nach Schröder suchen«, behauptet Pauli frech. »Irgendwo hier muss er doch stecken.«

»Aha.« Mehr sagt Luisa nicht. Und sie klingt dabei nicht gerade überzeugt.

SECHZEHN

Die gute Nachricht vorweg: Ich habe den Sprung überlebt. Die schlechte: Ich habe danach die mit Sicherheit schrecklichste Nacht meines Lebens verbracht. Ehrlicherweise dachte ich, dass ich ein verdammt tougher Kater bin, furchtlos, mutig und unerschrocken. Und dass ich als Katze sowieso dafür geboren wurde, die Nacht zum Tag zu machen. Jetzt, ein paar Stunden später, sehe ich das Ganze etwas anders. Möglicherweise bin ich doch eher für ein kuscheliges Plätzchen in einem menschlichen Wohnzimmer gemacht, mit zwei liebevoll zubereiteten Mahlzeiten am Tag und hier und da einem kleinen Leckerchen. Und einem Zweibeiner, der mich vor allen Gefahren dieser bösen Welt verteidigt und mir alle Unannehmlichkeiten vom Pelz hält. Und zwar entschlossen und ohne zu zögern!

Aber der Reihe nach. Nach meinem Sprung aus dem Fenster landete ich relativ sanft in einer kleinen Hecke. Nils und sein Kumpel leuchteten noch mit großem Hallo hinter mir her, aber so einfach ist ein schwarzer Kater in der Nacht nun mal nicht zu finden. 1:0 für Schröder! Nachdem ich mich dann aus der Hecke geschält hatte, fühlte ich mich einen Moment lang wie ein absoluter Superheld. Yeah! Ich war meinen Entführern entkommen!

Ich überlegte kurz – wäre jetzt nicht ein guter Zeitpunkt, um wieder nach Hause zu laufen? Immer vorausgesetzt, ich würde den Heimweg problemlos finden. Letzteres wäre vermutlich gar nicht so einfach, denn ich hatte keinen blassen Schimmer, wo ich war. Aber andererseits gab es um diese Uhrzeit bestimmt so einige Katzen in der Umgebung, die mir weiterhelfen könnten, da war ich mir ganz sicher.

Ich trabte also los und hielt nach Kollegen Ausschau. Nach wenigen Metern traf ich schon auf die ersten – eine wuschelige braune und eine weiße Katze.

»Hallo«, grüßte ich freundlich, »ich kenne mich hier nicht gut aus und versuche, wieder nach Hause zu finden. Wisst ihr zufälligerweise, wo der Tierarzt Wagner seine Praxis hat?«

Die beiden musterten mich neugierig.

»Tierarzt Wagner?«, maunzte die Weiße. »Nie gehört, Gott sei Dank! Ich hasse Tierärzte!«

Die braune Katze nickte bestätigend.

»Ja, halte dich bloß fern von Tierärzten!«

»Wird bei mir schwierig, ich wohne da nämlich«, erwiderte ich. Fand ich als Antwort ganz witzig. Außer mir selbst lachte aber keiner. Na gut. Nächster Versuch. Wie könnte ich noch beschreiben, in welcher Ecke von Hamburg ich wohne? Ich dachte scharf nach.

»Oder wisst ihr, wie ich zu dem Park komme, der ziemlich nahe an der Alster liegt? So einer mit Parkbänken und einem großen Beet mit Rosen in der Mitte der Rasenfläche?«

Die beiden anderen Katzen guckten mich verdutzt an.

»Mann, was bist du denn für ein Clown?«, miaute die Braune schließlich. »Rund um die Alster sind lauter Parks, und in jedem davon gibt es Parkbänke und Rosen. Also, wenn das alles ist, was du über deinen Heimweg weißt, dann checkst du besser freiwillig im Tierheim ein und hoffst, dass du gechippt bist und die deine Menschen für dich finden.«

Vielen Dank, sehr freundlich! Am liebsten hätte ich die beiden garstigen Weiber hier einfach stehen lassen, aber leider hatten sie etwas, was ich dringend brauchte: Ortskenntnis. Ich nahm also einen letzten Anlauf.

»Gut, ich sehe ein, meine Frage war nicht sonderlich präzise. Könntet ihr mir denn wenigstens zeigen, wie ich von hier zur Alster komme? Soweit ich weiß, ist die doch einigermaßen rund. Ich könnte also einmal außen herumlaufen, vielleicht finde ich dann eine Stelle, von der aus ich nach Hause finde.«

Nun senkten beide huldvoll die Köpfe.

»Gut. Das könnten wir natürlich tun. Folge uns, Kleiner!«

Die Idee, einmal um die Alster herumzulaufen, war gar nicht schlecht. Denn die Stelle, an der ich von Layka und Cony getrennt worden war, würde ich so tatsächlich wiederfinden. Im Dunkeln sah alles zwar deutlich anders aus oder war gar nicht zu erkennen, aber umso besser konnte ich mich auf den Geruch konzentrieren. Und der war mir noch deutlich in Erinnerung: Es war ein eine einzigartige Mischung aus Crêpe-Stand, Eisladen und Bratwurstbude gewesen, weil an genau dieser Stelle der Alster ein Ausflugslokal Würstchen verkaufte und ein Stand daneben Crêpes und Eis. In den Mülleimern am Weg fand sich daher eine ausgeglichene Mischung aus den Gerüchen, und genau an diesen Mülleimern war ich gerade vorbeigetrabt.

Ich drehte also um, setzte mich vor die Mülleimer und schaute angestrengt in alle Richtungen. Ja, hier war die Weggabelung, an der mich Emma und ihre Mutter eingefangen hatten. Dort weiter hinten führte der Weg an der Alster entlang zur Heimat von dieser Greensbury-Hill-Truppe und demzufolge in die andere Richtung der Weg nach Hause. Eigentlich war die Sache also klar: Ab nach Hause. Aber dann ... konnte ich nicht anders, als daran zu denken, was der eigentliche Grund meines Ausflugs war: Cherie zu finden und sie zu überzeugen, mich zu Herkules zu begleiten. Um sein gebrochenes Herz wieder zu heilen. Wenn ich jetzt nach Hause ginge, hätte ich gar nichts erreicht. Außer vermutlich viel Aufregung bei meinen Zweibeinern. Ob ich Cherie nicht auch allein auftreiben könnte? Ohne Conys Hilfe? Den Weg hatte ich nun ja gefunden, und im Zweifel würde ich unterwegs fragen. Wenn ich dann heute mit Cherie im Schlepptau zurückkäme, wäre ich kein doofer Babykater, sondern ein Held. Diese Vorstellung gefiel mir deutlich besser.

Ich machte mich also auf den Weg, dessen Anfang uns Cony gezeigt hatte. Eine ganze Weile lief ich allein an ihm entlang, keine Menschenseele zu sehen, aber auch nicht ein einziger Artgenosse. Dann traf ich wieder auf andere Katzen, schenkte ihnen aber weiter keine Beachtung. Noch wusste ich, wo ich hinmusste. Als ich das Ende des Sees erreichte, war der Weg tatsächlich so wie von Cony beschrieben, nicht mehr ganz so breit, sondern eher wie ein normaler Fußweg. Ich trabte weiter. Eine Zeit lang später endete der Weg an einer Straße. Der Alsterlauf verschwand unter einer Brücke, und ich überlegte, ob ich diese einfach überqueren sollte oder ob es nun doch an der Zeit sei, jemanden zu suchen, der vielleicht wüsste, wo genau die Familie Greensbury Hill wohnt. Allerdings war ich immer noch allein. Keine Katze weit und breit. Hunde auch nicht, aber mit denen hatte ich mitten in der Nacht auch nicht gerechnet.

»Hallo, ist da vielleicht jemand?«, rief ich in die Nacht. Keine Antwort. Noch einmal lauter. »Hallo!« Nichts. Wobei – etwas entfernter eine Art Fauchen. Allerdings ganz sicher nicht von meinesgleichen. Dafür war es zu schrill und zu piepsig. Und gerade nett klang es auch nicht, bei anderen Katzen hätte ich zumindest freundliches Desinteresse erwartet.

Wieder das Fauchen. Neugierig machte ich mich zu dem

Busch auf. Was auch immer sich dort verbarg – es lebte und konnte mir vielleicht bei meiner Suche weiterhelfen.

»Hallo, ist da jemand?« Ich steckte meinen Kopf in die Hecke – und bekam nur eine Sekunde später dermaßen eine verplättet, dass ich bestimmt einen Meter durch die Luft auf den Gehweg flog. AUA!! Wer oder was war das? Ich rappelte mich auf und taumelte wieder in Richtung Gebüsch, als etwas Grau-Weißes daraus hervorschoss und sich auf mich stürzte. »Wasssss machssst du in meinem Rrrrevier?«, fauchte es und packte mich mit seinen Krallen.

Ich war so perplex, dass ich mich völlig ohne Gegenwehr auf den Boden fallen ließ. Leider führte das nicht dazu, dass das graue Etwas nun friedlicher wurde – im Gegenteil, es krallte sich noch fester in mich und schüttelte mich heftig. »Hier bin ich der Chef, verstehst du? Ich! Verschwinde sofort, oder ich mach dich kalt!«

Bei dieser Ansage erwachte ich aus der Schockstarre und versuchte, meinen Angreifer abzuschütteln. Das allerdings war gar nicht so leicht, denn er klebte an mir wie eine Klette. Ich fuhr nun meinerseits die Krallen aus und schlug nach ihm, mittlerweile waren wir in eine handfeste Prügelei verstrickt. Allerdings, ohne dass ich mir überhaupt erklären konnte, warum. Wir kugelten über den Fußweg, bissen und kratzten einander, und um der Wahrheit die Ehre zu geben, sah ich dabei ganz schön schlecht aus. Lange würde es nicht mehr dauern, dann hätte mich das Etwas erledigt, und zwar völlig!

Während ich also bereits mit meinem Katerleben abschloss, schoss auf einmal ein zweiter grau-weißer Kugelblitz auf uns zu und stürzte sich ins Getümmel. Oh, bitte nicht! Einer von der Sorte reichte doch völlig, um mir den Garaus zu machen! Unterstützung brauchte der wirklich nicht.

Aber: Der Angriff galt offenbar nicht mir. Denn zu meiner

großen Überraschung verbiss sich Nummer zwei nicht in mich, sondern in Nummer eins!

»Ich hab gesagt, du sollst dich verpissen! Das hier war mein Revier, das ist mein Revier, und das wird auch immer mein Revier sein. Also zieh Leine und lass dich hier nie wieder blicken, du hast hier absolut nichts zu suchen!«, fauchte Nummer zwei und zerrte meinen Angreifer von mir herunter. Dann kloppten sich die beiden so, dass Fellfetzen durch die Gegend flogen – und ich nutzte meine Chance zur Flucht. Völlig kopflos rannte ich weg, einfach immer weiter und weiter, bis ich das Gefauche und Geprügel nur noch aus der Ferne hören konnte.

Erschöpft legte ich mich auf das Gras am Seitenstreifen des Wegs und atmete tief durch. Mir taten sämtliche Knochen weh, und ich hatte am ganzen Körper Biss- und Kratzwunden, wahrscheinlich sah ich aus, als sei ich unter einen Lastwagen gekommen. Genauso fühlte ich mich jedenfalls. Dazu Fragen über Fragen: Was, in aller Welt, war mir da gerade passiert? Was waren das für furchtbare Tiere gewesen? Würde ich diese Nacht überleben? Ich bezweifelte es. Und dann fielen mir die Augen zu.

»Mitgenommen sieht er aus. Richtig schlimm.«

»Na ja, wenn ihn die Marder bei ihrem Revierkampf dazwischen hatten, wundert mich das nicht. Das sind wirklich böse Tiere, wenn die Paarungssaison ansteht.«

Ich öffne vorsichtig die Augen und blinzele ins grelle Licht. Zwei Fakten stehen fest. Erstens: Es ist Tag. Zweitens: Ich lebe noch. Hurra, ich habe die schlimmste Nacht meines Lebens überstanden! Als sich meine Augen an die Helligkeit gewöhnt haben, sehe ich auch, von wem die Stimmen kommen. Zwei Hunde stehen vor mir. Ein ziemlich großer mit langen Ohren und ein wirklich kleiner mit abstehenden, dreieckigen Lauschern. Beide sehen struppig und schon älter aus, sie haben keine Halsbänder, und Menschen entdecke ich weit und breit auch nicht. Gibt es frei laufende Hunde in Hamburg? Also so richtig freie? Ohne Besitzer?

»Wer seid ihr?«, frage ich.

»Oh, wir sind Plisch«, antwortet der Größere, »und Plum«, ergänzt der Kleinere, »Bootshunde a. D.«

Wovon redet der? Ich verstehe kein Wort, völlig unverständliches Zeug. Möglicherweise habe ich bei dem Kampf aber auch einen Schlag auf den Kopf bekommen und bin deshalb so begriffsstutzig.

Nun seufzt der Kleinere und setzt zu einer Erklärung an.

»Plum und ich sind auf einem Kümo zur See gefahren. Jetzt hat sich unser Kapitän zur Ruhe gesetzt und wohnt mit uns zusammen hier um die Ecke in einem kleinen Häuschen.«

»Ein Kümo?«, echoe ich.

»Ein Küstenmotorschiff, kurz Kümo, ist ein motorisiertes, kleineres Frachtschiff zum Einsatz in küstennahen Gewässern und auf schiffbaren Flüssen zum Transport von Containern, Stück- und Schüttgut«, erklärt Plum mit einem Satz, in dem ich im Wesentlichen nur das Wort *Schiff* verstehe.

»Und ... wieso lauft ihr hier einfach so rum?«

»Wir können aus unserem Garten heraus und spazieren gehen. Das machen wir jeden Morgen sehr früh, weil es dann die Menschen nicht weiter stört. Heute Nacht haben wir das Geschrei der blöden Marder gehört und gedacht, wir schauen mal nach, was da passiert ist«, sagt Plisch.

»Die haben dich ja ganz schön vermöbelt.« Plum schaut mitfühlend. »Tut das noch weh?«

Ich recke und strecke mich. Aua!

»Ja, es tut noch weh. Ich weiß auch überhaupt nicht, wie das passieren konnte. Ich habe denen nichts getan.«

»Wahrscheinlich warst du einfach zur falschen Zeit am falschen Ort«, mutmaßt Plisch. »Es ist gerade Paarungszeit bei den Mardern, und dann sind die echt aggro. Ein schlimmes Volk ist das. In dieser Hecke wohnt seit Jahren einer, den sie Tiago nennen. War hier King im Ring. Aber seit ein paar Monaten kreuzt hier immer mal wieder ein Jüngerer auf und versucht, ihm das Revier streitig zu machen.«

»Tja, doof. Schon verstanden«, maunze ich, »aber was hab ich damit zu tun? Ich bin doch gar kein Marder und mache hier keinem irgendwas streitig. Schon gar nicht ein Revier.«

»Du warst einfach nur im Weg. Bei den Mardern ist das so: Wenn sie sich aufregen, dann können sie nicht mehr klar denken«, erklärt Plum. »Dann beißen sie um sich und beruhigen sich von allein nicht mehr. Wahrscheinlich hast du den einen erschreckt, und deswegen hat er dich angefallen. Weil er dachte, dass er sich verteidigen muss.«

»Genau«, pflichtet Plisch ihm bei, »und dann hören Marder auch so lange nicht auf, wie der andere sich noch bewegt. Die machen immer weiter.«

»Okay, aber dann kam ja der Zweite dazu«, berichte ich, »und ich konnte fliehen.«

»Da hast du Glück gehabt. Deswegen ist es einigermaßen glimpflich für dich ausgegangen. Ich sag's dir: Marder sind klein, aber sehr grellig!« Die Hunde nicken beide ob dieser allgemeingültigen Wahrheit, und eine Weile sagen wir drei nichts mehr.

»Du bist nicht von hier, oder?«, erkundigt sich Plisch dann. »Ich hab dich hier nämlich noch nie gesehen.«

»Nee, ich komme ganz von der anderen Seite der Alster. Ziemlich weit weg von hier.«

»Aha. Und was machst du dann in dieser Ecke? Und wie heißt du überhaupt?«

»Ich heiße Schröder und suche die Freundin eines Freundes.« Die beiden starren mich verständnislos an, also schiebe ich noch eine Erklärung hinterher.

»Mein Freund ist ein Dackel. Er hat sich vor Jahren in eine Golden-Retriever-Hündin namens Cherie verliebt. Leider ist die mit ihrem Frauchen weggezogen, und mein Freund hat nun ein gebrochenes Herz. Jetzt habe ich Gerüchte gehört, dass Cherie hier irgendwo in der Gegend wohnen soll. Da dachte ich, vielleicht könnte ich sie finden und überreden, Herkules wenigstens mal zu besuchen.«

Plisch schüttelt den Kopf, dass seine langen Ohren nur so fliegen.

»Ein gebrochenes Herz, wie schrecklich!«

»Kennt ihr das?«, frage ich nach.

Nun schütteln beide den Kopf.

»Nein. Wirklich nicht. Wir haben unser Leben immer nach der Devise *Frauen an Bord bringen Unglück* gelebt. So einen Ärger mit 'ner Deern hatten wir daher nicht.«

»Und außerdem«, sagt Plum und wirft Plisch dabei einen Blick zu, den ich nur als *zärtlich* bezeichnen kann, »gehörte mein Herz schon immer Plisch. Er hat mich nie enttäuscht, und ich bin sehr glücklich mit ihm.« Sein Partner nickt zustimmend, offenbar genauso glücklich.

»Na gut, aber jetzt stell dir mal vor, du würdest Plisch verlieren«, sage ich. »Das wäre doch ganz schrecklich, oder?«

Plum reißt die Augen auf.

»Ja, SEHR schrecklich! Grausam! Furchtbar! Unerträglich!«

»Siehst du, und genauso geht es meinem Freund Herkules. Deswegen muss ich unbedingt Cherie für ihn finden.«

»Klar, das verstehen wir total«, rufen Plisch und Plum im Chor und sehen dabei sehr betroffen aus.

Genau die richtige Gelegenheit für meine nächste Frage: »Sagt mal, wo ihr euch doch hier so gut auskennt – könntet ihr mir nicht helfen, Cherie zu finden?«

SIEBZEHN

An der Art, wie Luisa Pauli mustert, kann ich sehen, dass ihr Zweifel gekommen sind. Sehr berechtigte Zweifel, aber ich habe ja beschlossen, mich da rauszuhalten. Pauli spürt anscheinend auch, dass es Probleme im Paradies gibt und er sich nicht mehr darauf verlassen kann, dass ihm seine Freundin jede Lüge abkauft. Jedenfalls redet er seit der Rückkehr aus dem Park ununterbrochen auf sie ein und versucht, sie nach allen Regeln der Kunst einzuwickeln.

»Süße, ich freue mich so sehr darauf, diesen Ball mit dir zu organisieren. Du wirst sehen, das wird einfach mega! Und total romantisch. Denn natürlich organisieren wir den nicht nur, sondern gehen da auch zusammen hin, oder? *King and Queen of the ballroom* – das sind doch wir!«

Luisa bleibt stehen.

»Sind wir das?«

»Äh, natürlich – warum fragst du das?«

»Könnte ja auch sein, dass Lena deine Queen ist.«

Wuff! Genau. Das könnte so sein.

»Aber... aber...«, stammelt Pauli, »wie kommst du denn auf so eine Idee?«

»Ganz einfach: Ich finde, dass ihr euch in letzter Zeit sehr komisch benehmt. Gerade eben im Park – ihr saht aus, als hätte ich euch bei etwas ertappt. Ganz seltsam. Und jetzt hat sich Lena so schnell verabschiedet – sie hätte doch auch noch mit zu uns kommen können. Ich habe auf einmal ein ganz blödes Gefühl. Also, schieß los: Gibt es etwas, das ich wissen sollte? Dann sag es mir jetzt.«

Na los, Pauli, komm schon! Raus damit!

»Hey, Süße, was denkst du denn von mir?« Pauli mimt den Entrüsteten. So ein Feigling! »Du bist mein Mädchen, und ich würde mich sehr freuen, wenn du mir bei dem Ball hilfst und auch mit mir hingehst.«

Luisa legt den Kopf schief. Sie überlegt. Leider kommt sie nicht zu dem richtigen Ergebnis, denn jetzt stellt sie sich auf die Zehenspitzen und haucht Pauli einen Kuss auf die Wange.

»Na gut. Dann machen wir das zusammen.«

Grrrr, das gibt es doch nicht! Warum sind Menschen nur so gutgläubig, wenn sie jemanden lieben? Man kann doch geradezu riechen, dass Pauli ein sehr schlechtes Gewissen hat. Gut, vielleicht kann Frau es nicht riechen, sondern nur Hund. Umso dramatischer, dass die Zweibeiner in solchen Fragen nicht auf ihre Haustiere hören.

»Also, lass es uns doch so machen – ich komme heute Abend mit meinem Laptop bei euch vorbei, und dann erstellen wir eine Liste, was noch alles organisiert werden muss für den Ball«, schlägt Pauli vor und säuselt dabei, als hätte er eine Fünfliterflasche Süßstoff getrunken. Unverschämt! »Oder noch besser: Du kommst zu mir, dann können wir zuerst zusammen kochen. So ganz romantisch, weißt du?«

Wuff! Ich muss einfach bellen, es geht nicht anders!

»Also irgendwie habe ich das Gefühl, Herkules mag dich nicht mehr«, erklärt Luisa nachdenklich. »Raff ich gar nicht, ihr habt euch doch bisher gut verstanden! Er hat sich immer sehr gefreut, wenn du zu Besuch gekommen bist. Und jetzt knurrt er, wenn du auftauchst. Bist du ihm vielleicht mal aus Versehen auf die Schwanzspitze getreten?«

Pauli zuckt mit den Schultern.

»Tja, ich hab's ja neulich schon gesagt. Vielleicht wird der irgendwie altersaggressiv und muss kastriert werden. An mir liegt's jedenfalls nicht.« Ich muss mich sehr beherrschen, um diesem Vollidioten nicht sofort ins Bein zu beißen. Deswegen laufe ich nun einfach schon mal weiter in Richtung Zuhause. Sicher ist sicher!

Dort angekommen, verabschiedet sich Pauli mit einem Kuss und will sich gerade auf den Heimweg machen, da hat Luisa offenbar eine Idee.

»Warte mal, Pauli. Was hältst du davon, wenn du Herkules mitnimmst.«

Wie bitte? Was soll das denn? schießt es mir sofort durch mein Dackelhirn.

»Wie bitte? Was soll das denn?«, schnaubt nun auch Pauli. Zumindest da sind wir uns also völlig einig.

»Ist doch eine gute Idee«, meint Luisa ungerührt. »Dann könnt ihr euch – erstens – mal wieder ein bisschen anfreunden, zweitens ist Herkules noch eine Weile an der frischen Luft, und ich kann ihn – drittens – nachher bei dir einsammeln und habe dann – viertens – eine Begleitung, wenn ich im Dunkeln nach Hause gehe.«

Pauli seufzt.

»Na gut, gegen diese vier gewichtigen Gründe kann ich wohl kaum etwas sagen.« Er streckt die Hand nach meiner Leine aus, Luisa reicht sie ihm. »Dann gib mir den Kampfdackel mal mit. Ich hoffe, ich komme lebend zu Hause an, und er frisst mich nicht vorher auf.«

»Ja, das wäre gut.« Luisa grinst. »Aber wenn ich nachher auf dem Weg zu dir deine leeren Schuhe finde, dann weiß ich, dass das schiefgegangen ist.«

Macht ihr nur eure Witze! Aber wenn der mir noch mal blöd kommt oder noch mal das Wort *Kastration* im Zusammenhang mit meiner Wenigkeit in den Mund nimmt, dann fresse ich ihn tatsächlich aus seinen Turnschuhen!

»Ich werde mich bemühen, mich mit Herkules auszusöhnen, versprochen«, sagt Pauli und hebt seine freie Hand zum imaginären Schwur. »Indianerehrenwort! Bringst du vielleicht noch Reis und Curry mit? Den Rest für etwas Leckeres müsste ich noch dahaben. Und frag mal deine Oma, mit wie vielen Ballbesuchern sie rechnet.«

Luisa nickt.

»Ja, mach ich. Bis später.«

Dann schließt sie die Haustür auf und geht hinein, Pauli macht sich mit mir auf den Weg zu seiner Wohnung. Ich glaube, ich war noch nie bei ihm zu Hause, insofern habe ich auch keine Ahnung, in welche Richtung wir laufen müssen. Der erste Teil des Wegs ist fast wie der zur Werkstatt, aber dann biegen wir ab. Pauli sagt die ganze Zeit kein Wort, ich glaube, Luisas Idee von einer Versöhnung zwischen uns beiden hält er für abwegig. Er geht so schnell, dass er mich regelrecht hinter sich herzerrt und ich kaum Gelegenheit habe, mal irgendwo ein Bein zu heben. So ein Stress!

Dann wird er endlich langsamer und steuert auf ein graues, hohes und irgendwie hässliches Haus mit vielen Fenstern zu. Ob er hier wohnt? Als wir näher kommen, löst sich ein Schatten aus dem Hauseingang – ich kann nicht gleich erkennen, wer es ist. Pauli macht allerdings eine abrupte Vollbremsung.

»Lena«, ruft er und klingt nicht eben begeistert, »was machst du denn hier?«

»Hallo, Pauli«, grüßt Lena ihn und klingt dabei sehr kühl, »ich muss dringend mit dir sprechen. Aber nicht hier auf der Straße.«

Pauli seufzt und zieht einen Schlüssel aus seiner Hosentasche.

»Na gut, dann komm mit rein.«

Er schließt auf, wir gelangen in einen Hausflur, in dem ein riesiger Briefkasten mit unheimlich vielen Schlitzen an der Wand hängt. Ob das wohl bedeutet, dass so viele verschiedene Menschen in diesem Haus wohnen, wie es Briefschlitze gibt? Unglaublich! Das wäre ja fast wie im Tierheimzwinger!

»Wieso hast du eigentlich Herkules bei dir?«, wundert sich Lena.

»Ach ... öhm ... Caro hat mich gebeten, mit ihm spazieren zu gehen.«

Eine faustdicke Lüge! Offenbar soll Lena nicht wissen, dass Luisa einen kleinen Versöhnungsspaziergang vorgeschlagen hat und die beiden nachher verabredet sind. Ich bin kein Fachmann, aber ich würde sagen: Die Schlinge um Paulis Hals zieht sich fester zu. Und das völlig zu Recht.

Im hinteren Teil des Hausflurs gibt es einen Fahrstuhl, und obwohl ich unter normalen Umständen Fahrstuhlfahren hasse, bin ich jetzt froh darüber. Denn mittlerweile zieht Pauli wieder so fest an meiner Leine, dass ich schon befürchtete, ein paar Stockwerke von ihm hochgeschleift zu werden. Anders als vorhin habe ich allerdings nicht das Gefühl, dass er aus purer Bosheit an meiner Leine zerrt, sondern aus Nervosität. Seitdem Lena aufgetaucht ist, riecht Pauli so, als sei er sehr aufgeregt, fast sogar so, als habe er Angst. Interessant!

Der Fahrstuhl hält mit einem Ruckeln, wir steigen aus und stehen kurz darauf in einer Wohnung, die eigentlich nur aus einem Zimmer besteht. Und dieses Zimmer scheint alles gleichzeitig zu sein – Küche, Schlafzimmer, Wohnzimmer –, nur eine Toilette sehe ich hier nicht, aber vielleicht verbirgt diese sich hinter der einzigen Tür, die ich neben der Wohnungstür noch entdecken kann.

»So, nun mach es mal nicht so spannend. Was gibt's?«, fragt

Pauli und klingt dabei nicht besonders freundlich. Jedenfalls nicht so freundlich, wie man normalerweise klingen müsste, wenn man überraschend auf jemanden trifft, den man schon mal geküsst hat. Finde ich jedenfalls.

Lena lässt sich davon aber nicht aus dem Konzept bringen, sondern setzt sich auf das Bett, das an der einen Seite des Zimmers steht.

»Ich wollte dir eigentlich nur sagen, dass zwischen uns nichts mehr laufen wird. Luisa ist meine beste Freundin, und ich schäme mich, dass ich mich überhaupt von dir habe einwickeln lassen. Aber ich dachte, du hättest dich wirklich in mich verliebt. So wie ich mich in dich.«

Pauli holt tief Luft und setzt sich neben Lena. Als er versucht, den Arm um sie zu legen, rückt sie von ihm ab.

»Hey, Süße, das ist doch auch so! Ich habe mich total in dich verknallt. Aber wie ich schon sagte – es gab irgendwie noch keine Gelegenheit, es Luisa zu sagen.«

Nun springt Lena vom Bett auf.

»Lüg mich doch nicht an! Ich habe euch vorhin gesehen, als ihr vom Park zurückgegangen seid. Du warst so mit ihr beschäftigt, dass du gar nicht bemerkt hast, dass ich euch beobachtet habe. Du hast sie geküsst, und auch wenn ich nicht jedes Wort verstanden habe – allein an deinem Gesichtsausdruck konnte ich sehen, dass du ihr nichts von uns erzählt hast.«

»Nun komm mal runter und mach nicht so ein Drama! Es gibt nun wirklich schlimmere Verbrechen auf der Welt«, lässt Pauli sie abtropfen.

Lenas Augen funkeln jetzt regelrecht vor Wut. Wenn sie ein Dackel wäre, würde sie Pauli wahrscheinlich gleich an die Kehle gehen. Stattdessen schreit sie ihn an: »Du bist einfach so ein Riesenarschloch! Erst triffst du dich mit mir, und dann machst du mit ihr weiter!« Nun rinnen ihr Tränen über die

Wangen. »Aber ich bin auch selbst schuld. Warum habe ich mich nur darauf eingelassen? Ich bin eine schlechte Freundin! Aber immerhin habe ich das jetzt eingesehen. Besser spät als nie!«

»Was heißt denn hier *darauf eingelassen?*«, ätzt Pauli. »Ich musste dich echt nicht groß überreden. Gib's doch zu – du warst die ganze Zeit schon hinter mir her! Jedenfalls hast du mich ziemlich angebaggert.«

Lena schüttelt energisch den Kopf.

»Das stimmt doch gar nicht! Es war genau umgekehrt. Du hast gesagt, dass es zwischen dir und Luisa schon länger nicht mehr gut läuft. Und dass du in Gedanken immer bei mir bist.«

Pauli lacht. Aber nicht fröhlich, sondern eher ... böse!

»Ach komm, dazu gehören immer zwei. Also ich weiß wirklich nicht, warum du mir jetzt eine Szene machst.«

»Ich hab's ja schon gesagt: Ich war Luisa eine schlechte Freundin. Dafür übernehme ich die Verantwortung, und deswegen fühle mich auch echt mies. Aber du bist derjenige, der hier zwei Frauen verarscht hat. Luisa ist also mit einem Betrüger zusammen. Eigentlich sollte sie das erfahren.«

Nun springt auch Pauli vom Bett hoch und steht plötzlich ganz dicht vor Lena.

»Willst du mir etwa drohen? Eines garantiere ich dir: Wenn du damit zu Luisa rennst, werde ich alles abstreiten. Dann kannst du mal testen, wem deine Freundin mehr glaubt. Ihrem Freund oder der hysterischen Lena, die krank vor Eifersucht ist und eine tolle Beziehung zerstören will, weil sie sie selbst nicht haben kann.«

»Arschloch«, schnaubt Lena. »Und nein, ich will es Luisa nicht erzählen. Ich will nur, dass du weißt, dass du ein echter Lauch bist. Ohne jeden Anstand. Ist mir leider zu spät klar geworden. Aber jetzt weiß ich es.« Dann bückt sie sich zu mir herunter. »Herkules, mein Süßer, du hattest völlig recht. War 'ne Scheißaktion von uns und der Biss in die Wade mehr als gerechtfertigt.«

Sie streichelt mir über den Kopf, richtet sich wieder auf und verlässt ohne ein weiteres Wort die kleine Wohnung.

»Zicke«, murmelt Pauli, nachdem die Tür hinter Lena zugefallen ist. Wenn ich könnte, würde ich grinsen!

ACHTZEHN

Greensbury Hill? Das sind doch diese total verwöhnten und arroganten Typen mit den Locken!« Plisch klingt völlig entsetzt. »Alte Angeber sind das, völlig unhanseatisch!« Plum nickt bekräftigend und schickt auch ein gemurmeltes *unhanseatisch, völlig unhanseatisch!* hinterher. Okay, meine neuen Hundefreunde sind nicht begeistert, als ich sie nach Greensbury Hill frage. Aber die gute Nachricht ist: Auf jeden Fall scheinen sie zu wissen, wen ich suche.

»Aber wo finde ich sie denn, die Unhanseaten?«, hake ich deshalb nach. »Weil: Angeblich wissen die, wo Cherie wohnt.«

Plisch und Plum gucken sich bedeutungsschwer an und seufzen.

»Na gut, min Jung, dann komm mal mit. Ich glaube, ich weiß, wo wir die verwöhnten Goldlocken finden.«

Die beiden trotten los, ich trotte hinterher. Plum wirft mir einen Blick über die Schulter zu.

»Und diese Cherie ist eine gute Freundin von der Greensbury-Hill-Truppe? Das verheißt aber nichts Gutes. Bist du sicher, dass dein Kumpel mit so einer glücklich wird?«

Ich überlege kurz.

»Keine Ahnung. Ich weiß nicht, warum man mit jemandem glücklich wird. Oder wie. Da fehlt mir jede Erfahrung. Herkules ist mein Freund, und das macht mich glücklich. Aber ich schätze mal, das ist ein anderes Glück als zwischen Cherie und ihm.«

Meine beiden neuen Hundefreunde bleiben stehen, ich setze mich neben sie.

»Jau, da könnte man ja nun philosophisch werden«, brummt Plisch.

Philo ... was? Verständnislos schaue ich ihn an. Er erklärt.

»Über die Frage, was für eine Art von Glück das zwischen Freunden einerseits und Liebenden andererseits ist. Also ob das zwei verschiedene Sorten Glück sind oder ein und dieselbe.«

»Also, Herkules sagt, vom Verliebtsein bekommt man Herzrasen«, steuere ich meine minimalen Kenntnisse von der Materie bei. »Und Herzrasen hatte ich noch nie, wenn ich was mit Herkules gemacht habe. Scheint also doch einen Unterschied zu geben, oder?«

»Klar«, gibt mir Plisch erst mal recht, um dann hinzuzufügen: »Aber Verliebtsein und Lieben ist auch nicht das Gleiche. Verliebtsein kommt ganz am Anfang. Da ist alles aufregend und neu, und davon kriegt man logischerweise Herzrasen. Liebe kommt später. Wenn man sich gut kennt. Und ich finde schon, da gibt es große Ähnlichkeiten mit der Freundschaft. Oder, was meinst du, Plum?«

Plum nickt bedächtig.

»Jau. Sehr große Ähnlichkeiten. Manchmal denke ich, es ist dasselbe. Du bist mein bester Freund, und ich liebe dich, Plisch.«

Hm. Schon interessant. Bringt mich aber leider keinen Meter weiter in Richtung Cherie. Wenn unsere Suche in dieser Geschwindigkeit weitergeht, sitzen wir nächstes Jahr noch hier. Und zwar ohne Cherie.

»Okay, aber wo genau finden wir denn nun die anderen Hunde?« Ich lenke das Thema wieder auf meine ursprüngliche Frage.

»Andere Hunde?«, fragt Plisch erstaunt, als ob er völlig vergessen hätte, warum wir überhaupt hierhergelaufen sind. »Ach ja, stimmt.« Er wedelt mit dem Schwanz. »Mir nach, ich weiß, wo wir hinwollen.«

Wir laufen in Reih und Glied hintereinander her, ein großer Hund, ein kleiner Hund und ein noch kleinerer Kater, und ich mache mir ein wenig Sorgen, wann der erste Mensch unseren Anblick so seltsam findet, dass er Polizei, Tierfänger oder ein Kamerateam ruft. Aber anscheinend sind die Menschen gerade alle so sehr mit sich selbst beschäftigt, dass uns niemand Probleme macht. Schließlich kommen wir an einem großen weißen Haus an, das vorn von einer dicken Hecke umgeben ist und hinten von einem recht hohen Zaun.

»Hier ist es«, stellt Plisch fest. »Hier wohnt diese ganze Schnöselbande!«

Ich werfe einen Blick durch den Zaun. Momentan ist leider niemand im Garten, nur die Tatsache, dass auf dem Rasen Kauknochen und ein paar zerbissene Bälle liegen, weist auf die Anwesenheit von Hunden hin. Müde lege ich mich an den Zaun und warte. Irgendwann werden die Bewohner dieses Gartens schon auftauchen.

»Meinst du, wir können den Lütten jetzt allein lassen und zurücklaufen?«, will Plum von Plisch wissen.

Dessen Schwanzspitze zuckt hin und her.

»Weiß nicht. Er ist ja schon ein wenig unbedarft. Die Aktion mit den Mardern hätte auch ganz anders ausgehen können. Ich fühle mich eigentlich wohler, wenn wir noch ein Auge auf ihn haben.«

»Ich kann euch hören«, maunze ich mit halb geschlossenen Augen. »Und ich bin kein Baby mehr – ich kann sehr gut auf mich selbst aufpassen, die Sache mit den Mardern war einfach Pech!«

»Ist ja gut, ist ja gut«, bellt Plisch. »Wir wollen dir nur helfen. Imponiert mir irgendwie, dass sich ein Kater so um einen Dackel sorgt, da soll das auch ein Happy End geben.«

Am Haus klappert eine Tür, einen Moment später höre ich ein Hecheln. Nein, eigentlich höre ich eher einen regelrechten Hechelchor, der lauter und lauter wird. Alter Falter, wie viele Hunde wohnen denn hier? Noch ist nichts zu sehen, aber dann tauchen in den Lücken zwischen den Blättern der Hecke auf einmal helle Flecken auf. Viele helle Flecken, die nur so zu wimmeln scheinen. Wie kann das sein? Brauche ich 'ne Brille? So'n Ding auf der Nase, das Marc gern mal trägt, wenn er sich in der Praxis etwas genauer anschauen will? Ich stehe auf und laufe zum Ende des Zaunes. Von dort müsste ich das besser sehen können.

Tatsächlich! Ich hab's nicht auf den Augen, sondern es wimmelt wirklich: Sechs kleine Hunde turnen durch den Garten, ihre hellen Haare sind ganz kurz und ihre Pfoten im Verhältnis zum restlichen Körper riesig. Unbeholfen toben sie im Gras herum, fallen um, rappeln sich wieder hoch – alles beobachtet von einer großen, elegant wirkenden Hündin, vermutlich ihrer Mutter. Sie sieht genau so aus, wie Plisch und Plum die Familie Greensbury Hill beschrieben haben: hübsch und gelockt.

Ich wage mich ganz nahe an den Zaun heran und rufe nach ihr.

»Hallo! Könnten Sie kurz mal herkommen? Zu mir?«

Die Hündin schaut in meine Richtung, aber blickt regelrecht durch mich hindurch. Ich fühle mich sofort sehr klein und unbedeutend. Ich glaube, ich weiß jetzt ungefähr, was Plisch und Plum meinen.

Ich nehme noch einen Anlauf.

»Bitte, hier bin ich! Sehen Sie mich? Hier, am Zaun! Können Sie mal herkommen? Es wäre echt wichtig. Ich suche nach jemandem, den Sie vielleicht kennen könnten.«

Keine Reaktion. Aus den Augenwinkeln kann ich sehen, dass Plisch und Plum näher kommen. Vermutlich lachen sie sich gerade schlapp darüber, wie mich die kühle Blonde abtropfen lässt. Aber damit liege ich komplett falsch!

»Junge Frau«, bellt Plisch laut, »haben Sie nicht gehört, worum Sie mein Freund hier gerade gebeten hat? Könnten Sie bitte mal zu uns kommen?«

Die Lockige zuckt zusammen und trottet tatsächlich zum Zaun.

»Jaaaa?«, fragt sie betont langsam. »Wer seid ihr denn?«

»Plisch und Plum, Kapitänshunde! Matrose Schröder!«, stellt uns Plisch sehr zackig vor, und ich muss kurz überlegen, was genau mich zum Matrosen qualifiziert. Einfallen tut mir dazu nichts, was auch daran liegt, dass ich nicht genau weiß, was ein Matrose überhaupt macht. Die Lockige zieht die Lefzen hoch, was ihr einen grinsenden Gesichtsausdruck verleiht.

»Soso. Plisch und Plum. Und der Leichtmatrose Schröder.«

Momentchen mal! Von *Leicht* war gar nicht die Rede. Das klingt nicht so, als hätte sie es nett gemeint. Plum scheint darüber genauso sauer zu sein wie ich, jedenfalls drückt er jetzt seine Nase durch den Zaun und knurrt die Lockige an.

»Ich kenn dich doch, du arrogante Pute! Du scheuchst immer deine schlecht erzogenen Gören durch den Park und gehst davon aus, dass alle auf die lieben Kleinen achtgeben werden. Aber ich sage dir: Ich wohne hier länger, als du überhaupt auf der Welt bist, meine Liebe! Das Wort von Plisch und Plum zählt etwas in dieser Ecke. Und wer so verpeilt ist wie deine ganze Sippe, sollte es sich nicht mit uns verderben. Wer weiß, ob ihr nicht auch mal unsere Hilfe braucht!«

Die Lockige macht einen Schritt zurück und starrt uns mit weit aufgerissenen Augen an.

»Willst du mir etwa drohen? Mir und meinen Kindern?«

Plum schüttelt bedächtig den Kopf.

»Nicht doch. Das haben wir gar nicht nötig. Ich wollte nur eine deutliche Mahnung aussprechen, mehr nicht. Und zwar die Mahnung, nicht zu vergessen, dass wir Haustiere ab und zu mal zusammenhalten müssen. In unser ALLER Interesse.«

»Shalom?«, ruft es jetzt hinten vom Haus her. »Wo steckst du denn?«

»Hier, Alec«, antwortet die Hündin. »Im Garten. Hier sind zwei alte Knacker, die mich belästigen!«

»Was?«, bellt es aus dem Haus. Zwei Sekunden später steht ein ebenfalls gelockter Hund neben der Hündin, etwas größer als sie, sehr helles Fell und eine überaus elegante Erscheinung.

»Wer belästigt dich?«, bellt er noch einmal laut und klingt dabei sehr böse.

Shalom schaut in unsere Richtung.

»Die da!«

Alecs Blick folgt ihrem und bleibt dann an uns hängen. Er mustert uns kurz, dann schüttelt er den Kopf.

»Plisch und Plum. Die alten Seebären. Und die haben dich belästigt? Kann ich kaum glauben.«

»Du kennst die beiden?« Shalom ist fassungslos.

»Natürlich. Jeder kennt die. Du bestimmt auch.«

Verächtliches Kopfschütteln.

»Nein, ganz sicher nicht!«

Plisch knufft mich in die Seite.

»Siehst du, Junge, das meine ich«, raunt er mir zu. »Total arrogant und eingebildet, diese blöden Retriever. Natürlich hat die uns schon mal gesehen, aber wir befinden uns anscheinend unterhalb ihrer Wahrnehmungsschwelle.«

Alec, der Lockige, kommt auf uns zugetrabt.

»Na, was kann ich denn gegen euch tun?«

»Unser Freund Schröder hier« – Plum deutet auf mich – »sucht jemanden, den ihr vielleicht kennt.«

»Ja, erzähl mal, wen du suchst«, fordert Plisch mich auf und schubst mich noch ein bisschen näher an den Zaun heran, sodass ich Alec nun Aug in Aug gegenüberstehe. Beziehungsweise, gegenüberstehen würde, wenn ich nicht mindestens zwei Köpfe kleiner als er wäre.

»Ähm, ja also, ich suche eine gewisse Cherie. Auch ein Golden Retriever so wie Sie. Sie soll hier irgendwo in der Gegend wohnen.«

»Cherie?« Schweigen. »CHERIE?« Alecs Augen bekommen einen seltsamen Glanz. »Natürlich kenne ich sie. Ich bin immerhin der Vater ihrer Kinder!«

»Ups!«, ruft Plisch und dreht sich zu mir. »Sagtest du nicht, sie ist die große Liebe deines Freundes?«

Ich schlage mit dem Schwanz hin und her.

»Ja. Ist sie ja auch. Trotzdem würde kein Züchter einen Retriever mit einem Dackel kreuzen, oder? Da kann der arme Herkules doch nichts dafür!«

»Ein Dackel!« Alec hechelt ein unsympathisches Lachen. »Da hätten die armen Kinder ja nur halb so lange Beine!«

Haha, sehr lustig! Vollpfosten!

»Aber im Ernst. Ich glaube, sie hat mir sogar mal von deinem Kumpel erzählt. Der ist allerdings kein reinrassiger Dackel, sondern ein Dackelmix, soweit ich weiß.«

»Na und?«, mischt sich nun Plum ein, »unser Kapitän sagt immer, die besten und treusten Kameraden sind Mischlinge. Nicht so dämlich und verweichlicht wie Reinrassige.«

»Was weiß denn ein Kapitän schon davon«, knurrt Alec genervt zurück. »Wie dem auch sei: Ja, ich kenne Cherie. Und

ebenfalls ja: Ich weiß auch, wo sie wohnt. Wenn ihr mir versprecht, mich nicht weiter zu belästigen, führe ich euch hin.«
»Versprochen«, antworte ich wie aus der Pistole geschossen. Hatte sowieso nicht vor, hier länger vor diesem doofen Zaun rumzulungern!
»Gut. Ihr müsst nur warten, bis unser Züchter Shalom die Welpen füttert. Dann ist er so abgelenkt, dass er kaum bemerken wird, wenn ich den Garten mal kurz verlasse.«
Seufz. Noch mehr warten!
»Und wann ist das so weit?«, erkundige ich mich.
Alec zieht die Lefzen hoch und schnaubt.
»Dauert nicht mehr lange. Er füttert die Bande immer nach ihrer Spielstunde, und die ist gleich vorbei.«

Tatsächlich steht Alec schon kurz darauf neben uns auf der anderen Seite des Zauns.
»Auf geht's«, bellt er gut gelaunt und trabt los. Wir natürlich hinter ihm her, sodass die Abordnung nun schon aus drei Hunden und einer Katze besteht. Wir sind so verdammt auffällig – irgendwann werden wir Ärger bekommen, ich weiß es genau! Vielleicht denkt sich Alec allerdings das Gleiche, denn er hält sich so dicht an Hecken, Zäunen und sonstigen Begrenzungen des Weges, dass man uns von der Straße aus kaum sehen dürfte.
Wir sind schon eine ganze Weile hinter ihm hergelaufen, als er auf einmal langsamer wird. An einem sehr großen Baum mit einem unglaublich dicken Stamm bleibt er stehen.
»Hier wohnt Cherie.«
Ich sehe mich um. Aber außer dem Riesenbaum auf der einen und parkenden Autos auf der anderen Seite kann ich nichts erkennen. Schon gar keine Golden-Retriever-Dame. Ein Blick nach oben in die gigantische Baumkrone – natürlich auch nichts. War auch nicht zu erwarten.

»Sag mal, was machst du da, Kater? Warum guckst du nach oben?«, fragt Alec erstaunt. »Wir suchen doch keinen Vogel, sondern einen Hund.«

»Schon klar, aber wo wohnt sie denn?«

»Na, hier!«

Ich schaue noch mal genauer hin, und dann sehe ich es auch: Hinter dem großen Baum versteckt sich eine sehr schmale Häuserzeile. Haustür an Haustür reiht sich hier aneinander, es sieht fast so aus, wie wenn Hedwig die Handtücher zum Trocknen nebeneinander auf die Leine hängt.

»Cherie wohnt in einem der Reihenhäuser in der Mitte. Von hier aus gesehen das dritte. Wenn du außen rumläufst, kommst du zu den Gärten. Ich kann da nicht durch – zu auffällig! Aber für so einen kleinen Kater wie dich dürfte das kein Problem sein. So, hier endet meine Hilfsbereitschaft. Ich hau wieder ab!«

Er läuft los, Plisch und Plum gucken ihm kurz nach, wenden sich dann jedoch wieder mir zu.

»Ich mag ihn zwar nicht, für ehrlich halte ich ihn aber durchaus«, meint Plum. »Und was die Auffälligkeit betrifft – da hat er recht. Ich glaube, du musst jetzt allein weiter. Wir warten hier auf dich.«

Ich atme tief durch. Dann schnüre ich auf die Häuserzeile zu, umrunde sie und stehe kurz darauf neben einem Gartentörchen. Zwischen dem unteren Rand des Tors und dem Rasen ist eine Handbreit Platz, sodass ich hindurchschlüpfen kann und in dem schmalen Garten des ersten Hauses stehe. Ich schaue mich um – niemand zu sehen! Unbemerkt laufe ich zum gegenüberliegenden Zaun, der den Garten des nächsten Hauses abtrennt. Eine Gartentür gibt es hier nicht, also laufe ich am Zaun entlang und suche nach einem Loch oder einer Lücke. Aber: Fehlanzeige! Ich kann nichts dergleichen finden. Zum Drüberspringen ist der Zaun zu hoch, und da seine Pfähle in der Erde verbuddelt sind, kann ich auch nicht unten durchkrabbeln. Allerdings steht mitten auf dem Rasen ein kleiner Apfelbaum, dessen Zweige ziemlich nahe an den Zaun heranragen. Ob das vielleicht eine Möglichkeit wäre?

Ich klettere den Stamm hoch und wage mich in die Äste vor. Von hier oben sieht der Abstand zum Zaun gar nicht mal so klein aus. Aber es hilft nichts, es gibt keinen anderen Weg in den nächsten Garten, also rede ich mir selbst gut zu, schließe die Augen – und springe drauflos. Tatsächlich schramme ich mit meinem Bauch am oberen Rand des Zauns entlang, und wenn ich nicht so viel Schwung hätte, würde ich wohl plump zurück auf die Seite fallen, von der ich komme. So aber werde ich zwar kurz abgebremst, lande dann aber auf der richtigen Seite vom Zaun.

Der Rasen unter mir ist offenbar schon eine ganze Zeit lang nicht gemäht worden, also wird die Landung gar nicht so hart, wie ich befürchtet hatte. Ich stehe auf, schüttle mich kurz und schaue mich im Garten um. Nicht nur der Rasen ist nicht gemäht. Insgesamt sehen Garten und Haus viel ungepflegter aus als alle anderen Häuser in der Reihe. Es gibt zwar eine kleine Terrasse zum Garten hin, aber diese scheint überwiegend als Müllhalde genutzt zu werden. Leere Flaschen, Plastiktüten und anderes Gerümpel liegen auf mehreren Haufen, die Stühle, die dort stehen, haben keine Lehne mehr oder nur noch drei Beine.

Vorsichtig schleiche ich in Richtung der Terrasse. Ob Cherie wirklich hier wohnt? In diesem eher verwahrlosten Ambiente? Das passt so gar nicht zu meiner Vorstellung von der eleganten Hundedame, in die Herkules unsterblich verliebt ist. Oder muss ich noch ein Haus weiter?

Die Tür zur Terrasse öffnet sich mit einem unüberhörbaren Knarzen. Ich gehe vorsichtshalber hinter einem kleinen Geröllhaufen aus Ziegelsteinen und leeren Joghurtbechern, der mitten auf dem Rasen aufgeschüttet ist, in Deckung.

Etwas kommt durch die Tür getapst. Größe und Farbe sind ein Treffer, es ist wirklich ein Golden Retriever. Trotzdem traue ich meinen Augen nicht: Der Hund, der kurz darauf auf der Terrasse steht und misstrauisch in den Garten linst, ist völlig heruntergekommen. Abgemagert, stumpfes Fell: ein Bild des Jammers und des Elends. Das soll die schöne Cherie sein?

Ich wage mich hinter dem Haufen hervor und schleiche vorsichtig auf den Hund zu.

»Hallo«, begrüße ich ihn betont freundlich. »Sag mal, bist du Cherie?«

Der Hund starrt mich an und antwortet erst mal nicht. Ich komme noch näher und wiederhole meine Frage.

»Ich suche eine Golden-Retriever-Hündin namens Cherie. Bist du das vielleicht?«

Nun kommt ein zögerliches Kopfnicken – kaum wahrnehmbar.

»Ja, ich bin Cherie. Wer bist du?«

»Ich bin Schröder. Ich wohne am anderen Ende des Sees, noch hinter einem der Parks, ziemlich weit weg, bei Familie Wagner.«

»Familie Wagner?«, echot Cherie.

»Genau. Und ich habe einen sehr guten Freund, Herkules. Er ist ein Dackelmix, und mit offiziellem Namen heißt er Carl-Leopold von Eschersbach.«

Tatsächlich! Nun flammt etwas in Cheries Augen auf, als habe man in einem dunklen Raum irgendwo ganz weit hinten eine Kerze angezündet.

»Herkules«, flüstert sie.

»Du kennst ihn?«

Sie nickt, sagt aber nichts.

»Also, ich komme gleich mal auf den Punkt. Herkules vermisst dich sehr. Ich ... äh ... also, es ist so: Das Herz meines Freundes ist gebrochen, und nur du kannst es wieder zusammensetzen, wenn du verstehst, was ich meine. Es wäre daher sehr wichtig, dass du mich begleitest.«

Cherie senkt den Blick und schweigt weiter. Dann, nach einer gefühlten Ewigkeit, guckt sie mich wieder direkt an.

»Es tut mir leid, ich kann nicht.«

»Ja, ich sehe schon ein, dass ist irgendwie blöd mit den ganzen Zäunen hier. Aber mein Vorschlag wäre, dass ich draußen auf dich warte, und wenn du das nächste Mal spazieren gehst, dann machst du die Biege. Oder wenn mal jemand bei euch die Haustür öffnet, dann haust du ab. Wenn ich dich dann sehe, bringe ich dich zu Herkules.«

Wieder Schweigen, dann ein Kopfschütteln.

»Nein, du hast mich nicht verstanden. Ich kann nicht kommen, weil es mich nicht mehr gibt. Die Cherie von damals, in die sich Herkules verliebt hat, die gibt es nicht mehr.«

Was? Wie meint sie das?

»Ich verstehe nicht ganz – wieso gibt es dich nicht mehr? Du sitzt doch vor mir!«

Bevor Cherie antworten kann, fliegt die Terrassentür auf, und ein riesiger Mann mit zotteligen Haaren und einem strengen Körpergeruch stürmt auf uns zu.

»Jetzt habe ich dich, Scheißkatze! Kack noch einmal in meine Beete, und du bist tot!«

Jetzt erst sehe ich, dass der Typ eine Schaufel in der Hand hält. Will er mir damit etwa eins überbraten? Ich schaue mich um – wohin kann ich fliehen? Ich finde immer noch keine Lücke im Zaun, und der Baum steht ja leider auf der anderen Seite. Tatsächlich holt der Mann mit der Schaufel jetzt aus. Panisch renne ich los, allerdings ohne Idee, wie ich entkommen könnte. Der Zaun ist für mich zu hoch – soll ich trotzdem springen?

»Bleib stehen«, brüllt mein Verfolger, und ich bilde mir ein, seinen übel riechenden Atem schon im Nacken zu spüren. Verzweifelt renne ich am Zaun entlang, der Mann ist nun direkt hinter mir, wieder schwingt er die Schaufel, diesmal saust sie haarscharf neben mir ins Gras. Wenn er mich damit trifft, ist es das gewesen mit dem kleinen Schröder – dann bin ich platt wie eine Flunder!

Ich muss es also wagen – ich muss Anlauf nehmen und hoffen, dass ich mit einem Satz über den Zaun komme. Für einen Anlauf brauche ich allerdings Platz, und das heißt, dass ich irgendwie noch einmal an dem Typen vorbeilaufen muss. *Tief durchatmen, mutig sein, Schröder!*, rede ich mir selbst zu. Und dann renne ich los, versuche, an dem Mann vorbeizukommen, der sich mir nun mitsamt Schaufel in den Weg stellt. Schon will ich bremsen und aufgeben – da schießt auf einmal Cherie von der Seite auf den Kerl zu und beißt ihn ins Bein. Der heult auf, lässt die Schaufel fallen und hält sich die Wade, ich nutze die Gelegenheit, laufe einen Bogen um ihn, nehme Kurs auf den Zaun, gebe richtig Hackengas – und dann springe ich, so hoch und so weit ich nur kann!

NEUNZEHN

»Und eins, zwei, Seitschritt! Und eins, zwei, Seitschritt! Der Herr beginnt mit links beim Foxtrott! Immer! Und daran denken: Mit Leichtigkeit und Eleganz! Also noch mal von vorn: Eins, zwei, Seitschritt...«
»Aua! Mein Fuß, Herr Schlüter!«
»Herrgott, mit links habe ich gesagt!«
So wie Hedwig dasteht und die Tanzlehrerin gibt, könnte sie vermutlich auch ein Panzerbataillon befehligen. Ganz früher, als ich noch ein Welpe war und auf Schloss Eschersbach wohnte, hatten wir manchmal Besuch von Menschen in Uniform, die sich mit Panzern beschäftigten. Ein Teil der von Eschersbach'schen Ländereien grenzte nämlich an etwas namens Truppenübungsplatz, und hin und wieder kam es wohl vor, dass die Panzer etwas kaputt machten, was genau genommen zum Gutsbesitz gehörte. Dann kamen die Uniformierten und besprachen mit dem alten von Eschersbach, wie sie das wiedergutmachen könnten. Meistens gab es da einen Chef und mehrere Untergebene, und die wurden dann ungefähr so angesprochen, wie Hedwig nun versucht, ihren Tanzschülern den Foxtrott zu erklären. Obwohl – so wie die sich anstellen, könnte der Tanz auch Trottelfox heißen, denn von Leichtigkeit und Eleganz ist noch nicht besonders viel zu erkennen. Jedenfalls aus meiner Dackelperspektive nicht. Ich liege nämlich unter dem Tisch im Saal des Seniorenheims und betrachte mir das Elend.

Seit klar ist, dass der Ball tatsächlich stattfinden wird, weil der Saal frei ist und Caro auch eine Band für den fraglichen Abend gefunden hat, laufen die weiteren Vorbereitungen auf Hochtouren. Pauli hat den Küchenchef des Seniorenheims überredet, ein Galamenü zu kochen, Luisa kümmert sich um die Dekoration, und sogar Henri hat einen Job: Er ist dafür zuständig, die Menükarten zu kopieren, zu falten und mit einem Geschenkbändchen zu versehen. Nur Lena taucht überhaupt nicht mehr auf, was mich natürlich nicht wundert, Luisa allerdings schon. Die wiederum ist – genau wie ich – sehr unglücklich, dass es von Schröder auch an Tag fünf seines Verschwindens noch kein Lebenszeichen gibt. Insofern hat sie sich um das Problem mit Lena auch noch nicht weiter gekümmert, was Pauli bestimmt erleichtert zur Kenntnis genommen hat, ihn aber perspektivisch mit Sorgen erfüllen könnte. Man könnte es also zusammenfassend mit dem alten von Eschersbach sagen: Unter jedem Dach ein Ach. Aber getanzt wird trotzdem.

Ganz in diesem Sinne hat wiederum Hedwig es übernommen, einen Tanz-Crashkurs für alle interessierten Ballgäste anzubieten. Gemeinsam mit Friedjof Michaelis führt sie jetzt schon den zweiten Nachmittag in die geheimnisvolle Welt des Gesellschaftstanzes ein. Und für einige der Schüler ist die Welt wirklich SEHR geheimnisvoll: Ein älterer Herr namens Schlüter bringt in diese ganze Foxtrottnummer so eine Unruhe, dass auch alle anderen nicht mehr weitertanzen können. Ständig will er mit seiner Dame in die falsche Richtung tanzen und wird dadurch zum Geisterfahrer und Verkehrshindernis.

Hedwig ist kurz vorm Verzweifeln.

»Friedjof und ich tanzen es jetzt noch mal vor. Gucken Sie bitte gut zu, Herr Schlüter.«

Friedjof und Hedwig stehen sich mit angehobenen Armen

gegenüber, dann zieht Friedjof Hedwig ein Stück an sich heran und beginnt, sehr langsam zu tanzen.

Hedwig erklärt.

»Herr Schlüter, der Herr beginnt mit links, sehen Sie? Sie stehen im Innenkreis und tanzen mit der Dame immer linksherum. Links, links, links! Dann gibt es auch keine Probleme mit den anderen Paaren.«

Herr Schlüter, ein kleiner, rundlicher Mann mit schütterem Haar und einer Brille, die immer wieder beschlägt, nickt eifrig.

»Alles klar, Frau Wagner. Aber wie genau geht denn das jetzt mit dem Zickzack-Schritt?«

»Zickzack-Schritt?« Hedwigs Augenbrauen schnellen nach oben.

»Ja. Sie sagten doch eben, dass der Zickzack-Schritt der Bewegung des Foxtrotts mehr Volumen verleiht. Wie genau geht das denn jetzt?«

»Herr Schlüter, der Zickzack-Schritt ist nun wirklich etwas für den fortgeschrittenen Anfänger. Dazu würde ich Sie momentan bei aller Liebe nicht zählen wollen. Bitte konzentrieren Sie sich auf den Grundschritt, damit haben Sie genug zu tun! Bis zum Ball ist es nur noch eine gute Woche, und wir müssen Sie noch in einen Zustand der Verkehrstauglichkeit versetzen, wenn Sie wissen, was ich meine!«

Die anderen Tanzschüler und -schülerinnen machen große Augen, und ich kann dem einen oder anderen ansehen, dass er oder sie ein Lachen nur mühsam unterdrückt. Na gut, es ist auch wirklich ein bisschen lustig, wie Herr Schlüter eben das gesamte Tanzgeschehen aufgemischt hat. Ein Glück, dass ich hier unter meinem Tisch in Sicherheit bin und mir niemand auf die Pfoten treten kann.

Luisa kommt mit einem großen Karton auf dem Arm in den Saal und stellt ihn auf meinen Tisch. Pauli, der bisher für Hedwig den DJ spielt, lässt das Mischpult Mischpult sein und wirft einen Blick in den Karton, den Luisa nun auspackt.

»So, ich war mit Papa im Großmarkt. Jetzt haben wir bestimmt alles an Dekoration, was wir brauchen. Girlanden und Ballons, außerdem lange Papiertischtücher und Servietten. Kerzen habe ich auch eingekauft.«

»Perfekt! Dann fehlt jetzt nur noch eine Sache zum vollkommenen Ballerlebnis…«

»Nämlich?«, will Luisa wissen.

Pauli grinst und verbeugt sich kurz vor ihr.

»Darf ich bitten?«

Luisa schaut verdutzt.

»Du willst tanzen?«

»Natürlich! So macht man das in einer Tanzstunde.«

»Aber… ich wollte gleich noch mal zum Tierheim radeln und ein paar neue Zettel aufhängen. An der Alster, zum Beispiel, oder auch mal in die andere Richtung. Vielleicht hat da jemand Schröder gesehen.«

»Lass uns das doch zusammen nach der Tanzstunde machen, dann helfe ich dir.«

Hedwig schaut zu Pauli und Luisa rüber.

»Pauli, machen Sie bitte weiter mit der Musik?«

»Ich dachte, ich schalte jetzt mal auf meine Playlist um, dann könnte ich ein bisschen mit Luisa trainieren. Wir wollen schließlich auch an dem Turnier teilnehmen, oder?« Er zwinkert Luisa zu, die sieht allerdings nicht besonders überzeugt aus.

»Ich weiß nicht. Ich bin einfach nicht in Tanzstimmung.«

Pauli seufzt.

»Heißt das, dass du nicht mehr mit mir tanzt, bis der Kater wieder da ist?«

Luisa zuckt mit den Schultern.

»Weiß nicht. Ich hoffe ja, dass er bald wieder nach Hause kommt.«

»Und wenn nicht?«

Wuff! Was meint Pauli denn damit? Ich rapple mich von meinem Platz unter dem Tisch auf und komme näher.

»Was?« Luisa klingt genauso entsetzt, wie ich es gerade bin.

»Was *was*?«, fragt Pauli nach, als könnte er sich nicht vorstellen, was Luisa gemeint hat.

»Na, was meinst du mit *und wenn nicht*?«, erklärt Luisa. »Ist doch klar, ich frage mich gerade, was ist, wenn Schröder nie wieder auftaucht. Das kann doch wohl nicht bedeuten, dass du dann nie wieder mit mir tanzt. Oder lachst. Oder überhaupt was mit Spaß machst.«

»Warum sagst du so etwas?« Luisas Stimme zittert. Ich glaube, sie weint. Oder ist kurz davor.

»Mann, Luisa, Schröder ist niedlich, keine Frage. Aber er ist trotzdem nur eine Katze. Mag jetzt hart klingen, aber selbst, wenn er nie wieder auftaucht: Das Leben geht weiter. Deines. Und meines. Also lass uns jetzt tanzen, Süße!«

Er greift nach Luisas Arm, aber die schlägt seine Hand weg, dreht sich um und rennt raus. Raus aus dem Saal und auch raus aus dem Gemeindezentrum, auf die Straße. Das weiß ich deshalb so genau, weil ich hinter ihr herlaufe. Wenn schon ihr zweibeiniger Freund sie hängen lässt, dann muss wenigstens ihr Vierbeiner treu an ihrer Seite stehen, jawoll!

Draußen bricht Luisa nun wirklich in Tränen aus. Sie lehnt an der Hauswand direkt neben dem Eingang und schluchzt so sehr, dass es sie regelrecht schüttelt. Wenn ich ein Mensch wäre, würde ich sie jetzt umarmen, aber das kann ich ja leider nicht! Stattdessen drücke ich mich ganz fest an ihre Beine und hoffe, dass sie das ein bisschen tröstet. Tatsächlich beugt sie sich zu mir herunter und streicht mir über den Kopf.

»Wenigstens habe ich noch dich, Herkules!«
Hm. *Wenigstens*? Egal, die Trauer und Sorge verwirren Luisa, schon okay. Ich schlecke ihre Hand ab, die von den Tränen ganz salzig schmeckt.
»Hey, alles in Ordnung bei dir?«
Ein junger Mann mit einer großen Kiste unter dem Arm ist am Eingang des Gemeindezentrums aufgetaucht. Nun stellt er die Kiste vorsichtig ab und kommt einen Schritt auf Luisa und mich zu. Mit seinen dunklen Locken und noch dunkleren Augen erinnert er mich an jemanden, aber ich komme gerade nicht drauf, an wen.
»Brauchst du Hilfe? Hast du dir wehgetan? Kann ich irgendwas für dich tun?«
Luisa wischt sich mit einer Hand über das Gesicht und schüttelt den Kopf.
»Nein, danke, alles gut. Mir fehlt nichts.« Sie zögert. »Na gut, genau genommen fehlt mir mein kleiner Kater. Er ist weggelaufen, und ich kann ihn nicht finden. Aber danke für die Nachfrage.«
»O Mann, das ist schlimm!« Der junge Mann klingt ernsthaft mitfühlend. »Vor einem halben Jahr ist meine Katze gestorben. Sie war alt und krank, trotzdem war ich sehr traurig, und ich vermisse sie immer noch. Du musst dich schrecklich fühlen!«
Luisa nickt, sagt aber nichts mehr.
»Soll ich dir vielleicht suchen helfen? Ich muss hier kurz was abgeben, aber dann hätte ich Zeit.«
Nun siegt Neugier über Traurigkeit, und Luisa wirft einen Blick auf den Karton.
»Was ist denn da drin?«, will sie wissen.
»Oh, nur ein bisschen Technik. Wir haben hier nächste Woche einen Auftritt, und ich wollte mir mal die Location

anschauen und bei der Gelegenheit schon ein paar Sachen dalassen, die wir dafür brauchen.«

»Ach, dann bist du die Band«, ruft Luisa. »Die Band, die meine Stiefmutter organisiert hat.«

Der junge Mann grinst.

»Sagen wir mal so: Ich bin ein Teil der Band. Ein paar mehr Leute sind wir schon.« Er überlegt kurz. »Dann ist deine Stiefmutter Carolin? Die mit der Geigenwerkstatt?«

»Ja, stimmt – Caro. Woher weißt du das?«

»Mein Bruder hat mir von ihr erzählt. Er bringt vor wichtigen Auftritten manchmal seine Geige bei ihr vorbei – weil sie so ein super Gehör hat, sagt er. Gerade neulich war er da, und da hat sie seine Band gebucht. Für diesen Ball im Altersheim.«

Nun lächelt Luisa – der Junge scheint sie deutlich besser trösten zu können als ich alter Dackel. Und? Stört mich das? Nein! Ich bin froh darüber! Es bricht mir das Herz, wenn Luisa so unglücklich ist.

»Uiuiui – *Altersheim*! Das lass mal nicht meine Oma hören. Die besteht darauf, dass das hier eine Senioren-Begegnungsstätte ist. Und zwar eine mit Niveau! Das mit dem Ball war übrigens auch ihre Idee. Sie tanzt gern und findet, hier muss mal mehr Leben in die Bude.«

»Dann habt ihr mit uns genau die richtige Band gebucht«, sagt der Junge und strahlt.

»Meinst du? Geige klingt für mich jetzt eher nach gepflegtem Kammerkonzert«, hält Luisa dagegen. »Am Ende wird keiner tanzen wollen, und meine Oma bekommt einen Nervenzusammenbruch.«

»Quatsch! Erstens: Mein Bruder ist ein Teufelsgeiger. Zweitens: In der Band spielt er nicht Geige, sondern ist unser Keyboarder. Und drittens: Ich bin unser Gitarrist und Sänger. Und ich habe noch alle zum Tanzen gekriegt!«

Luisa legt den Kopf schief.

»Ich bin gespannt. Für meine Oma würde es mich total freuen, der Ball ist eine große Sache für sie. Hoffentlich geht alles gut.«

»Klar, wird schon. Kommst du auch?«

»Wohin?«

»Na, auf den Ball.«

Luisa zuckt mit den Schultern.

»Weiß nicht. Momentan ist mir jedenfalls nicht nach Tanzen zumute.«

»Ja, das verstehe ich. Aber falls sich daran etwas ändern sollte – sag Bescheid. Ich spiele nicht nur Gitarre, ich kann auch gut tanzen. Und soweit ich weiß, wechseln wir uns an dem Abend mit einem DJ ab. Heißt: Ich wäre vor Ort und hätte zwischendurch Zeit. Also falls du noch einen Tanzpartner brauchst – ich heiße Ernesto. Seltsamer Name, ich weiß, aber unsere Mutter stammt aus Kuba.«

»Danke, das ist ein nettes Angebot. Ich denke drüber nach. Aber jetzt muss ich los, meinen Kater suchen.«

»Alles klar. Viel Glück!«

Die beiden lächeln sich an, dann dreht sich Luisa um und geht los. Ich folge ihr. Wir sind noch nicht besonders weit gekommen, da ruft uns Ernesto noch etwas nach.

»Hey, du hast mir noch gar nicht gesagt, wie du eigentlich heißt!«

Luisa bleibt stehen und wendet sich noch mal dem jungen Mann zu.

»Ich bin Luisa.«

ZWANZIG

Heute ist der erste Tag, an dem es mir endlich besser geht. Ich wache auf, recke und strecke mich in meinem provisorischen Körbchen, das aus einer Bananenkiste und einem alten Kopfkissen besteht, und habe überhaupt keine Schmerzen mehr. In der Küche klappert es bereits geschäftig, und wenn ich den Geruch richtig deute, bereitet der Seemann für seinen Gast, den Kater, also mich, etwas Leckeres vor. Mindestens Sardinen. Vielleicht aber auch Lachs. Vorzüglich!

Nach meiner Flucht aus Cheries Garten wollte ich eigentlich sofort nach Hause laufen – aber kaum war ich bei Plisch und Plum angekommen, die brav auf mich warteten, haute es mich regelrecht aus den Socken. Ob es noch die vielen Blessuren von meinem Zusammenstoß mit den Mardern waren, der Schreck über die Verfolgungsjagd mit der Schaufel oder die Tatsache, dass ich ungefähr vier Nächte schon nicht mehr richtig geschlafen hatte – mir wurde auf einmal regelrecht schummrig, und ehe ich mich versah, lag ich auf der Wiese.

Plisch und Plum haben mich dann fürsorglich zu sich nach Hause geschleift. Zuerst wollte ich nicht mitkommen – mit fremden Menschen hatte ich schließlich in letzter Zeit keine guten Erfahrungen gemacht. Aber die beiden alten Hunde überzeugten mich dann doch, dass es das Beste wäre, mich ein bisschen bei ihnen zu erholen, bevor ich den Rückweg antreten würde: *Keine Sorge, unser Herrchen ist ein alter Seemann, der stellt keine Fragen. Du kannst bleiben, bis es dir wieder besser geht.*

Und genauso ist es auch: viel Ruhe, exzellentes Catering durch den Seemann und keine weiteren Zusammenstöße mit Marder & Co. Nach drei Tagen der Rundumversorgung fühle ich mich heute wie neu! Ein guter Tag also, um endlich wieder nach Hause aufzubrechen.

»Guten Morgen, Schröder«, werde ich freundlich von Plisch begrüßt, als ich in die Küche laufe. »Heute siehst du wieder richtig gut aus!«

»Danke! Ich fühle mich auch so«, bestätige ich seinen Eindruck. »Ich denke, nach dem Frühstück werde ich mich endlich auf den Weg nach Hause machen.«

»Findest du den Weg allein?«

»Ich glaube schon. Vielleicht könntet ihr mich zur Alster bringen, von da weiß ich, wie ich nach Hause komme.«

»Kein Problem, machen wir. Wenn sich der Seemann mit seinem Buch ins Wohnzimmer setzt, starten wir.«

Als wir die Weggabelung erreichen, wird mir tatsächlich ein bisschen mulmig. Nicht, weil ich glaube, dass ich mich auf dem Rückweg verlaufen werde. Sondern weil mir Plisch und Plum ein bisschen ans Herz gewachsen sind. Ob ich sie wohl jemals wiedersehen werde?

»Alles okay, Schröder?«, erkundigt sich Plisch.

»Doch, doch. Alles okay.«

»Aber du guckst irgendwie traurig.«

Ich atme tief ein. Ist man als Kater ein Weichei, wenn man zwei Hunden sagt, dass man sie mag? Weil Hund und Katze doch nicht als die beste Paarung gelten? Andererseits: Mein allerbester Freund ist ein Dackel. Seit wann halte ich mich an doofe Regeln? Und wenn man jemanden mag, kann man ihm das auch ruhig sagen.

»Wenn ich ehrlich bin: Ich vermiss euch jetzt schon.« Ich

seufze. »Die ganze Aktion mit Cherie ist zwar richtig in die Hose gegangen, aber trotzdem bin ich nicht traurig, dass ich es versucht habe. Denn sonst hätte ich euch niemals kennengelernt. Ihr seid zwei echt coole Typen, und ich hoffe sehr, unsere Wege werden sich noch mal irgendwo kreuzen.«
Plisch und Plum fangen an zu heulen. Was ist jetzt los? Hätte ich das doch lieber für mich behalten sollen?
»Oh, Schröder, das hast du aber schön gesagt!« Plum jault nicht mehr, wedelt dafür wie verrückt mit dem Schwanz. »Und weißt du, was? Damit wir uns in Zukunft auch wirklich mal sehen können, gehen wir einfach auf Nummer sicher und begleiten dich nach Hause. Dann wissen wir, wo du wohnst, und können dich auch mal besuchen, wenn uns danach ist.«
Auch Plum wedelt nun wie ein Verrückter mit dem Schwanz.
»Ganz genau! Wir kommen mit! Dann können wir auch gleich aufpassen, dass dich auf dem Rückweg keine wilden Marder mehr anfallen!«
Freude! Sie kommen mit! Weil sie mich genauso sehr mögen wie ich sie! Das ist eine tolle Erkenntnis, die die Schlappe mit Cherie eindeutig wieder wettmacht. Und darüber hinaus: Mit Plisch und Plum an meiner Seite kann auf dem Rückweg nun wirklich nichts mehr schiefgehen, und ich komme schnell und sicher wieder nach Hause.
Ich trabe voraus und halte mich am Rand, genau so, wie ich mir das bei meinen neuen Hundefreunden auf dem Weg zu Cherie abgeschaut habe. Schließlich will ich möglichst unauffällig bleiben. Emma und ihre Mutter waren zwar sehr nett, ein zweites Mal möchte ich dort aber trotzdem nicht einchecken, und bei anderen fremden Menschen schon gleich gar nicht.
Das Wetter hilft uns bei der Aktion »Unauffälliges Nachhausekommen« enorm. Mittlerweile regnet es nämlich in

Strömen, und wir begegnen so gut wie niemandem an der Alster, weder Zwei- noch Vierbeinern. Allerdings ist mein Fell dermaßen durchnässt, dass an mir kleine Rinnsale vom Rücken zu den Pfoten hinunterlaufen. Auch Plisch und Plum sind klitschnass, aber das scheint sie nicht zu stören. Klar, die beiden sind als Bootshunde natürlich ganz andere Wassermassen gewohnt. Ab und zu schütteln sie sich so heftig, dass die Wassertropfen um sie herumfliegen – ein stark nach Hund riechender Sprühnebel.

Auch die Straßen hinter der Alster auf dem Weg zum Park sind ziemlich leer. Und wenn uns doch mal ein Zweibeiner entgegenkommt, beachtet er uns nicht, weil er die Kapuze tief ins Gesicht gezogen hat oder kaum unter seinem Schirm hervorblickt. Im Park das gleiche Spiel: Niemand nimmt von uns Notiz. Unbemerkt laufen wir also auch durch den Park und haben auf diese Art und Weise schon fast den ganzen Weg nach Hause geschafft, als wir schließlich doch jemandem begegnen, der uns anspricht.

»Schröder! Wo bist du gewesen? Deine Menschen drehen total durch, die haben schon überall Zettel aufgehängt und die Polizei angerufen!«

Es ist Layka, die auf dem Ast eines kleineren Baumes hockt und zu uns herunterschaut.

»Hallo, Layka! Na ja, du weißt doch, ich habe Cherie gesucht. Dann bin ich entführt worden, das hat ein bisschen Zeit gekostet, aber ich konnte mich befreien und habe Cherie schließlich gefunden«, rufe ich zu ihr hoch.

»Du bist entführt worden? Etwa von den beiden Kötern, die hinter dir herlaufen? Krass!«

»Was? Nein! Das sind Plisch und Plum. Die haben mich nicht entführt, sondern gerettet. Vor zwei Mardern.«

»Wow, die Geschichte wird ja immer wilder!« Layka schüttelt den Kopf, springt mit einem geschmeidigen Satz von dem Ast herunter und kommt ziemlich genau neben mir auf dem Boden auf.

»Also, das musst du mir jetzt mal von vorn erzählen«, sagt sie, bevor sie sich einigermaßen freundlich bei meinen neuen Hundefreunden vorstellt, die mittlerweile neben mir Platz genommen haben. »Ich bin übrigens Layka, eine Nachbarin von Herkules.«

Plisch und Plum nicken ihr zu.

»Hallo, Layka. Schröder hat uns ja schon vorgestellt. Aber er übertreibt maßlos. Wir mussten ihm zwar bei seiner Suche ein bisschen unter die Arme greifen, aber mit den Mardern ist er spielend allein fertig geworden.«

»Nee, ohne euch hätte ich das alles nicht geschafft, bestimmt nicht. Layka hat mir am Anfang auch geholfen, aber dann habe ich sie irgendwie aus den Augen verloren.« Den Teil der Geschichte, dass sie und Cony auch nicht wirklich verhindert haben, dass mich die kleine Emma einfach mitnimmt, lasse ich jetzt mal weg. Bin schließlich kein nachtragender Typ.

Nun schaut Layka an uns vorbei, als ob sie etwas sucht.

»Aber wo ist denn diese Cherie? Hast du nicht gesagt, du hast sie gefunden?«

Ich nicke.

»Habe ich. Aber sie wollte nicht mitkommen. Bevor ich richtig klären konnte, warum nicht, hat mich ihr Herrchen schon ziemlich rabiat verscheucht. Extrem unangenehmer Typ! Der wollte mich tatsächlich mit einer Schaufel vertrimmen, da bin ich abgehauen.«

»Wie schade. Dann war ja der ganze Aufwand umsonst«, maunzt Layka. »Wobei – nicht ganz umsonst. Deine Menschen wissen jetzt jedenfalls, wie sehr sie dich vermissen. Und dein

Kumpel Herkules hat uns auf eine Art ausgefragt, als ob er beim Geheimdienst arbeiten würde. Oder der Inquisition. Ob wir nicht wüssten, wo du stecken könntest. Weil wir doch anscheinend mit dir zusammen verschwunden waren.«
O nein! Hoffentlich haben Cony und Layka nichts verraten! Layka scheint meine Gedanken lesen zu können, denn nun maunzt sie amüsiert.
»Keine Sorge, Kleiner. Wir haben dich nicht verpfiffen. Dein Geheimplan war bei uns gut aufgehoben.«
Puh! Ich verzeihe ihr sofort, dass sie nicht hinter Emma und ihrer Mutter hergerannt ist.
»Danke, Layka!«
»Da nicht für. Am besten läufst du einfach schnell nach Hause, damit die sich alle wieder beruhigen können.«
»Klar, genau da wollte ich auch gerade hin.« Ich drehe mich zu den beiden Hunden um. »Wir sind gleich da. Noch eine Straße, dann kann man das Haus schon sehen, in dem ich lebe. Unten drin ist die Tierarztpraxis von Marc, in der Wohnung drüber leben wir alle.«
Plisch und Plum blinzeln mir zu.
»Dann mal los!«
Ein paar Minuten später stehen wir gegenüber von unserem Haus auf der anderen Straßenseite. Ich spüre, dass ich tatsächlich sehr erleichtert bin, wieder zu Hause zu sein.
»Da ist es«, sage ich und deute mit meiner Pfote in Richtung Haus.
Plisch seufzt.
»Gut, Junge. Dann ist wirklich der Zeitpunkt gekommen, um Abschied zu nehmen. Wir wissen jetzt, wo wir dich besuchen können.«
Er senkt den Kopf und stupst mich mit seiner Schnauze ganz sanft in die Seite, Plum macht das Gleiche.

»Danke, Jungs! Es war mir eine Ehre, euch kennenzulernen!«

»Ganz unsererseits. Du wirst für uns immer der Kater bleiben, der seinen Freund, den Dackel, glücklich machen wollte.« Bevor wir noch weitere Rührseligkeiten austauschen können, wird im Haus gegenüber ein Fenster im ersten Stock aufgerissen. Luisa!

»Schröder!«, schreit sie, und ihre Stimme überschlägt sich fast. »Bist du es wirklich?« Sie lehnt sich jetzt so weit aus dem Fenster, dass ich schon fürchten muss, sie könnte gleich herausfallen. »Tatsächlich. Beweg dich nicht vom Fleck, ich komme runter!« Sie verschwindet.

»Okay, das ist das eindeutige Zeichen, dass wir uns auf den Weg machen sollten«, beschließt Plum. »Komm, Plisch, lass uns abhauen!«

Schon drehen sich die beiden um und laufen wieder Richtung Park. Nur Layka bleibt ganz entspannt neben mir sitzen. Kurz darauf wird die Tür aufgerissen, und Luisa kommt aus dem Haus gerannt. Ohne nach links oder rechts zu gucken, fliegt sie regelrecht über die Straße und nimmt mich in die Arme. Dann wiegt sie mich und drückt ihr Gesicht in mein nasses Fell.

»Mein allerallerliebster Schröder! Endlich bist du wieder da«, flüstert sie mir zu. »Ich habe mir solche Sorgen um dich gemacht – wo bist du bloß gewesen?«

Selbst wenn ich reden könnte, ich würde es nicht erzählen. Wenn Herkules erfährt, dass seine geliebte Cherie ihn nicht wiedersehen wollte, bricht sein Herz bestimmt noch mal.

EINUNDZWANZIG

Erstens: Obwohl ich im wahrsten Sinne des Wortes ein cooler Hund bin, bin ich unbeschreiblich froh, als Luisa mit Schröder auf dem Arm in der Wohnung auftaucht. Am liebsten würde ich laut jubeln, allerdings bleibt mir nur lautes Bellen und begeistertes Schwanzwedeln. Zweitens: Von der Geschichte, die Schröder mir hier gerade auftischt, glaube ich kein einziges Wort. Wirklich – kein einziges!

»Also, du wolltest das schöne Wetter ein bisschen nutzen und dich im Park sonnen, und dann hast du dich dermaßen verlaufen, dass du eine Woche lang nicht wieder zurückgefunden hast?«

Schröder nickt.

»Genauso war es.«

»Und du warst auf einmal völlig orientierungslos, und es war niemand da, den du hättest fragen können. Nicht diese Layka und auch nicht den Golden Retriever von gegenüber. Cony, oder wie der heißt.«

Energisches Kopfschütteln.

»Nein, leider nicht.«

Heilige Fleischwurst! Ich werde für dumm verkauft! Von einem Baby-Kater!

»Aber so schlecht ist doch dein Orientierungssinn gar nicht«, hake ich noch mal nach. »Ich verstehe das nicht.«

»Tja«, seufzt Schröder, »ich verstehe es auch nicht. Vielleicht hatte ich ja einen Sonnenstich. Mein schwarzes Fell wird schließlich ganz schön warm, wenn die Sonne darauf scheint. Ich erinnere mich noch, dass ich mich auf eine der Parkbänke gelegt habe, um mich zu sonnen. Und dann habe ich eine echte Gedächtnislücke. Meine Erinnerung setzt erst wieder in dem Moment ein, als ich im Dunkeln durch den Park laufe und den Heimweg nicht mehr finde. Schrecklich!«

In der Tat. Sehr schrecklich. Sehr schrecklich, wie ich hier belogen werde. Aber ich werde schon noch herausfinden, was wirklich passiert ist!

»Was hast du denn die ganzen Tage so gemacht?«

»Ich habe den Weg gesucht. Aber der Park ist soooo groß, das hat eben eine Woche gedauert. Dann ist mir heute Gott sei Dank Layka begegnet, und die hat mich nach Hause gebracht.«

»Na, so ein Glück«, knurre ich, das ist aber immerhin zur Hälfte ernst gemeint, denn natürlich bin ich überglücklich, dass wir unseren Schröder wiederhaben.

So scheint es allen anderen in der Familie auch zu gehen, denn zur Feier des Tages darf Schröder sogar mit Marcs Erlaubnis auf dem Sofa liegen und ich gleich neben ihm. Nur ein Handtuch hat Marc vorsichtshalber auf der Sitzfläche ausgebreitet, bevor wir Platz genommen haben, aber das ist für seine Verhältnisse trotzdem ausgesprochen locker. Hedwig, die auch gerade in der Wohnung ist, hat spontan beschlossen, etwas Leckeres für den Kater zu kochen, und bestimmt bekomme ich auch etwas davon ab. Die Zwillinge schreien ausnahmsweise mal nicht wild durcheinander, sondern hocken ganz friedlich vor dem Sofa und kraulen uns beide sehr ausdauernd. Die Stimmung ist also blendend – bei allen Beteiligten.

Nur der arme Henri muss noch weiter die Tischkärtchen für den Ball vorbereiten und hockt deshalb in seinem Zimmer. Aber da der Ball unmittelbar bevorsteht, kennt Hedwig keine Gnade. Alles muss rechtzeitig fertig werden, und die eine oder andere Baustelle gibt es schließlich noch. Immerhin, durch ihre Nachmittagskurse haben Hedwig und Friedjof genug Tanzwütige für den Ball im Allgemeinen und das kleine Turnier im Besonderen zusammenbekommen. Sogar Daniel und Nina haben sich Ballkarten gekauft und wollen *das Tanzbein schwingen*, wie Hedwig es ausdrückt. Marc und Caro haben heimlich zu Hause geübt, und Caro hat sich ein neues Kleid gekauft.

Herr di Angelo, der Koch des Seniorenheims, hat anlässlich des Balls ein Galamenü kreiert, das sogar Marcs kritischem Gaumen standgehalten hat. Gestern Abend sind alle Erwachsenen noch mal zum Probeessen gekommen und waren sehr zufrieden. Ich verstehe zwar nicht ganz, was das bedeutet, aber: Die Vorspeisen werden *am Platz* serviert, der Hauptgang ist ein *mediterranes Büfett*, und der Nachtisch wird mit brennenden Wunderkerzen durch die Gegend getragen. Warum, erschließt sich mir nicht ganz. Aber vielleicht ist es dann im Saal schon dunkel, und die Leute finden ihr Dessert sonst nicht. Das wäre natürlich schlimm, und deshalb habe ich als Genießer das vollste Verständnis, wenn man Lichter anzündet. Sämtliche Schulfreunde von Luisa sind übrigens als Kellnerinnen und Kellner im Einsatz – auch Lena, die abgesehen davon immer noch sehr schlecht gelaunt ist. Vielleicht lenkt die Arbeit sie ein wenig ab.

Pauli als DJ hat sich in Hedwigs Augen bewährt und darf in den Spielpausen der Band auflegen. Die Band wiederum hat schon den Großteil ihres *Equipments* vorbeigebracht, nachher findet noch die *Technische* statt, dann kann nichts mehr schiefgehen. Ich glaube, übersetzt ins Deutsche heißt das, dass die Jungs von der Band ihr ganzes Zeugs wie Notenständer und Technikkrempel in den Gemeindesaal geschleppt haben und nachher mal gucken wollen, ob der Strom funktioniert und man sie überall gut hören kann.

Nur einen Stargast hat Pauli nicht finden können, offenbar hatten Leute wie eine gewisse *Helene Fischer* oder ein *Roland Kaiser* so spontan keine Zeit. So jedenfalls hat es Marc Daniel mit einem sehr breiten Grinsen erzählt. Ich habe nicht verstanden, was daran so lustig ist, aber es ist auch nicht schlimm, denn nun übernimmt Daniel zumindest die Moderation des Balles, was eine gute Idee ist, weil er wiederum nicht am Tanzturnier teilnehmen will. Er meinte, dass sei ein Gebot der Fairness, weil er den Wettbewerb sonst auf jeden Fall gewinnen würde.

Ein leckerer Duft weht aus der Küche zu uns rüber.

»Schröder, mein kleiner Schatz«, ruft Hedwig, »komm schnell her, ich habe etwas für dich gekocht!«

Sofort rapple ich mich von meinem Platz auf, springe vom Sofa hinunter und laufe ohne Umweg zu den Fressnäpfen. Dort angekommen, ernte ich erst einmal einen empörten Blick von Hedwig.

»Heißt du etwa Schröder?«, schimpft sie mit mir.

Ich lasse diesen Einwand eiskalt an mir abtropfen, denn wenn sich hier jemand einen Extrafressnapf verdient hat, dann doch wohl ich, Carl-Leopold von Eschersbach! Schließlich habe ich schlimme seelische Qualen erlitten, weil ich mir solche Sorgen um meinen Kumpel gemacht habe. Ich bleibe also entspannt neben den Näpfen hocken und lasse mich nicht verscheuchen.

Mittlerweile ist auch Schröder in der Küche angekommen. Hedwig beugt sich zu ihm hinunter und streichelt ihn.

»Du armer, armer Kater! Bist ganz abgemagert! Aber Oma Hedwig kümmert sich jetzt um dich.«

Ich finde nicht, dass Schröder abgemagert aussieht. Ein bisschen struppig vielleicht. Und offensichtlich hat er sich mit jemandem gekloppt, denn sein eigentlich seidiges Fell weist nun ein paar üble Macken auf. Ansonsten ist er ganz der Alte, und es gibt überhaupt keinen Grund, seinen Napf voller als meinen zu füllen. Sollte das also geschehen, ist es seine moralische Pflicht, mir ein wenig davon abzugeben. Meine Meinung. Hedwig nimmt Schröders Napf mit zur Anrichte und füllt ihn überrandvoll. Als sie ihn wieder auf den Boden stellt, wird mir schnell klar, dass ich doch nichts abhaben will. Sein Inhalt besteht überwiegend aus etwas Fischigem, igitt! Das mag ich nun gar nicht, pfui Deibel! Gerade hat es doch so lecker gerochen, eher nach Pansen oder Herz, was ist denn bloß daraus geworden? Jetzt wird auch mein Napf zur Anrichte getragen und gefüllt – und nun muss ich alle unfairen Gedanken, die ich mir jemals über Hedwig gemacht habe, revidieren. Sie hat mir meine eigene Portion gekocht. Herz UND Pansen! Obergenial!

»So, du gieriger Dackel! Meinst du allen Ernstes, ich denke nicht auch an dich? Das könnte ich doch niemals tun, Herkules.«

Gierig stürze ich mich auf meinen Napf und schlinge das vorzügliche Essen in Rekordzeit hinunter, neben mir macht Schröder das Gleiche. Nachdem unsere Näpfe blitzeblank ausgeleckt sind und mein Bäuchlein voll und schwer ist, beschließe ich, mit meiner Befragung von Schröder weiterzumachen. Vielleicht schwächt ihn das Fresskoma, und er kann meiner geschickten Verhörtechnik nicht mehr ausweichen.

Ich folge ihm also, als er sich in Richtung Sofa aufmacht, und will mich gerade neben ihn legen, als Hedwig wieder vor mir auftaucht. Was denn? Haben wir etwa den Nachtisch übersehen?

»Dass der arme Schröder sich erholen muss, sehe ich ein. Aber du könntest eigentlich einen kleinen Verdauungsspaziergang vertragen, Herkules. Ich gehe noch mal mit Luisa zum

Festsaal und finde, du begleitest uns. Dann haben wir deine Hunderunde nämlich auch gleich erledigt.«

Och nö! Ich will auch ne Runde pennen! Ich verstecke meinen Kopf unter meinen Vorderläufen und hoffe, dass ich dadurch irgendwie unsichtbar werde. Klappt natürlich nicht. Hedwig greift nach meinem immer noch gut sichtbaren Halsband und zieht ein wenig daran.

»Komm schon, Dicker! Ein Spaziergang wird dir guttun. In deinem Alter muss man auf ausreichend Bewegung achten. Glaub mir, ich weiß, wovon ich spreche.«

Wie bitte? *Dicker? Alter?* Okay, Hedwig, du bist eine ausgezeichnete Köchin, und deswegen verzeihe ich dir vieles. Aber nun ist auch mal gut, sonst bestehe ich auf einer weiteren Portion Pansen!

Heilige Fleischwurst! Der Saal im Gemeindezentrum ist mittlerweile nicht mehr wiederzuerkennen! Überall hängen Girlanden und Luftballons, die Tische sind bereits mit den Tischtüchern eingedeckt und mit Kerzen und Blumen versehen, und in dem Bereich, in dem sonst die Servierwagen mit den Tee- und Kaffeekannen und dem Kuchengeschirr geparkt werden, wurde eine richtige Bühne aufgebaut. Auf dieser springen gerade Ernesto, Rodrigo und zwei andere junge Männer herum und schieben interessant aussehende Gebilde, Ständer und Kabel durch die Gegend.

»Hallo, Herr Müller«, grüßt Hedwig freundlich, und sowohl Rodrigo als auch Ernesto drehen sich zu ihr um. »Ich dachte, wir schauen mal, ob schon alles passt oder ob wir noch irgendwo helfen können.«

»Guten Tag, Frau Wagner«, grüßt Rodrigo. »Ich denke, wir haben so weit alles beieinander, aber wir machen gleich mal unsere technische Probe, dann sehen wir klarer. Das hier ist übrigens mein Bruder Ernesto. Und das sind Malte, ein Kollege von mir, und Simon, ein Kommilitone von Ernesto. Wir haben gewissermaßen aus unseren zwei Bands eine gemacht.«

»Ach, wie wunderbar«, freut sich Hedwig. »Dann steht unserem Tanzvergnügen ja gar nichts mehr im Wege!«

Ernesto klettert von der Bühne herunter und geht zu Luisa, die sich abseits gehalten hat und anscheinend den Stapel Menükarten kontrolliert, der schon auf einem der festlich eingedeckten Tische liegt.

»Hey, geht es dir wieder besser?«, erkundigt er sich und klingt dabei sehr sanft und mitfühlend.

»Ja! Stell dir vor, Schröder, mein Kater, ist endlich wieder da.«

»Oh, das ist ja super!« Ernesto strahlt. »Und das heißt doch vor allem eins ...«

»Nämlich?«

»Dass du jetzt mit mir tanzt!«

»Aber ... aber ihr seid doch gerade total beschäftigt.«

Ernesto nickt.

»Ja. Mit unserer technischen Probe. Und zu der gehört natürlich auch festzustellen, ob das Mischpult des DJ und unsere Verstärker harmonieren. Und das finden wir jetzt mal ganz schnell zusammen raus.«

Er wendet sich den Jungs auf der Bühne zu.

»Hey, ich glaube, dieser Pauli hat auf dem iPod eine Playlist hinterlegt. Der iPod ist noch angestöpselt. Schließt es doch mal an unseren Verstärker an, ich will hören, wie das klingt. Einfach mal das erste Lied anspielen.«

»Alles klar!«

Malte – oder ist es Simon? – geht zu dem schwarzen Schränkchen, an dem sonst Pauli rumhantiert, und steckt eines der Kabel hinein. Dann drückt er auf ein paar Knöpfe – es knackt laut und deutlich, kurz darauf erklingt tatsächlich Musik aus den Lautsprechern, die auf die Ecken des Saals verteilt sind. Eine Art Flöte, aber viel tiefer und satter, kurz darauf auch Gesang.

Love is a hunger
That burns in my soul
But you never notice the pain

»Uuuuh, Schmusemucke vom Allerfeinsten! Der gute alte Curtis Stiger!« Rodrigo lacht, aber Ernesto schüttelt den Kopf. »Quatsch. Das ist der perfekte langsame Walzer.« Dann macht er einen Schritt auf Luisa zu. »Darf ich bitten?«

Sie lächelt und sieht ein bisschen verlegen aus, nickt aber schließlich. Ernesto zieht sie an sich, und dann beginnen die beiden tatsächlich zu tanzen. Ich muss sagen: Sogar für mich als Dackel sieht das wesentlich harmonischer aus als alles, was zum Beispiel Herr Schlüter mit seiner Tanzpartnerin bisher zustande gebracht hat. Auch die Jungs, die bisher grinsend und feixend auf der Bühne standen, sind nach der zweiten Runde verstummt und schauen den beiden zu. Malte – oder ist es Simon? – boxt Rodrigo in die Seite und flüstert ihm irgendetwas ins Ohr, der nickt. Leider kann ich nicht hören, was er gesagt hat, aber ich schätze mal, dass man hier eher erstaunt über diese Tanzeinlage ist.

Auch Hedwig beobachtet die beiden, dann kniet sie sich neben mich und krault mich hinter den Ohren.

»Donnerwetter«, murmelt sie, »das sieht nicht schlecht aus, nicht wahr, Herkules! Das hätten wir unserer Luisa gar nicht zugetraut, oder? Die hört doch sonst nur so grauenhafte Musik. Aber offenbar hat sie ein natürliches Gespür für Bewegung. Na, ist eben ganz die Großmutter!«

Während ich die beiden so betrachte, wird mir klar, was Hedwig meint, wenn sie ihren Tanzschülern gebetsmühlenartig *Der Herr führt!* zuruft. Das scheint nicht etwa reiseführermäßig – also einer läuft vor, der andere hinterher – gemeint zu sein. Nein, Ernesto geleitet Luisa förmlich durch das Lied, er ebnet ihr den Weg durch die Musik und lässt sie elegant schweben. Es sieht einfach toll aus, die beiden passen sensationell zusammen!

Die raue Stimme des Sängers klingt wehmütig, und ich kann zwar die Wörter der Sprache, in der er singt, nicht verstehen, aber trotzdem rührt es mein Herz an. Ich bin mir ziemlich sicher – hier singt jemand von seiner großen Liebe!

I'm no angel
With my selfish pride
But I love you more every day

Mitten in der nächsten Drehung verstummt allerdings auf einmal die Musik mit einem sehr lauten Krachen und Knarzen. Erschrocken fahre ich zu dem schwarzen Schränkchen herum, das doch eigentlich für die Musik zuständig ist. Dort steht Pauli. Und wenn ich es richtig sehe, hat er das Kabel aus dem Schränkchen gezogen.

Dann macht er einen Schritt auf Ernesto und Luisa zu, die stehen geblieben sind und ihn verwundert mustern. Pauli hält sich nicht mit großen Begrüßungsworten auf.

»Finger weg von meiner Anlage«, schnauzt er Ernesto an, und zwar so laut, dass es auch die Jungs auf der Bühne hören. Und zischt dann ganz leise, sodass es außer Ernesto, Luisa und meinen feinen Dackelohren niemand mitbekommt: »Und von meiner Freundin!«

ZWEIUNDZWANZIG

Layka und ich sitzen zusammen mit Cony im Garten seines Hauses, und ich gebe den beiden eine Langfassung meiner abenteuerlichen Suche nach Cherie. Cony schüttelt immer wieder den Kopf, sodass seine langen Ohren nur so flattern, Layka maunzt an den besonders spannenden Stellen wie etwa der Entführung durch Nils. Bei der Schilderung meines Kampfes mit den Mardern meine ich, fast so etwas wie Bewunderung in ihrem Blick zu lesen. Gut, vielleicht habe ich den Kampf an der einen oder anderen Stelle etwas ausgeschmückt, aber im Großen und Ganzen bin ich bei der Wahrheit geblieben.

»Meine Güte, ich wusste nicht, dass diese Marder so aggressiv sein können«, ruft Layka, und ihre Schwanzspitze zuckt aufgeregt hin und her. »Ich bin noch nie mit einem aneinandergeraten, und wenn ich das höre, kann ich nur sagen: Gott sei Dank! Wer weiß, ob ich mich so zur Wehr hätte setzen können, wie du es getan hast.«

Ich nicke schweigend und hoffe, dass Layka meine Gedanken nicht lesen kann. Gerade in diesem Moment denke ich nämlich, dass Layka bestimmt um einiges wehrhafter ist als ich und meine Hilfe bestimmt nicht gebraucht hätte. Im Ernst – sie ist elegant und sehr hübsch, aber ich bin mir sicher, dass sie im entscheidenden Moment echt die Krallen ausfahren und einen Gegner ganz schön vermöbeln kann. Und was soll ich sagen – genau das finde ich toll an ihr!

»Ja, die Marder, schlimm, schlimm«, brummelt Cony, dem man anhört, dass ihm die Sache mit den Mardern völlig wumpe ist, »aber die entscheidende Frage lautet doch: Wieso genau ist denn diese Cherie nicht mitgekommen?«

»Wenn ich das wüsste«, antworte ich und kratze mich mit meiner hinteren Pfote am Ohr. »Sie sagte, die alte Cherie gäbe es nicht mehr. Was genau sie damit meinte – keine Ahnung. Ich finde, sie sah schon anders aus, als ich nach euren Schilderungen erwartet hatte. Ich bin nun wirklich kein Fachmann für Hundeschönheit, aber Cheries Fell war schon sehr struppig und sehr dünn.« Ich denke nach, wie ich es noch besser beschreiben kann. »Guck mal, Cony, dein Fell glänzt doch doll, wenn die Sonne drauf scheint. Und es ist ganz dicht und dick und voll. Cheries Fell war eher stumpf und auch irgendwie ... mit Löchern drin. Und außerdem stachen ihre Hüftknochen so richtig spitz hervor. Ihre Nase war nicht schwarz und feucht, sondern eher grau, trocken und stumpf.«

Cony reißt die Augen auf.

»Auweia! Das sind alles sehr schlechte Zeichen! Dann scheint es Cherie überhaupt nicht gut zu gehen. Umso weniger verstehe ich ...«

»Ha«, unterbricht Layka ihn, »das ist doch jetzt wohl völlig klar!«

Überrascht drehe ich mich zu ihr.

»Was ist klar?«

»Na, warum sie nicht mitkommen wollte. Warum sie sagt, dass es die alte Cherie nicht mehr gibt.«

»Also, mir ist das nicht klar«, gebe ich zu.

Layka rollt mit den Augen, ganz so, als müsste wirklich jedes Katzenbaby, das noch im Körbchen bei seiner Mutter schläft, die Antwort wissen.

»Schröder, denk doch mal nach! Herkules sagt, sie war seine

große Liebe. Und er glaubt, dass dieses Gefühl auf Gegenseitigkeit beruhte. Also liegt Cherie wirklich etwas an dem Dackel. Was glaubst du denn, wie es sich dann für sie anfühlen muss, ihm Jahre später zu begegnen und genau zu wissen, dass sie längst nicht mehr die Schönheit ist, die sie mal war. Vielleicht hat sie sogar Angst, dass Herkules sie nicht mehr liebt, wenn er sieht, wie sehr sie sich verändert hat.«

Ich schüttle den Kopf.

»Aber Herkules liebt sie doch mit dem Herzen, nicht mit den Augen! Sicher, er wird vielleicht erschrecken, weil sie elend aussieht und er sich dann Sorgen um ihr Wohlbefinden macht. Aber das wird doch an seinen Gefühlen für sie nichts ändern.«

Layka seufzt.

»Tja, so weit die hehre Theorie. Aber manche Männer können eben besser gucken als denken.«

»Grrrrr«, mischt sich nun Cony ein. »Würdest du bitte endlich aufhören, hier so männerfeindliches Zeug von dir zu geben! Das Herz eines Mannes ist treu, vor allem, wenn der Mann ein Hund ist.«

»Ist ja gut, ist ja gut«, beschwichtigt Layka. »Anwesende Herren sind wie immer von diesen Vorwürfen ausgenommen und dein treuer Dackelfreund natürlich auch. Aber wenn Cherie in letzter Zeit so viele schlechte Erfahrungen gemacht hat, dann hat sie vielleicht Mut und Zuversicht verloren und geht immer vom Schlimmsten aus.«

Ich denke nach. Was Layka da gerade gesagt hat, ist ziemlich schlau. Cherie sah wirklich verängstigt aus. Und hoffnungslos. Wenn der Typ mit der Schaufel ihr Herrchen ist, kann ich das verstehen. Mit so einem Menschen würde ich auch nicht zusammenleben wollen!

»Ach, sieh mal einer an! Hier sitzt ihr drei also. Dabei wolltet ihr mir doch neulich noch weismachen, dass ihr euch nicht richtig kennt!«

Auf einmal ist Herkules aufgetaucht, und er scheint irgendwie sauer zu sein.

»Öh, hallo, Herkules«, brummelt Cony, »ich... äh, wieso sagst du das? Ich kenne den Kater tatsächlich nur sehr flüchtig. Als du mich auf ihn angesprochen hast, wusste ich wirklich nicht, wen du meinst. Hinterher ist es mir wieder eingefallen, aber da warst du schon weg.«

»Jaja, wer's glaubt, wird selig. Und wer's nicht glaubt, kommt auch in den Himmel«, bellt Herkules, der offensichtlich richtig eingeschnappt ist.

»Mann, Dackel, komm mal runter«, faucht Layka. »Du hast uns gefragt, ob wir wissen, wo Schröder ist. Tatsache ist: Wir wussten es nicht. Jetzt hat uns Schröder gerade erzählt, dass er entführt wurde. Von einem gewissen Nils. Beziehungsweise: Eigentlich erst mal von einem Mädchen namens Emma.«

Herkules mustert mich.

»Aha. Warum hast du mir nichts davon erzählt?«

Berechtigte Frage. Leider fällt mir so schnell keine Ausrede ein.

»Ich... äh... ich...«

»Weil es ihm peinlich war«, behauptet Cony einfach mal drauflos. »Diese Emma ist ein kleines Mädchen, und es ist schon sehr peinlich, von einem kleinen Mädchen entführt zu werden.«

Schluckt der Dackel das? Er zögert kurz, dann nickt er mir zu.

»Okay, das ist natürlich eine andere Geschichte als die, dass du dich tagelang allein im Park durchschlagen musstest, mein Lieber.«

Puh! Er scheint es zu glauben. Mir fällt ein Stein vom Herzen. Ich kann Herkules unmöglich die Wahrheit sagen.

Ein langer Schatten fällt über unsere kleine Versammlung.

»Ach, sieh mal einer an! Hier steckt ihr vier also!« Luisa ist in Conys Garten aufgetaucht – dass sie die gleichen Worte wie Herkules benutzt, als sie uns entdeckt, gibt mir echt zu denken. Werden Haustiere ihren Herrchen im Lauf der Jahre immer ähnlicher? Falls es so ist, sollte ich weniger Zeit mit Hedwig verbringen. Ich meine, sie ist eine tolle Köchin und hält den Laden zusammen – aber gelegentlich könnte sie etwas ... sanfter sein.

»Ich hab echt gedacht, ihr seid schon wieder verschwunden. Ich meine, das kann doch nicht wahr sein, dass ihr ständig abhaut. Ihr seid wirklich böse Haustiere. Kommt sofort mit!«

Nun beugt sie sich über Herkules – verdammt! Sie hat tatsächlich seine Leine mitgebracht, hakt ihn ein und zerrt ihn ziemlich unsanft hinter sich her. Herkules jault überrascht auf, fügt sich dann aber in sein Schicksal. Ich folge natürlich sofort. Stichwort Solidarität unter Haustieren.

Den kurzen Weg über die Straße schimpft Luisa laut mit uns beiden. Das finde ich ein wenig übertrieben. Schließlich saßen wir nur in Nachbars Garten und haben keine Bank überfallen.

»Wegen deines letzten Ausflugs wäre Friedjof Michaelis fast zweihundert Euro losgeworden, mein lieber Schröder. So viel hatte er nämlich als Belohnung für dich ausgesetzt!«

Ha! Da geht mir gerade ein ganzer Kerzenleuchter auf! Deswegen hat Nils mich entführt. Die Jungs wollten mich nicht an ein Labor verscherbeln, sondern die zweihundert Tacken von Friedjof einsacken. Sie waren also geldgierig, aber nicht völlig verdorben. Wenn ich so an meinen gescheiterten Besuch bei Cherie denke, hätte ich also auch bei Nils bleiben können.

Dann wäre ich deutlich früher zu Hause gewesen und hätte keine Dresche von den Mardern kassiert. Na gut. Hinterher ist man immer schlauer, und außerdem habe ich mit Plisch und Plum zwei neue Freunde gefunden.

Luisa schließt die Haustür auf.

»So, rein mit euch! Und am besten bleibt ihr dann drin, ich habe keine Lust, euch noch mal einzufangen. Und Zeit übrigens auch nicht. In vier Stunden beginnt Hedwigs Ball, und wir müssen bis dahin noch echt viel erledigen. Inklusive mich in eine wunderschöne Ballkönigin verwandeln!«

Sie scheucht uns die Treppe in den ersten Stock hoch, dann hinein in die Wohnung.

»Luisa, bist du wieder da?«, ruft Caro aus ihrem Schlafzimmer.

»Ja, bin ich. Ich habe Herkules und Schröder eingefangen.«

»Du hast Besuch.«

»Besuch?«

»Ja, Lena ist hier. Sie sitzt in deinem Zimmer.«

»Lena? Das hat bestimmt nichts Gutes zu bedeuten«, raunt Herkules mir zu.

»Wie meinst du das?«

»Na, hast du doch mitbekommen. Die ganze Geschichte mit diesem unsäglichen Pauli.«

»Stimmt. Das hatte ich schon fast wieder vergessen bei meiner Suche nach ...« O Schreck. Jetzt hätte ich mich fast verplappert und den Namen Cherie erwähnt. Gott sei Dank fällt es mir noch rechtzeitig ein, und ich schlucke das Wort schnell hinunter, bevor es meine Schnauze verlässt.

»Bei deiner Suche? Suche nach was? Dem Sinn des Lebens?«, frotzelt Herkules.

»Äh, der Suche nach meinem Weg nach Hause. Also, als ich bei dem kleinen Mädchen abhauen konnte.«

Der Dackel schüttelt den Kopf.

»Von einem kleinen Mädchen einfach mitgenommen worden. Du bist mir echt ein Held. Na ja. Jedenfalls ist die Gemengelage zwischen Pauli, Lena und Luisa hochexplosiv. Lena hat Pauli neulich gesagt, dass sie Schluss macht, weil sie sich Luisa gegenüber so schlecht fühlt. Natürlich völlig zu Recht. Pauli hat wiederum Luisa gesagt, dass sie nicht mit anderen Jungs tanzen darf. Was schon seltsam ist, wo er selbst doch sogar andere Mädchen küsst. Nur Luisa, die ahnt eigentlich nicht, was um sie herum so alles passiert.«

Maunz! Mir schwirrt der Kopf! Warum muss bei Menschen eigentlich immer alles so kompliziert sein? Wobei – meine Gedanken schweifen zu Cherie –, bei uns Vierbeinern ist es ja anscheinend auch nicht unbedingt viel einfacher. Ich beschließe, hinter Luisa herzulaufen und mir anzuhören, was Lena von ihr möchte. Danach bin ich wahrscheinlich schlauer.

Lena sitzt auf Luisas Bett und sieht nicht besonders fröhlich aus. Na gut, kein Wunder, wenn das alles so ist, wie Herkules erzählt hat.

»Hi, Lena! Was machst du denn hier? Ich dachte, wir treffen uns im *großen Ballsaal*?« Luisa zieht das Wort Ballsaal in die Länge und kichert.

Lena hingegen guckt, als würde sie gleich in Tränen ausbrechen. Dann atmet sie tief durch.

»Du, ich hoffe, du bist nicht sauer – aber ich habe mir überlegt, dass ich heute Abend nicht komme.«

»Was?« Luisa reißt die Augen auf. »Aber warum denn nicht? Hast du keine Lust mehr zu kellnern? Du hast doch gesagt, dass du dich über die Kohle freust. Und nach dem Dessert ziehst du dich um und feierst mit.«

Lena schüttelt den Kopf.

»Nein, das ist es nicht. Ich bin einfach nicht in Stimmung

für einen Ball. Aber ich habe schon mit Aysun gesprochen, sie sagt, sie schaffen das auch ohne mich, und es ist okay, wenn ich zu Hause bleibe.«

Nun setzt sich Luisa neben Lena auf das Bett und legt ihr den Arm um die Schultern.

»Ach menno, was ist denn los? Pauli ist auch so mies drauf. Wenn du jetzt nicht kommst, bleib ich vielleicht auch einfach zu Hause und leiste dir Gesellschaft. Dann lieber die ganze Nacht Netflix als schlechte Stimmung im Seniorenclub.«

»Pauli ist mies drauf? Warum?«

»Du, der hat mich vorgestern so abgemistet, als ich mit einem der Jungs von der Band 'ne Runde getanzt habe – unglaublich! Nee, sogar richtig peinlich!

»Pauli hat DICH abgemistet? Weil du mit jemand anderem getanzt hast?« Lenas Stimme beginnt zu zittern.

»Äh, ja. Er war total eifersüchtig. Hat mir an dem Abend noch 'ne Riesenszene gemacht. Meinte, dass er immer total treu und verlässlich ist und nie eine andere Frau angucken würde, während ich die erstbeste Gelegenheit nutze, mit einem anderen Mann zu flirten. Und dass ihn das total verletzt und so. Er konnte sich kaum beruhigen. Weiß auch nicht, was der gerade hat. Ich kam mir jedenfalls richtig schlecht vor.«

Lena schnappt nach Luft.

»DU kamst dir richtig schlecht vor? Weil Pauli nie eine andere anschaut, während du wild durch die Gegend flirtest? Ist das dein Ernst?«

»Na ja, also, ein bisschen stimmte das ja. Und irgendwie fand ich es auch ganz süß, dass Pauli auf einmal so eifersüchtig war. Aber wenn das heute Abend so weitergeht und ich nicht mal eine Runde mit einem anderen tanzen darf, dann brauch ich das echt nicht. Aber warum regt dich das denn jetzt so auf?«

Dazu sagt Lena nichts, sie presst nur die Lippen so fest aufeinander, dass ein weißer Strich entsteht. Luisa lässt ihren Arm sinken, beugt sich ein Stück nach vorn und mustert ihre Freundin nachdenklich.

»Lena, was ist los? Da stimmt doch irgendwas nicht! Sag mir die Wahrheit – was ist passiert?«

Ihre Freundin erwidert nichts, aber nun fängt sie tatsächlich an zu weinen. Luisa legt wieder den Arm um Lena und zieht sie zu sich heran.

»Hey, Süße, was ist denn? Du weißt doch, dass du mir immer alles sagen kannst.«

Lena schüttelt den Kopf, holt tief Luft und beginnt zu erzählen. Erst stockend und dann, als sei auf einmal ein Knoten geplatzt, sprudelt es aus ihr regelrecht heraus. Wie da erst nur Blicke zwischen ihr und Pauli waren, wie sie bemerkte, dass sie sich verliebt hat, wie sie Pauli deswegen zu meiden versuchte und wie ihr Pauli schließlich, auf dem Nachhauseweg von einem Pizzaessen zu dritt, von dem Luisa früher aufbrechen musste, seine Liebe gestand. Wie sie erst glücklich darüber war, es sie dann aber immer mehr quälte, weil sie natürlich wusste, dass es falsch war. Wie sie, als ihr klar wurde, dass Pauli gar nicht daran dachte, es Luisa zu sagen, mit ihm Schluss machte. Und dass sie es Luisa nie erzählen wollte, weil sie sich dafür schämte und sie Luisa auch nicht damit belasten wollte.

Luisa hört sich das alles ganz ruhig an. Ich hingegen bin schon ganz nervös und würde am liebsten auch auf das Bett springen und mich zwischen die Mädchen kuscheln. Um Frieden zu stiften, falls es jetzt wirklich gleich zur Explosion kommen sollte. Aber dem Blick von Herkules kann ich deutlich entnehmen, dass ich mich da raushalten soll. Und das mache ich dann auch. Obwohl es mir sehr schwerfällt!

»Mann – das ist natürlich echt der Hammer«, sagt Luisa, als

Lena mit ihrer Lebensbeichte fertig ist. »Aber wenn ich ehrlich bin: In einem Punkt hat Pauli überhaupt nicht gelogen. Dass es nämlich zwischen uns irgendwie nicht mehr so gut lief. Ich meine, ich müsste dir jetzt eigentlich eine Szene machen oder dir vors Schienbein treten oder irgendwas in der Richtung.« Sie seufzt. »Aber eigentlich bin ich froh, dass ich jetzt weiß, was die ganze Zeit los war und warum sich das alles so doof angefühlt hat. Beziehungsweise: warum es sich so gut angefühlt hat, mit Ernesto zu tanzen.« Sie macht eine kurze Pause und denkt nach. »Und außerdem bist du mir wichtiger als Pauli. Das merke ich gerade ganz deutlich. Der Gedanke, dich zu verlieren, tut mehr weh als der Gedanke, nicht mehr mit Pauli zusammen zu sein. Das war vor ein paar Wochen noch anders, aber« – ein tiefer Seufzer – »ich glaube, mein Herz ist schon ein bisschen auf Abstand zu ihm gegangen, weil er so komisch wurde.«

Lena schnieft.

»Es tut mir sehr leid. Wirklich! Ich bin so eine schlechte Freundin, wie konnte ich dir das nur antun!«

»Tja, das Herz ist offenbar eine miese Gegend«, stellt Luisa trocken fest. »Ich frage mich nur, ob Pauli denkt, dass er jetzt ungeschoren davonkommt.«

Lena zuckt mit den Schultern.

»Wahrscheinlich schon. Er hat mir gedroht, wenn ich es dir erzähle, würde er behaupten, dass ich mir das alles nur ausdenke, weil ich neidisch auf eure tolle Beziehung bin.«

Jetzt muss Luisa grinsen.

»Tja, der wird sich noch wundern. Ich habe einen Plan! Dann werden wir schnell sehen, ob er sich doch noch zur Wahrheit durchringt. Aber dafür« – sie macht eine kleine Pause, bevor sie weiterspricht –, »dafür musst du heute Abend kommen, liebe Lena. Das bist du mir schuldig.«

Tapferes Nicken.

»Klar. Wenn du das möchtest, komme ich.«

Uiuiui! Das klingt wirklich explosiv! Und die wichtigste Frage lautet natürlich: Wie schmuggle ich mich auf den Ball?

DREIUNDZWANZIG

Der Kater ist völlig irre geworden. Ich meine – ein bisschen verrückt war er schon immer. Aber jetzt ist er irre. Und zwar komplett. Er steht oben auf der Balkonbrüstung und verlangt, dass ich mit ihm gemeinsam dort runterspringe. Kollektiver Selbstmord, gewissermaßen. Aber nicht mit mir! Schröder dreht sich zu mir um.

»Nun komm schon, Herkules, es ist wirklich nicht gefährlich. Ich habe es bereits probiert!«

Ich schüttle den Kopf. Auf gar keinen Fall werde ich da runterspringen!

»Herkules, du hast mir selbst erzählt, dass du in Caros alter Wohnung auch schon mal vom Balkon gesprungen bist. Also, wo ist jetzt dein Problem?«

»Das kann ich dir genau sagen: Erstens liegt die alte Wohnung von Caro im Hochparterre und nicht im ersten Stock, ist also bestimmt zwei Meter näher am Boden. Zweitens stand damals ein Wäschekorb im Garten, in dem ich weich gelandet bin, und drittens war ich damals ein junger, durchtrainierter Dackel. Mittlerweile bin ich ein älterer Herr. Mit anderen Worten: Vergiss es!«

Macht Schröder nun Anstalten, endlich von der Balkonbrüstung hinunterzuklettern? Nein. Er bleibt oben hocken und starrt mich an, als könnte er mich auf die Brüstung hinaufhypnotisieren. Ich bleibe stur auf dem Boden und bewege mich keinen Zentimeter.

»Och, bitte, Herkules«, fleht er. »Wir müssen unbedingt auf den Ball! Bittebittebitte!«

Ich schüttle den Kopf.

»Kater, ich hab's dir schon mal gesagt: Misch dich nicht ein bei diesem Menschenkram. Ich meine – was willst du da? Aller Voraussicht nach werden sich Pauli, Lena und Luisa so richtig in die Wolle bekommen, mit Heulen und Zähneklappern und allem Drum und Dran. Das Letzte, was die noch gebrauchen können, sind ein oller Dackel und ein vorwitziger Kater.«

Schröder schüttelt den Kopf, er ist nicht überzeugt. Ich seufze und lege noch mal nach. »Hör mal, wir sollten uns einfach drinnen aufs Sofa legen, die Ruhe genießen und uns morgen die Katastrophe in epischer Breite von Hedwig schildern lassen.«

Genau! Die Ruhe genießen! Das Beste an dem Ball ist nämlich meiner Meinung nach, dass alle Wagner-Kinder unter siebzehn Jahren auf diverse Freunde verteilt wurden und dort auch übernachten. Sogar für die Zwillinge hat sich jemand gefunden – eine der Erzieherinnen aus der Kita ist offenbar lebensmüde und hat Milla und Theo gleich nach Dienstschluss zu sich nach Hause mitgenommen. Na gut, vielleicht ist sie auch nicht lebensmüde, sondern nur pleite. Ich bin mir nämlich ziemlich sicher, dass Caro und Marc für diesen Rundum-Sorglos-Service ein Vermögen versprochen haben, denn wer würde die Zwillis sonst freiwillig mit zu sich nach Hause nehmen? Im Vollbesitz seiner geistigen Kräfte? Eben!

»Ich will nicht auf dem Sofa liegen! Ich habe das Gefühl, dass Luisa uns braucht«, maunzt der Kater, der es einfach nicht einsehen will. »Dieser Pauli ist wirklich gemein. Und auch wenn Luisa heute ganz gut auf das Geständnis von Lena reagiert hat – ich will sie nicht allein lassen. Nachher geht alles schief, und wir sind nicht da, um zu helfen.«

»Heilige Fleischwurst!«, fahre ich Schröder an. »Wir können nicht helfen Wir sind ein kurzbeiniger Dackelmix und ein zu klein geratener Kater!«

»Na gut, dann gehe ich eben allein!« Spricht's – und stürzt sich dann tatsächlich vom Balkon in die Tiefe! Auweia! Hoffentlich hat er sich nichts gebrochen.

Da ich keine Schmerzenslaute oder Ähnliches höre, wird wohl alles gut gegangen sein. Oder liegt Schröder jetzt womöglich bewusstlos im Gras? Hilflos und dringend auf Beistand angewiesen? Grrrr, dieser Kindskopf! Ich nehme Anlauf und springe auf die Truhe mit den Kissen, von dort linse ich über die Brüstung.

Nichts. Nada. Niente. Kein Kater weit und breit. Einerseits bin ich erleichtert, andererseits ärgere ich mich maßlos. Wieso kann der nicht einfach mal auf mich hören? Und warum, in aller Welt, traut der sich, ohne mich auf den Ball zu rennen?

»Hey, Herkules, ich habe die Lösung deines Problems!«

Hä? Das ist doch eindeutig Schröders Stimme. Und sie kommt aus dem Garten. Was ist da los? Ich nehme all meinen Mut zusammen und klettere vorsichtig von der Truhe auf die Balkonbrüstung, ganz langsam, eine Pfote hinter die andere setzend. Nicht, dass ich hier noch abstürze! Schließlich balanciere ich einigermaßen sicher auf der schmalen Balkonumrandung und schaue nach unten.

Tatsächlich – im Garten steht Schröder, und er hat eine Art großen Sack hinter sich hergeschleift. Ist das etwa…? Ja, das ist der helle Sack mit dem ganzen Plastikmüll, den die Zweibeiner so eifrig getrennt von den anderen Sachen, die sie sonst so wegschmeißen, sammeln. Warum, weiß ich auch nicht. Ich glaube, es ist etwas Rituelles, der eine Müll soll den anderen nicht berühren, sonst passiert vielleicht etwas Schlimmes. Jedenfalls stellen sie dann alle paar Tage diese Säcke neben die anderen Mülltonnen, und die Müllabfuhr kommt auch extra mit einem anderen Laster.

»Was machst du da?«, belle ich Schröder zu.

»Na, ist doch wohl klar: Ich habe eine Sprungmatte für dich organisiert. Damit dir nichts passiert.«

»Das ist keine Sprungmatte. Das ist ein Müllsack«, entgegne ich angewidert.

»Haarspalterei! Auf alle Fälle fällst du weich, wenn du auf den Sack springst. Und nun los, bevor noch ein Nachbar kommt und schimpft, weil ich an den Mülltonnen war.«

Ich zögere. Das ist doch reiner Wahnwitz hier!

»Los! Trau dich!«

Wie bitte? Als ob ich mich nicht trauen würde! Ich, Carl-Leopold von Eschersbach! Nur, weil ich ein bisschen überlegter an die Sache herangehe als dieser durchgedrehte Kater, heißt das noch lange nicht, dass ich feige bin. Ich atme tief durch und taxiere Höhe und Flugbahn bis zu dem Sack – und dann springe ich!

Kawuscha! Mit einem Knall platzt der Sack, als ich auf ihm lande. Es tut nicht weh, aber ich versinke augenblicklich in einem Meer aus Joghurtbechern. Ungespülten Joghurtbechern, wie ich kurz darauf feststellen muss, als mich eine weiße Schmiere umgibt, die nach Erdbeere und Vanille riecht. Uah, eklig, Dackel in Joghurt!

Ein schwarzer Katzenkopf schiebt sich in den Müllsack.

»Hey, herzlichen Glückwunsch. Du hast es getan – du hast deine Ängste überwunden und bist gesprungen!«

Pah! Lächerlich!

»Jetzt hör mal gut zu, du Greenhorn«, knurre ich Schröder an, »ich hatte keine Angst. Ich habe lediglich wohlüberlegt gehandelt, ganz im Gegensatz zu dir.«

»Jaja, ist ja gut. Ich freue mich jedenfalls, dass deine wohlüberlegten Überlegungen dazu geführt haben, dass du jetzt mitkommst«, maunzt Schröder fröhlich. »Wenn wir uns beeilen, sind wir bestimmt rechtzeitig da, bevor alle Zweibeiner anfangen, sich zu streiten.«

Er rennt los, allerdings in die völlig falsche Richtung. Ich setze mich hin und lasse ihn ein bisschen weiterlaufen. Irgendwann bemerkt er, dass ich ihm nicht folge, und dreht sich zu mir um.

»Hey, was ist? Willst du doch nicht zum Ball?«

Ich schüttle den Kopf.

»Ich will schon. Ich habe aber den Eindruck, dass du nicht willst.«

»Wieso?«

»Ganz einfach: Das Seniorenzentrum liegt in der entgegengesetzten Richtung. Es ist ein Wunder, dass du wieder heil nach Hause gekommen bist. Du hast wirklich null Orientierungssinn.«

Der Kater macht auf dem Absatz kehrt. Als er wieder bei mir angekommen ist, schnauft er beleidigt.

»Hättest ja ruhig mal eher was sagen können!«

Vergnügt wedele ich mit dem Schwanz.

»Wieso denn? Ich wollte sehen, wie lange du brauchst, bist du merkst, dass du a) gar nicht weißt, wo du langmusst, und b) dass ich nicht dabei bin. Aber ich kann dich beruhigen: Deine Reflexe sind ziemlich gut.«

Erstaunlicherweise hindert uns niemand daran, mit einer Gruppe Ballgäste durch die Eingangstüren zu schlüpfen. Vielleicht hat uns allerdings auch niemand zwischen den beeindruckend langen Röcken der Damen gesehen, die hier gerade durch die Türen schreiten.

Im Gebäude muss sogar Schröder nicht überlegen, wo der

Ballsaal liegt. Die Musik, die uns entgegenschallt, gibt die Richtung eindeutig vor. Und das ist auch gut so: Eigentlich kenne ich mich in der Tagesstätte wirklich aus, aber nachdem neben der ungewohnten Dekoration der Räume nun auch die Zweibeiner so anders als sonst aussehen, könnte man schon mal ins Überlegen kommen. Plötzlich bricht die Musik abrupt ab, aber da ist der Ballsaal schon in Sichtweite, kein Problem also.

»So, meine lieben Ballgäste – die erste Runde unseres Wettbewerbs haben die teilnehmenden Paare überstanden!« Wuff! Daniels Stimme dröhnt durch den Raum! Ich schaue nach vorn – dort steht er auf der Bühne und spricht in ein Mikrofon. »Nun macht unsere Band eine kurze Pause, bevor wir in zwanzig Minuten mit der zweiten Runde starten. Wer sich schon mal ein bisschen warmlaufen will – es folgen die lateinamerikanischen Tänze, Chacha und Rumba! Ayayayay!« Er macht eine rollende Bewegung mit den Hüften und lacht. »So, und nun viel Spaß mit DJ Pauli!«

Daniel verlässt die Bühne, die nun Pauli erklimmt. Er geht an den hinteren Bühnenrand. Dort steht mittlerweile ein Tisch, auf dem der schwarze Kasten aufgebaut ist, an dem Pauli schon in den letzten Tagen ständig herumgefummelt hat. Er setzt sich Kopfhörer auf, an denen auf der einen Seite eine Art Bügel befestigt ist, der genau vor seinem Mund endet.

»So, liebe Tanzwütige – ich hoffe, ihr seid gut drauf!« Paulis Stimme schallt so laut wie zuvor Daniels, vermutlich ist der Bügel an seinem Kopfhörer also auch ein Mikrofon.

»JAAAAA! Let's party!«, tönt es ihm von der Tanzfläche entgegen, was lustig ist, weil die versammelten Tänzerinnen und Tänzer doch überwiegend der Altersklasse von Hedwig und Friedjof angehören, ich aus meiner langjährigen Erfahrung als Haustier das Wort *Party* eher mit Luisa und Co. in Verbindung bringe. Aber in der Tat: Die Paare, die eben noch in eleganter, aber recht steifer Haltung auf der Tanzfläche verharrten, beginnen, ausgelassen herumzutanzen, als Pauli das erste Lied anspielt. Die eigentlichen Tanzpartner werden gewechselt, Herren und Damen, Damen und Damen und Herren und Herren – alle tanzen wild durcheinander und scheinen ihren Spaß zu haben.

An der einen Seite des Saals entdecke ich Luisa. Toll sieht sie aus in dem schwarzen langen Kleid, das in der Mitte ganz eng und am Boden deutlich weiter ist. Sie beobachtet die anderen beim Tanzen und wippt dabei hin und her. Ernesto kämpft sich durch die Menge zu ihr durch. Ich kann nicht hören, was er zu ihr sagt, aber offenbar hat er sie zum Tanzen aufgefordert, denn sie nickt ihm zu, und nun zieht er sie hinter sich her, und die beiden verschwinden zwischen den anderen Paaren. Eine Weile kann ich sie nicht mehr sehen, aber dann spielt Pauli ein ruhigeres Lied, und ich sehe, wie Ernesto seine Arme um Luisa gelegt hat und sie sich im Takt der Musik bewegen.

Offenbar bin ich nicht der Einzige, der das mitbekommt, denn nun verlässt Pauli das Schränkchen, aus dem er die Musik hervorzaubert, und stürmt von der Bühne herunter. Ich ahne, wo er hinwill, und genauso ist es auch: Keine zwei Sekunden später steht er vor Luisa und Ernesto und packt den jungen Musiker am Ärmel. Ich schleiche mich möglichst nahe heran, damit ich nichts verpasse. Um nicht entdeckt zu werden, flüchte ich mich unter den Rock eines sehr langen Ballkleids und hoffe, die Dame, zu der er gehört, bleibt erst mal stehen. Sie ist wahrscheinlich auch neugierig, welches Drama sich hier gerade abspielt.

»Hab ich dir nicht gesagt, du sollst die Finger von meiner Freundin lassen?«, fährt Pauli den völlig überraschten Ernesto an. Der zieht seinen Arm zurück und stellt sich vor Luisa.

»Was soll das? Was ist denn dein Problem? Das ist ein

Ball, da wird getanzt«, antwortet Ernesto mit ruhiger, fester Stimme.

Pauli lacht auf.

»Ja, da tanzen die Gäste. Aber nicht das Personal. Und schon gar nicht mit Luisa. Also verpiss dich, aber schnell!« Er macht einen Schritt auf Ernesto zu, nun taucht auf einmal Luisa hinter dessen Rücken auf und stellt sich genau zwischen die Jungs.

»Pauli, hör endlich auf damit. Du benimmst dich unmöglich! Peinlich ist das!«

»Peinlich? Ich bin peinlich?« Pauli schnaubt vor Wut. »Peinlich ist, wie dich dieser Typ hier angräbt! Ich lang dem gleich eine!«

»Das machst du garantiert nicht«, zischt Luisa ihm zu. »Ich würde sagen, wenn du mit deinem Set fertig bist, unterhalten wir uns mal. Ich habe da echt Gesprächsbedarf.«

Nun schaut Pauli verdutzt, tritt aber einen Schritt zurück und nickt langsam.

»Okay, können wir machen.«

»Und bis dahin bist du friedlich und erledigst einfach deinen DJ-Job«, sagt Luisa ungewohnt energisch. »Also rauf mit dir auf die Bühne, das Lied endet gleich.«

Pauli schaut ziemlich verdattert drein, so hat er Luisa vermutlich noch nicht erlebt. Aber immerhin trollt er sich und schafft es noch rechtzeitig für das nächste Lied auf die Bühne.

Ernesto starrt ihm nach und zuckt mit den Schultern.

»Sorry, ich wollte echt nicht ...«

Luisa schüttelt den Kopf.

»Nein. Denk nicht drüber nach. Lass uns lieber weitertanzen!«

Tanzen ist das Stichwort: Schnell laufe ich aus meinem Versteck wieder zum Rand der Tanzfläche – nicht, dass mir hier noch jemand seinen Absatz in die Pfote rammt! Dann halte ich nach Schröder Ausschau und entdecke ihn in der Ecke gegenüber von der Bühne. Dort kauert er so geduckt, wie ein kleiner Kater nur kauern kann. Wirklich sehr unauffällig! Ich setze mich neben ihn.

»Ich weiß nicht, ob wir uns um Luisa wirklich Sorgen machen müssen. Sie ist sehr kämpferisch«, berichte ich ihm.

»Dann ist ja gut. Du meinst, wir sollten wieder nach Hause schleichen?«

Meine Schwanzspitze zuckt.

»Weiß nicht. Tatsächlich finde ich die ganze Geschichte langsam auch sehr spannend. Luisa will mit Pauli in seiner nächsten Pause sprechen. Ich wüsste schon gern, was sie ihm zu sagen hat.«

Direkt vor uns tauchen zwei schwarze Schuhspitzen auf und bleiben vor uns stehen. Verdammt, ich glaube, wir sind aufgeflogen!

»Was macht ihr beiden denn hier? Hunde und Katzen haben hier nichts zu suchen!«

Puh! Gott sei Dank nur Lena! Ich bin mir sicher: Wenn wir sie möglichst unschuldig und flehentlich anschauen, schmeißt sie uns bestimmt nicht raus. Nun kniet sie sich vor uns hin. Anders als Luisa hat sie kein Ballkleid an, sondern eine weiße Bluse und einen kurzen schwarzen Rock. Außerdem hat sie ein Tablett in der Hand, das sie nun neben sich auf den Boden stellt. Richtig, ich erinnere mich: Lena sollte ja hier zusammen mit ein paar anderen Freundinnen kellnern.

»Hm, warum und wie seid ihr denn hierhergekommen? Und was mache ich jetzt mit euch?«

Ich versuche es mal mit Aktion Dackelblick und jaule außerdem ein bisschen.

»Geht es dir nicht gut? Und deshalb kannst du nicht allein

zu Hause bleiben?« Sie streicht mir über den Bauch und berührt mit ihrem Finger meine Nase. »Hm. Bäuchlein weich, Nase feucht und kalt. Ist ja eigentlich ein gutes Zeichen.« Schnell drehe ich mich auf den Rücken und jaule weiter. Lena zieht die Augenbrauen hoch.
»Hast du Kummer? Aber warum nur?« Sie seufzt. »Schade, dass du nicht sprechen kannst. Am besten lauft ihr schnell nach Hause. So ein Ball ist doch viel zu laut und zu rummelig für euch.«
Nun beginnt Schröder, laut zu fauchen und einen Buckel zu machen.
»Okay, ihr wollt bleiben. Ich verstehe zwar nicht, warum, aber dann suche ich für euch mal ein ruhigeres Plätzchen, denn hier fliegt ihr unter Garantie gleich raus oder werdet über den Haufen getanzt.«

Sie streckt ihre Hände aus, nimmt erst Schröder und anschließend mich auf den Arm und steht wieder auf. Hey, will die uns jetzt etwa aus dem Ballsaal tragen? Sie will es. Und sie macht es. Keine halbe Minute später ist sie mit uns aus dem Saal marschiert und steuert einen der hinteren Räume des Seniorenzentrums an. Sie öffnet eine Tür – und schon stehen wir in einem Zimmer, das Pauli und Hedwig zu Getränkelager, Personalaufenthaltsraum und Umkleidekabine umfunktioniert haben. Nachdem sie uns auf den Boden gesetzt hat, nimmt sie eine Jacke von einem der Stühle.

»So, hier habt ihr eure Ruhe. Ich bringe euch noch etwas Wasser, und meine Jacke könnt ihr als Körbchenersatz nutzen. Gut, oder?«

Och nö! Was sollen wir denn hier? Wie kommt sie auf die abwegige Idee, dass wir Ruhe wollen? Dann wären wir doch gar nicht gekommen, das muss selbst einem Zweibeiner einleuchten!

Tut es aber anscheinend nicht, denn nachdem Lena ihre Jacke auf den Boden gelegt und glattgestrichen hat, verlässt sie den Raum und zieht die Tür fest hinter sich zu. Verdammt! Wir sitzen in der Falle. Hier kommen wir nicht so schnell raus, dafür ist die Klinke zu hoch und nichts in der Nähe, auf das man oder wenigstens Schröder draufspringen könnte.

»Schätze, wir haben's verkackt«, stellt der Kater trocken fest. »Sollte jetzt draußen die Post zwischen Lena, Pauli, Luisa und Ernesto abgehen, bekommen wir hier nichts davon mit. Und eingreifen können wir schon gleich gar nicht.«

Ich nicke. Wo er recht hat, hat er recht. Und für so ein unbefriedigendes Ergebnis bin ich in einen Haufen Müll gesprungen. Na bravo!

Eine Weile stehen wir in dem Raum herum, dann legen wir uns tatsächlich auf die Jacke. Ändern können wir an unserer Situation sowieso nichts, dann sollten wir einfach eine Runde schlafen.

Mir wollen gerade die Augen zufallen, da kommen Schritte auf die Tür zu. Jemand drückt die Klinke herunter – dann hören wir Paulis Stimme. Geistesgegenwärtig springen Schröder und ich von der Jacke auf und huschen hinter einen der Getränkekästen, sodass wir von der Tür aus nicht mehr zu sehen sind.

»Süße, was willst du denn mit mir besprechen? Ja, vielleicht habe ich bei diesem Typen überreagiert – aber ich bin eben eifersüchtig.«

Die Stimme wird lauter, mittlerweile steht Pauli im Zimmer. Vorsichtig linse ich hinter dem Getränkekasten hervor – jetzt kommt auch Luisa durch die Tür, die beiden setzen sich auf den Tisch, auf dem leere Becher und Flaschen herumstehen.

»Darum geht es mir gar nicht, Pauli«, sagt Luisa und klingt dabei ruhig und besonnen. »Ich muss mit dir etwas besprechen, was mit Ernesto gar nichts zu tun hat. Sondern mit Lena.«

Ich kann hören, wie Pauli nach Luft schnappt, und riechen, dass er anfängt, stark zu schwitzen. Ihm ist wohl gerade klar geworden, dass jetzt die Stunde der Wahrheit naht.

»Hey«, flüstert Schröder, »wir haben gar nichts verkackt – die Post geht nicht draußen ab, sondern hier drinnen!«

VIERUNDZWANZIG

Und zwar so was von! Geht sie ab. Also die Post. Ich kann unser Glück kaum fassen! Nachdem Luisa Pauli eröffnet hat, dass sie alles über ihn und Lena weiß und sich deswegen von ihm trennt, flippt der total aus. Er schreit, er heult, er macht einen Riesenaufstand. Schwört schließlich sogar beim Leben seiner Großmutter, dass Lena lügt, weil sie so eifersüchtig auf das Liebesglück von Luisa und Pauli ist und dieses nur zerstören möchte. Und sowieso am liebsten selbst mit Pauli zusammen wäre. Luisa hingegen lässt ihn ganz cool abtropfen, unter anderem mit dem Hinweis, dass seine beiden Großmütter ihres Wissens leider schon lange tot sind, der Schwur also nicht wirklich beeindruckend ist.

Pauli sieht erst so aus, als würde er gleich Feuer und Gift und Galle spucken, scheint dann aber zu erkennen, dass das sinnlos ist. Stattdessen schreit er: »Ich werde dir meine Unschuld beweisen. Und dann wirst du erkennen, wie sehr ich dich liebe!«

Damit stürmt er aus dem Zimmer und knallt die Tür hinter sich zu.

»Puh«, seufzt Luisa und schüttelt den Kopf, »was für ein Auftritt.« Eine Zeit lang sitzt sie auf dem Tisch. Von unserem Versteck aus kann ich nicht sehen, ob sie lächelt oder weint oder sonst eine Gefühlsregung zeigt. Immerhin hat sie sich gerade von ihrem Freund getrennt.

»Meinst du, Luisa ist jetzt traurig?«, frage ich daher Herkules, der eng an mich geschmiegt neben mir hockt.

»Weiß nicht. Kann schon sein. Einerseits fand ich sie gerade richtig taff, also war sie sich offenbar sicher, das Richtige zu tun«, flüstert Schröder zurück. »Andererseits kann man trotzdem traurig sein. Also, man weiß, man macht das Richtige, aber es tut trotzdem weh.«

»Hm«, sage ich, weil mir nichts mehr dazu einfällt. Ich war noch nie in dieser Situation und bin froh darüber, denn das scheint mir sehr kompliziert zu sein.

Es rumpelt, weil Luisa von der Tischplatte aufgestanden ist. Dann streckt sie den Rücken durch und geht hinaus – wobei sie leider ebenfalls die Tür hinter sich schließt. Herkules und ich bleiben zurück und schauen uns an.

»Okay, ich würde sagen: Ob Luisa nun traurig ist oder auch nicht, Pauli sind wir auf alle Fälle los«, fasst Herkules die Ereignisse zusammen.

Ich denke darüber nach, bin aber noch nicht so ganz sicher, dass Herkules damit recht hat.

»Aber er will doch seine Unschuld beweisen!«

»Hä? Schröder, denk doch mal nach: Wie kann man denn etwas beweisen, was es nicht gibt? Wir beide wissen doch, dass Lena die Wahrheit gesagt hat.«

Stimmt. Da hat der Dackel recht. Pauli kann es nicht beweisen, weil es nicht stimmt. Aber wie hat er das dann gemeint? Wir müssen nicht lange raten, denn nur wenig später geht die Tür wieder auf. Diesmal sind es Lena und Luisa, die sich auf den Tisch setzen.

»Es war genau, wie du vermutet hast«, sprudelt Luisa los, kaum dass Lena neben ihr Platz genommen hat. »Er sagt, dass du dir das alles nur ausdenkst, um ihn und mich auseinanderzubringen.«

»So ein Scheißkerl«, ruft Lena empört. »Ich meine, ich hab's ja geahnt – aber dass er das jetzt wirklich bringt, das…

das haut doch noch mal ganz schön rein.« Sie holt tief Luft.
»Ich will mich allerdings nicht beschweren, hab ja schließlich selbst genug Mist gebaut.«
»Ja, es haut schon rein. Geht mir genauso. Mein Kopf weiß, dass die Trennung richtig war. Aber bei meinem Herzen ist das irgendwie noch nicht so angekommen.« Luisa seufzt und klingt nun schon nicht mehr ganz so entschlossen wie noch vor zehn Minuten. Ich wiederum bin schwer beeindruckt, wie gut Herkules das Herz von Luisa kennt. Er ist einfach ein echter Fachmann, wenn es um die Zweibeiner und ihr Liebesleben geht. Nur schade, dass ich ihm bei seinen eigenen Problemen nicht helfen konnte.

»Bist du sicher, dass du mir verzeihen kannst?«, will Lena nun von Luisa wissen.

»Klar. Ich habe dir schon verziehen. Und ich hätte auch Pauli verziehen, wenn er ehrlich zu mir gewesen wäre. Wenn er mich nicht mehr liebt, kann ich ihn nicht dazu zwingen. Wenn er einen Fehler gemacht hat und ihn bereut, hätte ich ihm noch 'ne Chance gegeben. Aber so?« Sie macht eine Pause und holt tief Luft. »So nicht! So hat er uns beide betrogen.«

»Das stimmt wohl. Aber was genau war denn nun dein Plan?«

»Mein Plan?«

»Ja. Du hast doch gesagt, dass du einen Plan hast und heute Abend unbedingt kommen soll.«

»Richtig. Der Plan.« Luisa seufzt. »Der ist mir jetzt fast ein bisschen peinlich.«

»Nee, jetzt kein Rückzieher! Also, was war dein Plan?«, hakt Lena nach.

»Na, ich dachte, wenn ich Pauli auf den Kopf zusage, dass ihr was zusammen hattet, er es abstreitet und ich mich dann von ihm trenne und dann wiederum DU ihn anflirtest und er darauf eingeht und dir noch mal sagt, dass er die ganze Zeit lieber mit dir zusammen sein wollte, dann wäre das doch ein Geständnis. Und damit hauen wir ihn dann in die Pfanne. Wir müssten es nur irgendwie aufzeichnen, dann haben wir den Beweis, dass er ein Betrüger ist.«

Maunz! Ist das kompliziert oder ist das kompliziert?

»Sorry, aber ich verstehe den Sinn dahinter nicht. Wir wissen doch jetzt, dass er uns beide betrogen hat«, erwidert Lena.

Jepp. Ein sehr berechtigter Einwand. Wem soll denn was bewiesen werden? Ich habe den Überblick verloren, aber das ist für einen kleinen Kater vielleicht auch normal. Ich drehe den Kopf zu Herkules – er sieht auch ein wenig ratlos aus. Wie beruhigend!

»Du meinst also, wir sollen das Ganze jetzt einfach mal so stehen lassen?« Luisa scheint noch nicht überzeugt. »Ich dachte, es wäre irgendwie cool wegen Rache und so.«

»Nee, also ich brauche keine Rache«, erklärt Lena, »das ist mir zu kindisch. Ich bin froh, dass wir noch Freundinnen sind, finde, dass Pauli ein totaler Vollidiot ist, und versuche, das Ganze jetzt mal abzuhaken.«

Sie steht vom Tisch auf, Luisa tut es ihr gleich.

»Okay, wahrscheinlich hast du recht. Das wäre zu viel der Ehre für Pauli. Den lassen wir einfach alle beide ganz gepflegt links liegen. Nichtbeachtung ist für ihn vermutlich Bestrafung und für uns Rache genug.«

»Richtig«, stimmt Lena ihr zu. »Ich würde sagen, du gehst jetzt 'ne Runde mit Ernesto tanzen. Und ich hole Herkules und Schröder ein Schälchen Wasser. Das habe ich ihnen eben schon versprochen.«

»Herkules und Schröder?«, fragt Luisa überrascht. »Sind die etwa hier?«

»Klar. Ich glaube, die liegen da hinten auf meiner Jacke und pennen. Warte mal.« Sie kommt zu uns rüber. »Hier sind sie.«

Luisa folgt ihr. Nun stehen beide Mädchen direkt vor uns. »Tatsache! Mensch, was wollt ihr denn hier?«

Lena zuckt mit den Schultern.

»Keine Ahnung. Ich dachte, dass einer von den beiden vielleicht irgendwie krank ist und sie Hilfe holen wollten. Schröder kam mir etwas wehleidig vor.«

Ich beeile mich, möglichst mitleiderregend zu maunzen. Möglicherweise gibt es dann nicht nur etwas zu trinken, sondern auch zu futtern.

»Krass«, ruft Luisa. »Da kreuzt ihr hier einfach auf?« Sie beugt sich zu mir. »Was hast du bloß, du armer Kater? Hunger?«

Bingo! Hundert Punkte! Nun jault auch Herkules eine Runde. Luisa nickt und ringt sich ein müdes Lächeln ab. Ich bin mir sicher, die ganze Geschichte setzt ihr mehr zu, als sie sich anmerken lässt.

»Jau, ihr beiden habt Hunger. Na komm, wir besorgen euch etwas. Ernesto muss noch ein bisschen warten. Ich glaube, das wird er bestimmt für mich tun.« Sie lächelt, und diesmal erreicht das Lächeln auch ihre Augen.

Nach einem ziemlich üppigen Mahl – Lena und Luisa haben offenbar das Büfett von Küchenchef di Angelo geplündert – liegen Herkules und ich faul auf der Jacke herum. Ich gebe zu, ich hatte mir unseren Einsatz komplett anders vorgestellt, aber wenigstens die Verpflegung hat gestimmt. Jetzt sollten wir vielleicht einfach ein Nickerchen machen, und wenn der Ball zu Ende ist, schleichen wir mit unseren Zweibeinern nach Hause und schlafen weiter. Ich rekle mich auf dem Innenfutter der Jacke und gähne. Herrlich, so eine saftige Lachsschnitte!

»Sag mal, willst du jetzt etwa pennen?«, ranzt mich Herkules unfreundlich von der Seite an. Erstaunt schaue ich ihn an. Der ist doch sonst immer für ein gepflegtes Nickerchen zu haben, was stimmt denn jetzt wieder nicht?
»Öhm, jo. Ein kleines Schläfchen wäre nun genau mein Plan.«
Herkules schüttelt den Kopf.
»Nicht zu fassen. Da hast du mich den Gefahren eines Sprungs vom Balkon ausgesetzt, durch die halbe Stadt zu lauter wild gewordenen und enthemmten Senioren gehetzt, und kaum gibt man dir hier was zu fressen, schon ist aller Ehrgeiz dahin? Nee, mein Lieber, so läuft das hier nicht!«
Ich rapple mich hoch.
»So läuft das nicht?«
Energisches Kopfschütteln.
»Nein. So läuft das nicht. Ganz und gar nicht. Wir haben eine Mission. Und die werden wir erfüllen.«
Nun bin ich verwirrt. Eigentlich wollte Herkules doch erst gar nicht mitkommen. Im Gegenteil: Seiner Meinung nach sollten wir uns sehr dringend aus diesem Menschenkram heraushalten. Und jetzt haben wir angeblich eine Mission? Aber welche denn? Offenbar kann man mir diese Frage deutlich zwischen meinen Schnurrhaaren ablesen, denn Herkules beantwortet sie, ohne dass ich sie laut gestellt hätte.
»Du hast es vorhin selbst gesagt – wir mussten hierher, weil dieser Pauli ein Schuft ist und wir die Mädchen nicht mit ihm allein lassen wollten. Nun sind die Mädchen allerdings drauf und dran, ihn einfach damit davonkommen zu lassen. Und genau das werde ich, Carl-Leopold von Eschersbach, verhindern. Pauli hat Ärger verdient, also wird er auch Ärger bekommen. Unsere Mission ist folglich ganz einfach: Rache für Luisa! Und auch ein bisschen Rache für Lena, obwohl die selbst schuld ist.«

Rache für Luisa?
»Ja, aber die Mädchen haben doch beide beschlossen, es jetzt dabei zu belassen. Weil es so ein Vollpfosten wie Pauli gar nicht wert ist, dass man sich noch weiter über ihn aufregt. Das fand ich einleuchtend. Und überhaupt: Wie soll die denn aussehen, die Rache für Luisa?«

»Ganz einfach – wir müssen einen Weg finden, dass alle Welt mitbekommt, was für ein Betrüger Pauli ist. Er soll sich mal richtig mies fühlen.«

Meine Schwanzspitze zuckt unruhig hin und her, ohne dass ich es verhindern könnte. Das passiert immer, wenn ich nicht so genau weiß, was Herkules plant.

»Wie soll das gehen?«, maunze ich ratlos. Nun beginnt Herkules, mit dem Schwanz zu wedeln, und anders als bei mir ist das kein Zeichen von Ratlosigkeit, sondern von Freude und Entschlusskraft.

»Ich hab da schon die passende Idee – wirst sehen! Es gibt nur eine kleine ... sagen wir mal ... Voraussetzung, die Pauli erfüllen muss, aber ich bin mir sehr sicher, dass das kein Problem wird.«

Langsam raucht mir der Kopf! Der Dackel spricht in Rätseln.

»Mann, Herkules, mach es nicht so spannend – was ist deine Idee, und was für eine Voraussetzung meinst du?«

»Ganz einfach: Pauli müsste sich jetzt wieder an Lena ranmachen. Dann habe ich den perfekten Plan.«

»Warum sollte er das tun? Lena hat ihm doch gesagt, dass sie nichts mehr von ihm wissen will.«

»Ja, aber das glaubt er ihr bestimmt nicht. Er wird denken, dass sie das nur gesagt hat, weil er weiter mit Luisa zusammengeblieben ist. Und dass er sie schon wieder rumkriegen wird, wenn er nur will. Wenn nun Luisa mit Ernesto tanzt und ihn offenbar toll findet, dann muss Pauli ihr beweisen, dass er ein superklasse Typ ist und jederzeit wieder bei Lena landen kann. Verstehst du?«

»Nee. Kein Wort. Und vor allem verstehe ich nicht, wie daraus ein Racheplan für uns werden soll. Ich meine, das mag alles so sein, wie du sagst. Aber was bringt uns das?«

»Wirst schon sehen.« Der Dackel hebt seine Lefzen und grinst. »Wirst schon sehen! Aber erst mal müssen wir aus diesem Raum raus.«

Wir laufen beide zur Tür und schauen an ihr hoch. Die Klinke ist für uns unerreichbar. Also, für Herkules mit seinen kurzen Beinen und seiner – sagen wir mal überschaubaren – Sprungkraft sowieso, aber auch ich habe keinen Plan, wie ich an die Klinke herankommen könnte, um sie herunterzudrücken und so die Tür zu öffnen.

»Lass uns mal versuchen, den Tisch rüberzuschieben«, schlägt Herkules vor. Den Tisch rüberschieben? Wir beiden kleinen Vierbeiner? Ich glaube kaum, dass wir das hinkriegen, hüte mich aber, das offen auszusprechen. Schließlich will ich nicht derjenige sein, der die genialen Vorschläge des Dackels schlechtredet. Also trabe ich mit ihm zu dem Tisch, er nimmt sich das hintere linke Tischbein vor, ich das rechte – und dann schieben und drücken wir, was das Zeug hält. Der Tisch bewegt sich keinen Millimeter.

»Heilige Fleischwurst, ist das Ding schwer«, stöhnt Herkules. »Oder sind wir zu schwach? Das kann doch nicht sein, dass wir den nicht zur Tür geschoben kriegen!«

Ich trete einen Schritt zurück und betrachte den Tisch noch mal genau.

»Nee, ich glaube, das liegt daran, dass der so Pfoten aus Gummi hat. Guck mal, da unten.« Ich deute mit ausgefahrenen Krallen auf das Tischbein, das tatsächlich in einer Art

Gummischuh steckt.»Das soll wohl verhindern, dass der Tisch rutscht. Man muss ihn also eher hochheben, wenn man ihn vom Fleck kriegen will – und das werden wir kaum schaffen.« Okay, jetzt habe ich meine Zweifel doch ausgesprochen. Aber es hilft ja nichts, die Augen vor der Wahrheit zu verschließen. Herkules sagt nichts zu meinem Hinweis, stattdessen stromert er durch den Raum und sieht sich um. Schließlich scheint er etwas gefunden zu haben – einen leeren Getränkekasten, den Lenas Kellnertruppe in die Ecke gestellt hat.

»Hier, Schröder, das müsste doch gehen.« Lässig schiebt er den Kasten vor sich her zur Tür.

»Und jetzt?«, erkundige ich mich.

»Na, jetzt kletterst du da drauf und springst hoch zur Klinke. Sollte doch für ein Bewegungswunder wie dich kein Problem sein.«

Hm. Der Kasten sieht nicht gerade stabil aus. Aber – wie eingangs schon erwähnt – ich will hier nicht der Verhinderer sein. Schließlich wollte Herkules erst gar nicht auf den Ball mitkommen. Ich versuche also, auf den Kasten zu klettern. Leider ist der so leicht, dass er sofort umkippt und ich relativ unsanft auf meiner Schnauze lande. Aua!

»Okay, vielleicht muss ich den Kasten irgendwie festhalten«, merkt Herkules trocken an, nachdem ich mich wieder aufgerappelt habe.

Vor meinem nächsten Anlauf betrachte ich den Kasten etwas genauer.

»Ich weiß nicht, da ist ja auch kaum Fläche, von der ich abspringen kann. Diese großen Löcher für die Flaschen machen die Sache wirklich schwierig.«

Nun starren wir beide die Kiste an – und dabei kommt mir eine Idee.

»Herkules, du musst dich in die Kiste packen! Dann ist sie

schwerer, fällt nicht so leicht um, und ich habe etwas, von dem aus ich abspringen kann.«

»Was meinst du denn mit *etwas*?«

»Irgendeinen Teil von dir. Etwas mit ein bisschen mehr Fläche. Deinen Rücken vielleicht. Oder noch besser: deinen Hintern. Der ist doch schön breit!«

Herkules schnaubt, ich hebe entschuldigend eine Vorderpfote.

»Sorry, ich sag nur, wie es ist. Wir wollen doch beide den Erfolg, da müssen wir uns eben auch mal ehrlich machen.«

Nun schnaubt Herkules nicht mehr, sondern seufzt, rückt die Getränkekiste wieder neben die Tür und klettert dann drauf, sodass er gewissermaßen auf ihrem oberen Rand thront. Ich trabe ein paar Schritte zurück, nehme Anlauf – und springe vom Boden auf Herkules. Der scheint tiefer in die Kiste zu rutschen, gibt mir aber mit seinem Körper noch genug Halt, damit ich von dort weiter auf die Klinke springen kann. Ich erwische sie mit voller Wucht – sie federt nach unten, und die Tür öffnet sich! Hurra, geschafft!

Schnell renne ich durch den Türspalt auf den Gang.

»Los, Herkules! Mission *Rache für Luisa* kann beginnen! Gib Stulle!«

Hinter mir höre ich nun allerdings keine Pfoten über den glatten Boden rennen, sondern ein seltsam gedrücktes Schnaufen und Stöhnen. Ich mache kehrt und laufe in den Raum zurück. Dann sehe ich, was der Mission noch etwas im Weg steht: Herkules steckt kopfüber in dem Getränkekasten. Nur sein Hintern mitsamt einer hängenden Rute ragt noch heraus. Ich habe ihn mit meinem Schwung offenbar tief in die Kiste hineingedrückt. Ein sehr seltsamer Anblick!

»Ähm, kommst du da nicht mehr von allein raus?«, erkundige ich mich vorsichtig.

Erst sagt Herkules nichts, aber als er antwortet, klingt seine Stimme ziemlich gequetscht.

»Schröder, das ist wirklich die dümmste Frage, die ich in meinem ganzen bisherigen Leben gehört habe! Und zwar mit erheblichem Abstand.«

FÜNFUNDZWANZIG

Egal, wie ich mich drehe und winde – ich komme nicht raus aus dieser Scheißkiste! Durch den Schubs von Schröder bin ich durch das kleine Viereck gerutscht, das der obere Rand des Kastens, die Kanten links und rechts und die mittlere Querstrebe bilden. Vorwärts bin ich da einfach unten durchgetaucht, aber zurück geht es nicht, da bleibe ich mit meinen Schultern hängen. Das darf doch wohl nicht wahr sein! Ich unternehme einen letzten Versuch und strample wie wild mit meinen Hinterläufen. Vielleicht kann ich mein Vorderteil noch irgendwie durch das Loch bekommen. Nein. Kann ich nicht. Stattdessen kippe ich mitsamt der Kiste um und liege nun in einer sehr unbequemen Seitenlage auf dem Boden. Ich weiß – Katzen können nicht kichern. Aber ich schwöre bei meinem Fressnapf: Wenn Schröder es könnte, er würde es tun! Blödmann! Dabei ist meine verzweifelte Lage nur seine Schuld! Es war seine Idee, überhaupt auf diesen Ball zu gehen, und wenn er mir nicht eben beim Hochspringen so einen Tritt verpasst hätte, dann wäre ich auch nicht durch das Viereck gerutscht. Und nun hockt er neben mir und maunzt amüsiert. Schande aber auch!

»Herkules«, japst er, »kann es wirklich sein, dass du in diesem Ding feststeckst? Was seid ihr Hunde nur ungelenkig – mach dich einfach mal schmaler! Dann kommst du doch da ganz leicht raus!«

»Mann, halt die Schnauze«, keuche ich und bemerke, dass

ich nur noch schwer Luft bekomme, so sehr drückt das harte Plastik auf meinen Brustkorb. Dann ringe ich mich zu etwas durch, was jeder Dackel, der etwas auf sich hält, nur höchst ungern tut. »Schröder, du musst Hilfe holen. Und zwar sofort. Lange halte ich so nicht mehr durch, und ich komme hier wirklich nicht allein raus.«

Katerchen reißt die Augen auf – dann sprintet er ohne ein weiteres Wort los. Ich hoffe, er ist erfolgreich, denn mir ist mittlerweile sehr schwindlig, und ich fange an, tanzende kleine Sternchen zu sehen. Geht es mit geschlossenen Augen besser? Nein. Die Sternchen bleiben. Trotzdem lasse ich die Augen zu, möglicherweise schlafe ich ja ein, und wenn ich wieder aufwache, ist alles nur ein böser Traum gewesen. Nun kommt allerdings auch noch Ohrenrauschen dazu, und mir wird schlecht. Gütiger Dackelgott, falls es dich gibt: Mach, dass Schröder schnell jemanden findet, der mich aus dieser Kiste befreien kann!

Schritte kommen näher, wurde mein Gebet erhört?

»Auweia, wie ist das denn passiert?« Es ist Marc! Gott sei Dank! Selten war ich so froh, ihn zu sehen. Beziehungsweise zu hören. »Und wie kommt ihr beiden überhaupt hierher?«

O nein, jetzt bitte keine Ursachenforschung. Ich will einfach nur hier raus. Wie ich hierher- und hier hineingekommen bin, können wir doch auch später klären.

»Weiß ich auch nicht.« Luisas Stimme! »Lena sagt, Schröder und Herkules sind auf einmal im Ballsaal aufgekreuzt. Sie hat sie dann in das Zimmer eingesperrt, das sie und ihre Freundinnen, die heute kellnern, als Umkleide benutzen. Na ja, und gerade ist Schröder regelrecht auf die Tanzfläche gesprintet und auf meinen Arm gesprungen.«

»Genau genommen ist er auf *meinen* Arm gesprungen. Leider waren seine Krallen nicht so ganz eingezogen. Hier, echte

Kriegsverletzung!« Eine Stimme, die ich nicht gleich zuordnen kann, und ein sympathisches Lachen. Ich beschließe, doch mal hinzusehen, wer neben mir steht: Es sind Marc, Luisa und Ernesto. Marc kniet sich neben mich und streicht mir über den Kopf.

»Herkules, was machst du denn für Sachen?« Er rückt den Kasten ein Stück zu sich, durch die Bewegung werde ich noch mehr gegen die harten Ränder gedrückt und jaule auf. »O nein, das ist ja wirklich ganz blöd«, stellt Marc fest. »Die Vorderläufe und Schultern von Herkules wirken wie ein Dübel. Das heißt, er kam zwar durch die Öffnung hinein, aber rückwärts kann er nicht mehr heraus.« Er legt die Hände ganz vorsichtig an die Streben des Kastens und versucht, diese auseinanderzudrücken. »Keine Chance. Das bekomme ich nicht aufgebogen, viel zu hart.« Er seufzt. »Wir müssen irgendetwas finden, mit dem wir den Kasten aufsägen können. Oder eine Art Bolzenschneider. So ein Ding, mit dem die Feuerwehr nach Unfällen eingeklemmte Autofahrer befreit. Leider habe ich schon zu viel getrunken, um ihn noch irgendwo hinfahren zu können.«

Heilige Fleischwurst! AUFSÄGEN?!? Bolzenschneider?! Das ist nicht euer Ernst, oder? Was ist denn, wenn ihr mir bei so einer Aktion aus Versehen ein Ohr absägt? Ich fange an zu jaulen.

»O Mann, der Arme«, sagt Ernesto mitfühlend. »Ich glaube, ich muss gleich wieder auf die Bühne für die nächste Runde des Tanzturniers. Aber wenn ich den armen Hund danach zur Feuerwehr oder so fahren soll – mein Auto steht vor der Tür, kein Problem!«

»Das ist nett, vielen Dank«, meint Marc. »Aber ich fürchte, so lange kann Herkules nicht mehr warten. Ich finde, dass er schon recht trübe guckt. Möglicherweise gibt es hier ja einen Hausmeister? Am besten einen Hausmeister mit einer Flex?«

Luisa zuckt mit den Schultern.

»Keine Ahnung.«

»Warst du nicht Teil des Organisationskomitees?«

»Nein. Das war Pauli. Ich habe dem Idioten nur ein bisschen geholfen.«

Marc hebt die Augenbrauen.

»Streit unter Liebenden?«

»Papa«, faucht Luisa, seine Älteste, ihn an.

Ich jaule noch ein wenig lauter, um zu verdeutlichen, um wen es hier eigentlich gerade geht. Jedenfalls nicht um Pauli!

»Ist ja gut, Herkules.« Marc streicht mir noch mal über den Kopf. »Ich suche den Hausmeister. Ich beeil mich, versprochen!« Er steht auf und läuft wieder Richtung Ballsaal los. An seiner Stelle setzt sich nun Luisa neben mich und hält gewissermaßen Pfötchen.

Ernesto räuspert sich.

»Ich fürchte, ich muss jetzt noch mal 'ne Runde arbeiten. Danach komm ich aber sofort wieder, okay?«

»Klar, du hast hier einen Job. Bis später!«

Aber Ernesto geht nicht gleich. Er scheint noch etwas sagen zu wollen. Schließlich holt er Luft.

»Du, äh ... dieser Pauli – ist das eigentlich dein Freund oder nicht? Ich weiß, es geht mich eigentlich nichts an ... aber weil der mich bei der Probe so krass angemacht hat und dein Vater gerade mit dieser Bemerkung, dachte ich ... andererseits warst du heute Abend so ... äh, ach, vergiss es! Tut mir leid, ich war zu neugierig!«

Luisa lacht, aber es klingt ein bisschen gezwungen.

»Kann ich gleich zweimal mit Nein beantworten: Nein, du bist nicht zu neugierig. Und nein, Pauli ist nicht mein Freund. Jedenfalls nicht mehr.«

»Oh!« Mehr sagt Ernesto nicht, aber es klingt hocherfreut.

Schröder drängt sich mit lautem Fauchen neben den Kasten. »Was soll denn dieses Gequatsche?«, maunzt er. »Anstatt sich hier gegenseitig schöne Augen zu machen, sollten die dir lieber schnell helfen. Du siehst wirklich schrecklich aus!«

»Ist das der Kater, den du neulich vermisst hast?«, erkundigt sich Ernesto. Luisa nickt wortlos. »Okay, der findet definitiv, du solltest dich lieber um deinen Hund kümmern, als mit mir zu quatschen.« Er grinst. »Sorry, Katerchen, ich bin schon weg. Aber: Ich komme wieder! Versprochen!«

Wem Ernesto das versprochen hat – Luisa, mir, dem Kater oder gar sich selbst –, bleibt unklar, jedenfalls ist er jetzt weg. Dafür kommt in diesem Moment Marc zurück, und er hat tatsächlich einen Mann im Schlepptau, der eine Art Arbeitskittel trägt und ein mittelgroßes Gerät in der Hand hält, das ich noch nie zuvor gesehen habe.

»Was ist das?«, flüstere ich Schröder zu.

»Keine Ahnung. Sieht aus wie ... warte mal ...« Er schnürt auf den Mann mit dem Kittel zu und wirft einen genaueren Blick auf das Teil. Dann kommt er wieder zurück. »Also es sieht ein bisschen aus wie eine sehr, sehr scharfe Scheibe. Gewissermaßen ein rundes Messer.«

Ein rundes Messer? Oh! Mein! Gott! Mir wird schlagartig noch schummeriger.

»Super, dass Sie heute Abend da sind«, lobt Marc den Mann überschwänglich. »Ist ja wahrscheinlich nicht Ihre übliche Dienstzeit.«

Der Mann lächelt.

»Na ja, wenn unsere Hedwig hier so'ne große Sache aufzieht, dann bin ich als Hausmeister natürlich vor Ort. Falls was schiefgeht. Also, der Strom ausfällt. Oder die Kühlung versagt. Oder sich ein Dackel in einer Getränkekiste verkeilt.«

Haha, selten so gelacht!

Jetzt kniet sich der Mann neben mich und schaut sich den Kasten ganz genau an. Er macht dabei ein ziemlich nachdenkliches Gesicht und murmelt so was wie *mmmhhh* und *uiuiui* – Bemerkungen, die mich nicht gerade zuversichtlich stimmen. Schließlich steht er wieder auf und wendet sich an Marc.

»Also, der Hund muss ganz stillhalten, wenn ich den Winkelschleifer ansetze. Und wir müssen aufpassen, dass es da nicht zur Verspannung von dem Hartplastik kommt und der Hund davon getroffen wird. Vielleicht können wir ein Handtuch um ihn legen – so als Schutz.«

Marc sieht sich in dem Raum um.

»Geht auch eine Papierserviette? Da liegt ein ganzer Stapel.«

Der Mann wiegt den Kopf hin und her.

»Optimal isses nicht. Aber nu soll es auch schnell gehen, woll? Das Kerlchen sieht schon ein bisschen kurzatmig aus.«

»Hier, wir nehmen einfach Lenas Jacke«, beschließt Luisa, kommt mit der Jacke zu mir und schiebt sie vorsichtig zwischen meinen Körper und die Streben des Kastens.

»Danke, das sieht ganz gut aus«, urteilt Marc.

»Na, dann wollen wir mal«, sagt der Kittelträger und macht irgendetwas, das ich jetzt nicht mehr sehen kann, weil mein Vorderteil in die Jacke eingewickelt ist. Offenbar hat er dieses schreckliche Gerät mit dem schrecklichen Namen an den Strom angeschlossen, denn nun gibt es ein noch schrecklicheres Geräusch von sich. Ein lautes Kreischen, das mir durch Mark und Bein geht und das nun immer näher auf mich zukommt. Daneben höre ich noch ein anderes Geräusch, das immer lauter wird – ein heftiges Klappern. Es dauert eine Weile, bis ich bemerke, dass es sich um meine Zähne handelt, die heftig aufeinanderschlagen.

»Nee, so wird dat nichts«, befindet der Hausmeister und schaltet seine Höllenmaschine wieder aus. »Wenn der so zittert, kann ich da nicht ran. Zu gefährlich. Ich will dem schließlich kein Ohr abflexen.«

Danke vielmals, Herr Kittelträger, das ist sehr aufmerksam von Ihnen!

Marc seufzt.

»Verdammt! Dann hilft es nichts. Wir müssen in meine Praxis. Da kann ich Herkules sedieren.«

Was? Ihr wollt mich in dieser Kiste noch durch die Gegend fahren? Ihr seid wohl völlig irre! In der Hoffnung, dass Marc die Unsinnigkeit seines Plans klar wird, fange ich an zu jaulen, was das Zeug hält, als er die Getränkekiste auch nur leicht berührt.

Zum Glück ist Marc ein helles Kerlchen und für Hinweise seiner vierbeinigen Mitbewohner offenbar empfänglich.

»So ein Mist – Herkules tut anscheinend jede Bewegung des Kastens weh. Dann müssen wir es umgekehrt machen – ich fahre in die Praxis und hole das Beruhigungsmittel. Beziehungsweise, entweder laufe ich, oder jemand fährt mich. Luisa, kannst du Pauli fragen, ob er mich fahren kann?«

Luisa seufzt.

»Wenn es denn unbedingt sein muss.«

»Ja, es muss unbedingt sein«, erwidert ihr Vater energisch. »Was auch immer du gerade für ein Problem mit Pauli hast – lass das nicht unseren armen Hund ausbaden!«

»Na gut.«

Luisa verschwindet, ist aber nach sehr kurzer Zeit schon wieder da.

»Pauli will nicht. Tut mir leid.«

»Wie bitte?«

»Ja, er sagt, er müsse seinen nächsten Einsatz abwarten, und überhaupt hätte er keine Lust, wegen des doofen Dackels rumzugurken, und so weit wäre das zu Fuß ja nun auch wieder nicht.«

Marc schnappt nach Luft.

»So eine Unverschämtheit! Den kauf ich mir.« Er wirft einen Blick auf mich. »Nee, das kann warten. Jetzt laufe ich erst mal zur Praxis.«

»Ich kann Sie eben rumfahren«, mischt sich nun der Hausmeister ein. »Ich wollte zwar eigentlich vor Ort bleiben, aber das ist ja ein Notfall hier. Kommen Sie!«

Die beiden ziehen ab, Luisa hockt sich in ihrem langen Kleid neben mich auf den Boden und krault mich ein wenig hinter den Ohren.

»Halt durch, du Armer«, flüstert sie sanft und krault weiter.

Auch Schröder liegt jetzt wieder neben mir – beziehungsweise, er legt sich vor mich, sodass ich ihn trotz der Jacke und meiner misslichen Lage gut sehen kann.

»Ich habe 'ne Idee, wie ich dich ablenken kann, bis Marc wieder zurück ist. Erzähle mir doch mal von dem Plan, den du hattest.«

Ich hole tief Luft.

»Der ist doch jetzt egal. Er hat sich ja sowieso erledigt.«

»Trotzdem. Erzähl mal.«

Na gut. Warum eigentlich nicht? Ich habe schließlich gerade nichts Besseres zu tun.

»Ich dachte, wenn Pauli Lena anbaggert, könnten wir heimlich eines der Mikrofone zu ihm tragen, und dann würde der ganze Saal hören, was für ein Idiot er ist. Weißt du, so eine richtige Falle: Er steht hinter der Bühne und quatscht Lena voll und denkt, das bekommt niemand mit. Aber in Wirklichkeit stehe ich mit einem Mikrofon in der Schnauze direkt neben ihm, und alles, was er sagt, wird über die Lautsprecher übertragen.«

Schröder legt den Kopf schief.

»Hm, versteh mich bitte nicht falsch – es tut mir leid, dass du in dieser doofen Kiste steckst. Aber es tut mir überhaupt nicht leid, dass es mit diesem Plan nichts wird.«

Och nö! Jetzt nicht auch noch so eine Diskussion hier! Dafür geht es mir eindeutig zu schlecht. Ich fange an, demonstrativ zu japsen. Schröder versteht meinen zarten Hinweis.

»Ist schon gut. Ich meine ja nur, dass ich, je länger ich darüber nachdenke, die Reaktion von den Mädchen eigentlich echt gut finde. Den Typen einfach stumpf ignorieren. Links liegen lassen. Ist doch viel cooler, als auf Rache zu sinnen.«

»Wirst du jetzt zum ultimativen Menschenversteher?«, stöhne ich.

Schröders Schnurrhaare zucken.

»Kann schon sein. Auf alle Fälle finde ich es nicht schlimm, dass wir die Nummer mit dem Mikro nicht durchziehen konnten. Du hattest schon bessere Pläne.«

Jaja, Mister Superschlau, denke ich mir. *Dann übernimm du doch einfach bei uns demnächst die Reiseleitung, mir soll's recht sein.* Ich brauche sowieso mal ein bisschen Erholung! Wenn ich hier heil rauskomme, werde ich mich die nächsten drei Tage garantiert nicht aus meinem Körbchen rausbewegen. Und apropos bewegen: Wo bleibt eigentlich Marc? Der scheint sich auch im Schneckentempo zu bewegen.

Wenn man vom Teufel spricht – in diesem Moment höre ich eindeutig Marcs Schritte auf dem Flur, dicht gefolgt von den polterig klingenden Schritten des Hausmeisters. Na endlich! Kurz darauf steht Marc neben mir und stellt eine kleine Tasche auf den Boden.

»Okay, ein kleiner Piks, dann wird Herkules für ein Stündchen einschlafen und von der ganzen Prozedur nichts mitbekommen«, erklärt er, während er etwas aus der Tasche herausfummelt. Ach ja, eine Spritze. Aber während ich unter normalen Umständen ein ziemliches Theater veranstalten würde, weil ich Spritzen hasse, bin ich nun sehr froh, dass meine Befreiung endlich Fahrt aufnimmt. Marc geht um mich herum, streicht kurz über meinen Rücken – und dann kommt er tatsächlich, der Piks. Nicht angenehm, aber wirklich unangenehm auch wieder nicht.

Es dauert nur einen Moment, bis ich sehr müde werde. Sehr, sehr müde. Ich glaube, ich schlafe einfach mal ein Ründchen.

SECHSUNDZWANZIG

Langsam frage ich mich, was Marc dem Dackel gespritzt hat. Die gestrige Befreiungsaktion hat Herkules im Zustand vollständiger Bewusstlosigkeit überstanden. Er ist auch nicht aufgewacht, als ihn Marc später in unsere Wohnung getragen und in sein Körbchen gelegt hat. Heute Morgen hat er dann mal kurz die Augen aufgeschlagen, mich trübe angeschaut, und seitdem pennt er wieder. Gruselig. Aber immerhin: Marc hat ihn zwischendurch untersucht und war zufrieden, insofern muss ich mir keine Sorgen machen. Außerdem schlafen meine Zweibeiner auch alle noch nach ihrer Mega-Sause, sogar Marc hat sich nach seinem kurzen Einsatz als Notfallmediziner wieder hingehauen. LANGWEILIG!

Ich beschließe, mich ein bisschen auf dem Balkon zu sonnen. Wer weiß – vielleicht entdecke ich etwas Interessantes und mache einen kleinen Spaziergang? Der Sprung vom Balkon schreckt mich mittlerweile überhaupt nicht mehr. Wobei ich mir irgendwann mal eine Strategie zurechtlegen muss, wie ich umgekehrt auch wieder vom Garten auf den Balkon komme. Könnte ich mir heute mal anschauen, habe ja sowieso nichts Besseres zu tun. Aber jetzt erst mal ein Sonnenbad!

Mein Lieblingsplatz auf der Truhe ist schon herrlich vorgewärmt von den Sonnenstrahlen, es ist ein wunderbares Gefühl, sich darauf zu fläzen! Und wenn ich so recht drüber nachdenke – ein bisschen müde bin ich auch nach der letzten Nacht. Ich recke und strecke mich und schließe die Augen.

Aber dann kann ich doch nicht schlafen, weil die letzten Stunden einfach zu aufregend waren und mir nicht aus dem Kopf gehen. Die letzten Stunden? Ach was – die letzten Tage. Nee, eigentlich die letzten Wochen! Seitdem Hedwig mit dem Staubsauger in der Hand durch unser Wohnzimmer getanzt ist, war die Ruhe dahin und ist auch nicht zurückgekommen. Gebrochene Herzen bei Menschen und bei Dackeln, neue Freunde und neue Feinde, Liebe, Streit und Drama – es kommt mir so vor, als hätte das alles im Zeitraffer stattgefunden. Und mittendrin ich, Schröder. Der Findelkater aus der Einkaufstüte. Mit keiner Ahnung von gar nichts. Und obwohl ich so gar keine Ahnung hatte, habe ich versucht, die Dinge in meiner Umgebung wieder geradezubiegen. Bei diesem Gedanken muss ich trotz meines sonnigen Plätzchens sehr tief seufzen. Denn sind wir mal ehrlich: Ich war sensationell erfolglos. Weder konnte ich Luisa vor Pauli retten noch Cherie zu Herkules zurückbringen. Die Sache mit Pauli ist nicht so schlimm, das haben die Mädels ja gut selbst geregelt, und ich werde das Gefühl nicht los, dass wir demnächst einen Musiker in der Familie willkommen heißen. Aber die Geschichte mit Cherie tut mir echt leid. Vor allem, da es ihr so schlecht zu gehen scheint und ich nicht nur Herkules, sondern auch Cherie gern gerettet hätte. Aber das war dann doch 'ne Nummer zu groß für einen kleinen Kater wie mich. Schluchz! Wahrscheinlich ist es die Müdigkeit, die dafür sorgt, dass mich gerade eine gehörige Portion Selbstmitleid überfällt, aber ich kann es nicht verhindern. Wieso hat das nicht geklappt? Ich habe mir doch solche Mühe gegeben.

Ich rolle mich auf den Rücken und starre in den blauen Himmel. Eine sanfte Brise weht über den Balkon und streicht durch meine Schnurrhaare. Sie bringt den Duft des Sommers mit, und dieser Duft tröstet mich ein wenig. Vor allem, weil er irgendwie ... ja, weil er irgendwie nach Freundschaft riecht.

Ich überlege kurz und halte meine Nase noch einmal in die sanft vorbeistreichende Luft. Ja, Freundschaft. So riecht das hier. Aber warum? Ich überlege kurz – dann fällt es mir ein: Es riecht eindeutig nach Plisch und Plum. Hektisch springe ich von meiner Truhe hoch und starre über die Balkonbrüstung: Nein. Nichts. Niemand steht unten im Garten, schon gar nicht Plisch und Plum. Enttäuscht lege ich mich wieder hin. Das wäre so schön gewesen, die beiden wiederzusehen. Denn auch wenn die Cherie-Geschichte schiefgegangen ist – zwei neue Freunde zu finden war auf alle Fälle toll!

Obwohl ich jetzt genau weiß, dass ich mir das nur einbilde, rieche ich den Duft der beiden noch immer. Egal. Was soll's. Ich bin einfach überdreht und übernächtigt. Da kann das mal vorkommen. Eine Art Tagtraum. Eine Art SEHR realistischer Tagtraum, den ich gerade nicht loswerde, aber das stört mich nicht, denn so kann ich ein bisschen an die beiden denken, und das tut mir gut.

»Hey! Sssssst! Schröder!«

Ich bilde mir ein, dass ich nun jemanden höre, der unten im Garten steht und zu mir hochruft. Aber darauf falle ich jetzt nicht mehr rein. Das ist mit Sicherheit Teil meines Tagtraumes, und ich bin gerade viel zu faul, um aufzustehen und mich davon zu überzeugen, dass niemand dort unten ist. Ich schließe die Augen und döse endlich ein.

»Sssstt! Schröder!«

Es ist ein hartnäckiger Tagtraum, der jetzt anfängt, mich ein bisschen zu nerven. Ruhe, Traum!

»Schröder! Ich weiß, dass du da bist! Ich habe dich gerade gesehen!«

Okay. Der Tagtraum klingt jetzt wie Layka. Wie Layka mit einem Anliegen, das einigermaßen dringend ist. Na gut, vielleicht schaue ich doch mal nach. Ich rappele mich hoch.

»Was ist denn?«, will ich wissen.

»Komm mal auf die Brüstung.«

Ich balanciere lustlos über die Balkonbrüstung und sehe meine hübsche Nachbarin. Na gut, das war jetzt also keine Einbildung, sie steht wirklich da.

»Was ist denn? Ich bin voll müde und will 'ne Runde pennen.«

»Du hast Besuch!«

Besuch? Jetzt bin ich hellwach. Und habe Herzrasen. Denn die Wahrscheinlichkeit, dass sich mein Tagtraum auf einmal in die Realität verwandelt, scheint mir doch sehr hoch zu sein. Sofort springe ich von der Brüstung in die Tiefe, wo ich genau vor Laykas Pfoten lande.

»Wo?«, maunze ich aufgeregt.

»Wo?«, wiederholt Layka, als wisse sie gar nicht, was ich meine.

»Na, wo sind sie?«

Layka macht eine lässige Bewegung mit der Pfote. Und dann sehe ich sie endlich: Auf dem hinteren Teil des Rasens hocken wirklich Plisch und Plum! Schnell renne ich auf sie zu und begrüße sie begeistert.

»Plisch! Plum! Wie toll, dass ihr da seid! Ich freue mich riesig!«

Die beiden alten Hunde nicken, dann mustern sie mich mit einem Blick, den ich nicht wirklich deuten kann.

»Hallo, Kater! Ja, schön, dich zu sehen. Aber wir sind nicht allein hier. Guck mal!«

Sie rücken auseinander. Und dann sehe ich die eigentliche Sensation: CHERIE! Sie ist gekommen! Hierher! Zu mir! Beziehungsweise zu Herkules, da bin ich mir zu tausend Prozent sicher!

»Ich fasse es nicht«, maunze ich. »Ihr habt sie tatsächlich mitgebracht! Wie ... wie habt ihr das geschafft?«

Die beiden wedeln lässig mit den Schwänzen, sagen aber nichts. Cherie schweigt ebenfalls und schaut eine ganze Zeit verlegen zu Boden, aber dann hebt sie ihren Kopf und guckt mich an.

»Hallo, Schröder. Ja, die Herren waren so nett, mir den Weg zu euch zu zeigen. Ich glaube, allein hätte ich es nicht gefunden.« Sie zögert kurz. »Ich ... ich habe lange darüber nachgedacht, was du mir erzählt hast. Und darüber, wie mutig es von dir war, dich für deinen Freund auf den Weg zu machen und mich zu suchen. Da dachte ich, dass ich auch endlich mutig sein müsste.« Die Hündin wirkt sehr unsicher, fast so, als würde sie befürchten, dass es ein Fehler war, gekommen zu sein.

»Das ist toll. Herzlich willkommen!«, rufe ich schnell und gebe mir Mühe, so viel Euphorie wie nur möglich auszustrahlen.

»Wo ist dieser Herkules denn?«, erkundigt sich Plisch.

»Der ... äh ... macht noch ein kleines Nickerchen. Hat eine harte Nacht hinter sich.«

»Eine *harte Nacht*?«, fragt Cherie, und erst in diesem Moment wird mir klar, wie bescheuert das klingt.

»Nein, nein, ich meinte, er hatte heute Nacht einen kleinen Unfall. Marc, den du doch auch kennst, musste ihm eine Narkose verpassen, deshalb ist er noch nicht ganz bei sich.«

Cherie reißt die Augen auf.

»Ach du Schreck – geht es ihm gut?«

»Keine Sorge, es war nichts Schlimmes. Er ist nur mit dem Kopf in einem Getränkekasten stecken geblieben und kam nicht mehr raus, der Hausmeister musste den Kasten aufsägen, und weil Herkules dafür ganz ruhig bleiben musste, hat Marc ... ach, ist auch egal. Jedenfalls ist er bestimmt bald wieder ganz der Alte. Wollen wir zu ihm?«

»Natürlich, deswegen bin ich hier.« Nun klingt Cherie sehr entschlossen.

Bevor sie es sich also anders überlegt, sollten wir schleunigst vor Herkules' Körbchen stehen. Ich hoffe, ich kriege ihn dann richtig wach, damit er ihr seine unsterbliche Liebe gestehen kann. Ich fürchte, Cherie haut sonst gleich wieder ab.

»Dann mal los«, rufe ich und trabe vorneweg. Mein Plan ist, Plisch und Plum zu bitten, vor der Haustür so lange zu bellen, bis uns Marcs Sprechstundenhilfe reinlässt. Schließlich liegt die Praxis im Erdgeschoss und hat auch Fenster, die nach vorn zur Straße rausgehen. Das sollte klappen.

Tut es aber leider nicht! Plisch und Plum geben ihr Bestes und kläffen, was das Zeug hält – aber Frau Warnke macht nicht auf. Wie kann das sein? Stattdessen öffnet sich im dritten Stock ein Fenster, und die ältere Dame, die sich auch gern mal über die Zwillinge beschwert, schaut heraus.

»Mann, was ist denn das für ein Lärm«, ruft sie. »Es ist Sonntagmorgen, da will ich meine Ruhe!«

Mist! Es ist Wochenende! Das hatte ich ganz vergessen. Die Praxis ist also geschlossen, was auch erklärt, warum Marc noch ganz entspannt im Bett liegt. Hatte ich echt verdrängt. Was nun?

»Sollen wir weiterbellen?«, erkundigt sich Plum.

Ich zucke mit der Schwanzspitze.

»Lass mich mal überlegen«, erwidere ich. Muss ich aber gar nicht, denn nun geht doch die Haustür auf, und Marc kommt heraus.

»Heyheyhey, was ist hier los?« Er wirft Plisch und Plum einen fragenden Blick zu. »Hundeversammlung? Die Nachbarin vermutet, dass meine Patienten nach mir rufen, aber euch kenne ich nicht! Also, Layka natürlich schon, aber euch Hunde nicht. Wobei« – sein Blick bleibt an Cherie hängen –, »dich hier kenne ich. Du bist doch Cherie!«

Cherie wedelt mit dem Schwanz. Erst etwas verhalten, dann

umso kräftiger, und nun schleicht sich so etwas wie Glanz in ihre Augen. Der Fall ist klar: Sie freut sich, Marc zu sehen. Er geht auf sie zu und streichelt sie.

»O Mann, was ist denn mit dir passiert?«, murmelt er. »Du siehst aber sehr kläglich aus. Kümmert sich denn dein Frauchen nicht mehr richtig um dich? Sie wollte dich doch unbedingt dem armen Daniel wegnehmen, dann muss sie aber auch für dich sorgen.« Er seufzt. »Na, dann kommt mal alle rein.« Er öffnet die Haustür und hält sie auf, sodass wir alle hindurchlaufen können. Layka schießt als Erste hinein und gleich die Treppen zur Wohnung ihres Frauchens hoch, Cherie ist etwas vorsichtiger, kommt aber auch, nur Plisch und Plum bleiben draußen sitzen.

»Hey, Schröder, wir laufen wieder nach Hause«, erklärt Plisch ihr Zögern. »Unseren Job haben wir hiermit erledigt, wir hoffen, das Herz deines Freundes lässt sich jetzt reparieren.« Sie drehen sich um und wollen los, ich maunze ihnen nach.

»Vielen Dank, ihr beiden! Ich hoffe, man sieht sich!«

Plisch dreht sich zu mir um und nickt kurz, dann laufen die beiden davon.

Marc fährt sich durch die Haare.

»Donnerknispel! Ich hätte schwören können, dass ihr euch gerade unterhalten habt.« Er überlegt kurz. »So, Cherie, dann komm mit hoch.«

Oben angekommen, bleibt Cherie in unserem Wohnungsflur sitzen.

»Wo ist denn nun Herkules?«, fragt sie schüchtern.

»Der liegt noch in seinem Körbchen und pennt. Hast du noch ein bisschen Zeit?«

Cherie nickt.

»Ich habe ganz viel Zeit. Ich möchte nämlich nie wieder

zurück in meine alte Heimat. Dort ist es sehr schrecklich. Mein Herrchen hast du ja kennengelernt. Es mag eigentlich keine Hunde, und mich hasst es besonders.«

Ich schüttle entsetzt den Kopf.

»Aber ich dachte, du hast ein Frauchen, und das heißt Claudia.«

Nun ist es Cherie, die den Kopf schüttelt.

»Claudia ist schon lange nicht mehr da. Sie war mit dem Typen zusammen, aber dann ist sie einfach abgehauen und hat mich bei ihm gelassen. Seitdem ist mein Leben die Hölle. Ich muss oft an die schöne Zeit mit Daniel denken. Und natürlich an Herkules.«

»Cherie! Süße! Du bist es wirklich!« Caro kommt aus dem Schlafzimmer gelaufen. »Das gibt's doch nicht! Als mir Marc eben erzählte, dass du da bist, dachte ich, ihm sei die Erdbeerbowle auf dem Ball nicht bekommen. Das ist ja eine tolle Überraschung.« Sie streichelt Cherie. »Aber elend siehst du aus. Und viel zu dünn.«

Marc stellt sich neben Caro und betrachtet die Golden-Retriever-Hündin.

»Ja, sie ist wirklich in einem üblen Zustand. Und deswegen habe ich auch überhaupt kein schlechtes Gewissen bei dem, was ich als Nächstes machen werde: Ich zeige Claudia an. Oder wer auch immer sich jetzt eigentlich um Cherie kümmern müsste. Wegen Tierquälerei. Vielleicht hat Daniel dann eine Chance, die Hündin zurückzubekommen.«

Caro klatscht in die Hände.

»Das ist eine blendende Idee, mein Lieber! Dann hat die arme Hündin endlich wieder ein richtiges Zuhause. Das war damals wirklich eine Schande, dass Daniel sie an Claudia rausgeben musste.«

Ich traue meinen Ohren kaum. Marc könnte dafür sorgen,

dass Cherie vielleicht bleiben darf? Wenn Herkules das hört, wächst sein Herz bestimmt wieder ganz schnell zusammen. Und dann geht es meinem Freund endlich wieder richtig gut! Begeistert streiche ich um Marcs Beine, er soll ruhig wissen, dass ich seine Idee für ausgezeichnet halte.

Cherie hingegen sitzt ganz ruhig da und schaut sich mit ihren großen braunen Augen um.

»Alles in Ordnung?«, will ich wissen.

»Na ja«, antwortet sie und zieht dabei ihre Lefzen hoch, was sie aussehen lässt, als würde sie lächeln, »ich bin wegen Herkules gekommen. Können wir jetzt nicht endlich mal nach ihm sehen? Ich ... ich bin schon ziemlich nervös und weiß nicht, ob ich das noch lange aushalte. Es ist ein bisschen kompliziert mit ihm und mir, verstehst du?«

Ich nicke.

»Komm, ich zeige dir, wo sein Körbchen steht.«

Ich laufe voraus ins Wohnzimmer, Cherie folgt mir. Vor dem Korb mit dem schnarchenden Herkules bleibt sie stehen. Der Blick, mit dem sie ihn betrachtet, scheint tief aus ihrem Inneren zu kommen, so ernst und doch sanft sieht er aus. In diesem Moment bin ich mir ganz sicher – Cherie empfindet dasselbe für Herkules wie er für sie. Und diese Erkenntnis macht mich glücklich für meinen Freund!

Ich bin mir sicher – jetzt wird alles gut!

DACKELLIEBE

Ich glaube, er wird wach!«
Die Stimme, die dies feststellt, kenne ich nur zu gut. Kaum habe ich sie gehört, fängt mein Herz an zu rasen. Ich öffne die Augen. Es ist tatsächlich Cherie. Wie ist das möglich?
»Cherie!«, will ich rufen, aber es wird nicht mehr als ein Krächzen. Mein Hals ist rau, und mir brummt der Schädel.
»Herkules«, haucht Cherie, »wie geht es dir?«
»Ich ... äh ... bin ich etwa tot, und du bist ein Engel?« Man kann ja nie wissen. Immerhin ist das Letzte, an das ich mich erinnern kann, dass ich kopfüber in der Kiste steckte und ein wild gewordener Hausmeister mich mit einem Winkelschleifer befreien wollte.
Cherie legt den Kopf schief.
»Nein, du bist doch nicht tot, du Scherzkeks. Aber mit dem Engel hast du recht – so kannst du mich gern nennen.«
»Was ... was ist denn passiert? Wie kommst du hierher?«
»Das ist eine lange Geschichte«, antwortet Cherie.
»Egal, ich will sie unbedingt hören«, rufe ich. »Oder musst du gleich wieder gehen?« Bei diesem Gedanken krampft sich mein Dackelherz zusammen. Nein, sie darf nicht wieder gehen! Nie wieder!
Als könnte sie meine Gedanken lesen, legt sich Cherie neben mein Körbchen.
»Keine Sorge. Wir haben alle Zeit der Welt.«
Alle Zeit der Welt! *Auch wenn mein Schädel brummt und mein Hals schmerzt, bin ich doch in diesem Moment der glücklichste Dackel auf Erden!*

Ein besonderer Dank an ...

...natürlich Barbara Heinzius, meine Lektorin. Wenn ich mich nicht irre, liebe Barbara, arbeiten wir nun schon fast zehn Jahre zusammen, nämlich seit Dackel Nummer 3. Kam mir gar nicht so lang vor, aber die Zeit fliegt eben, wenn man es schön zusammen hat!

...Ilse Wagner. Sie war bei diesem Band ebenfalls Teil des Lektorenteams und hat für den richtigen Feinschliff gesorgt. Unter anderem hat sie die Frage geklärt, ob Katzen kichern können. Wer das Buch brav gelesen hat, weiß ja, zu welchem Ergebnis sie gekommen ist.

...Katze Layka und Golden Retriever Cornelius von der Atterseewelle aka Cony, die sich reizenderweise als Protagonisten für meine Geschichte zur Verfügung gestellt haben. In diesem Zusammenhang vielen Dank auch an ihre Frauchen Sarah und Stefanie!

...wie immer: Bernd. Aus Gründen!